LA PROMESSE DE SHANGHAI

W0411774

© Bleu de Chine, 2006

ISBN 978-2-7427-6915-5

Illustration de couverture :
Guo Wei, *Portrait of Boy*
© Galerie Loft

STÉPHANE FIÈRE

LA PROMESSE DE SHANGHAI

roman

BABEL

Je me souvenais très bien de la première fois où j'avais vu des nez d'éléphant : c'était il y a trois ans peu après la descente du train dans la gare de Shanghai, un jour triste et pluvieux de décembre, le vent glacial qui balayait les voies, les haut-parleurs grésillants, saturés de musique et de mots d'ordre, l'odeur fade du ballast et de l'urine, avec tous les passagers qui se bousculaient pour gagner le plus rapidement possible les sorties avant de déboucher sur l'esplanade où, selon la rumeur, devaient se trouver les contremaîtres prêts à nous embaucher sur les innombrables chantiers de construction qui fleurissaient à peu près partout dans la ville.

Mon père avait pris la décision de quitter notre province du Shaanxi et mon petit village natal de Chenjia, après le suicide de ma mère au mois de septembre, la veille de la Fête nationale. Elle s'était jetée sous les roues du camion de bitume qui venait pour goudronner le chemin vers la tombe de

Shun Ling*. Nous nous étions précipités en entendant les hurlements, le camion avait bien essayé de freiner mais trop tard, elle était passée sous les roues, il n'y avait plus rien à faire et elle était déjà morte, les jambes sectionnées ; le chef du chantier n'avait pas jugé utile d'appeler un médecin, de toute façon il aurait mis des heures pour venir et puis elle était morte, à quoi aurait-il servi ; la Sécurité publique arrivée sur les lieux avec beaucoup de retard avait tout de suite conclu à l'accident et le secrétaire du Parti pour le village avait contresigné le procès-verbal sans poser la moindre question.

A Chenjia parmi la population personne n'était dupe.

Depuis j'essayais de ne plus y penser, elle était là et puis tout à coup elle n'était plus là, et notre vie continuait pourtant comme avant avec son cortège d'épouvante et d'injustices habituelles. La vie dans la campagne chinoise, très tôt j'avais compris qu'il ne fallait jamais tomber dans une

* Shun Ling : la tombe de la mère de Wu Zitian (629-705), la seule impératrice (dynastie des Tang) de toute l'histoire chinoise. Sa mère, Yang Si, est enterrée depuis mille quatre cents ans sous un tumulus, Shun Ling, à proximité du village de Chenjia à une quarantaine de kilomètres de Xi'an, la capitale impériale de nombreuses dynasties (Han, Wei, Sui, Tang) pendant plus de mille ans. (Toutes les notes sont de l'auteur.)

sentimentalité excessive, courbés dans les champs du matin au soir les paysans n'ont ni le temps ni les moyens de s'apitoyer sur leur sort, les coups de boutoir du destin, un coup de bâton sur l'épaule gauche le lundi, sur l'épaule droite le mardi, une calamité sociale ou politique ici, une catastrophe naturelle là, c'est devant qu'il faut toujours regarder, jamais derrière ou sur les côtés.

Shun Ling, un tumulus sans attraits construit là mille ou dix mille ans auparavant, avec l'allée des esprits et ses statues de pierre alignées le long des petites parcelles de champs cultivables que les autorités du canton avaient alloués à ma famille, peu de temps avant ma naissance à l'époque de la "décollectivisation", ce jargon politique et arbitraire qui nous apprenait, à nous les paysans, d'un mot, d'une phrase ou d'une paire de sentences en caractères rouges affichés comme un coup de poing dans la figure sur les murs encore disponibles du village, que le balancier du destin basculerait à nouveau, dans un sens ou dans un autre, avec des corvées inédites, des dons en nature à des hiérarchies occultes mais inlassablement quémandeuses, le prix des récoltes à la baisse, celui des engrais à la hausse. Une taxe pour ceci, pour cela et son contraire, la construction d'un muret, d'un nouveau système d'irrigation pour la mare aux canards du chef du Parti dans le district, d'un éclairage nocturne dans la grand-rue, quoi d'autre encore, la destruction du muret, où à chaque fois et systématiquement se retrouvaient partie prenante dans la collecte et la répartition des fonds (surtout la répartition, entre eux, ironisait mon père) le secrétaire du Parti, les chefs du village, du canton, leurs adjoints, les responsables de la Sécurité publique, des Affaires civiles ou agricoles et des différents bureaux sous la direction du gouvernement local. Impôts arbitraires et plus dévastateurs qu'une nuée de sauterelles ou un mois de sécheresse.

Un jour le vice-secrétaire de la cellule locale du Parti avait surgi dans notre ferme brûlée au soleil de midi au moment où nous finissions d'étaler le maïs à sécher, et nous avions vite présagé le pire ; après les formalités d'usage et les politesses ânonnées sans conviction particulière il avait ouvert l'enveloppe qu'il tenait sous le bras, cette large enveloppe de papier marron dont il tira une liasse de documents "à signer séance tenante".

Le comité local du Parti dans son arrogante impunité avait décidé de développer à notre place le "potentiel culturel" de nos lamentables lopins de terre afin d'engendrer des "retombées économiques positives "susceptibles ensuite d'être "réparties équitablement sur l'ensemble du village", un charabia incompréhensible pour "servir le peuple "et "accélérer la croissance de l'économie socialiste de marché aux caractéristiques chinoises".

Nous n'étions certes pas de taille à oser nous opposer à un pareil dessein, qui allait nous apporter sans faute la prospérité tant réclamée, nous les forces productives les moins avancées.

Un chemin de terre battue, creusé d'ornières, bordé de peupliers et qui conduit vers quatre statues monumentales d'animaux féeriques puis vers l'allée des esprits avec les statues de lettrés enfin vers la tombe et sa collinette, un tumulus d'une dizaine de mètres de hauteur, pierres sèches, terre jaune, aride, poussiéreuse, recouvert d'herbes folles ou d'arbustes à épines depuis la nuit des temps, des statues grises, combien au total, peut-être une vingtaine, éparpillées aux quatre points cardinaux. Erodées, ravinées, chancelantes, certaines abattues par les tremblements de terre, où parfois manquaient une tête, une paire d'ailes, la moitié d'un corps ; une tombe vraisemblablement pillée mille fois sans qu'il ne soit plus possible de déterminer maintenant l'entrée du caveau, et puis, un nouveau coup du sort, nos champs laborieusement cultivés (maïs, sarrasin, pommes de terre, millet), quelque *mu** au milieu de centaines d'autres.

Pour accéder à la colline en ligne droite en prenant pour point de départ la grand-route, distante d'environ trois à quatre cents mètres, il fallait nécessairement passer sur nos terres.

* Unité de mesure d'une superficie agricole : environ un quinzième d'hectare.

D'où l'enveloppe de papier marron et les documents à signer. Le Parti allait reprendre ce qu'il nous avait concédé et nous n'aurions aucun droit à une quelconque indemnisation ; d'autres se chargeraient de mettre en valeur le terrain et d'en récolter les bénéfices.

Naturellement nous avions appris à l'école, et dès le plus jeune âge, le patrimoine culturel de la société féodale*, l'immense passé historique de Xi'an qui avait vu se succéder des dynasties formidables, les Han, les Tang et les autres, mais les tombes impériales, celles des concubines, des ancêtres royaux, des généraux, des aristocrates de toutes origines pullulaient dans la province, toutes dans un état d'abandon plus ou moins avancé, il suffisait de lever le nez dans les champs pour apercevoir les tumulus et les collines de mains d'hommes, retournés depuis longtemps à l'état de nature, terrains de jeu pour les serpents, parfois pâtures pour les moutons, souvent hostiles et angoissants, les esprits y rôdaient sans doute encore.

Quant au "potentiel culturel "de cette profusion d'amoncellements terreux dans la campagne du Shaanxi, il nous échappait complètement d'autant

* *Fengjian shehui,* la société féodale : l'Ancien Régime. Depuis 1949, la Chine impériale dans son ensemble est considérée dans la perspective historique communiste comme une société arriérée, féodale.

plus que le bureau des reliques, au moins d'après nos connaissances, avait depuis longtemps cessé d'envoyer archéologues et scientifiques, il n'y avait plus rien à fouiller ni à découvrir, ni même à revendre au marché noir, et les villageois avaient pour la plupart obtenu l'autorisation officielle de cultiver les champs qui les entouraient, à l'époque de l'assouplissement de la politique agricole et rurale et de l'essor de l'économie individuelle.

C'est ce que mon père essayait d'expliquer au vice-secrétaire de la section locale du Parti qui parlait, lui, de promouvoir le tourisme. A plus de quatre-vingts kilomètres du musée de l'Armée de terre cuite de Qin Shihuang, à quarante-cinq minutes de Xi'an par la route goudronnée, qui songerait à venir par ici, dans ce trou perdu et monotone, cette campagne nue, plate, famélique, inhospitalière, battue par les vents, recouverte de neige en hiver, surchauffée en été ?

Vendre des breloques, des amulettes, des fausses statues peintes d'époque Han ou des guerriers Qin fabriqués en usine comme ceux que l'on voit dans le musée de l'Armée de terre cuite, excellente idée, encore faudrait-il posséder les atouts indispensables qui convaincront les visiteurs de faire un très large détour par le village.

Nos champs, le Parti nous les avait généreusement attribués pour une durée de vingt ans, à charge pour nous de les rentabiliser après les errances et l'échec dramatique des communes populaires.

Vingt ans, quasiment le jour de mes vingt printemps, le bail arrivait en fin de parcours, le secrétaire du Parti refusait de le renouveler mais à la place projetait la construction d'une route, d'un guichet d'entrée, de boutiques de souvenirs, d'un restaurant et de buvettes, d'un parking payant. Et derrière l'ensemble, un terrain de golf et des maisons de luxe.

Mon village, ses spécialités culinaires, la tombe de Shun Ling, les statues millénaires. Le tourisme culturel pour les compatriotes de l'intérieur et les visiteurs de passage, une aubaine et des profits, les lumineuses "retombées économiques positives" pour le secrétaire et sa clientèle.

Ce que le Parti donne, le Parti reprend. Quand il veut. A sa guise. La loi est toujours du côté des plus forts.

Mon père était livide, ma mère a chancelé, moi je me suis levé et j'ai dit dehors en poussant le cadre vers la sortie, il a claqué la porte en criant nous allons revenir il vous faudra bien signer, les nouilles, les légumes salés, les morceaux de lard braisé, nous n'avions plus faim ; ma mère a soupiré en prenant un seau de maïs et de la luzerne fraîche, elle allait donner à manger aux poules et aux lapins, mon père restait sans bouger les deux coudes sur la table, la tête entre les mains ; moi je n'avais pas envie de parler ; dehors, en plein jour, la nuit, noire.

Noir.

Pendant deux mois mes parents et d'autres paysans expulsés comme nous pour les mêmes motifs ont tenté d'organiser une défense. Avant d'agir ils se sont renseignés minutieusement sur certaines directives et règlements de l'autorité centrale, notamment tout ce qui concernait la légalité des expropriations et du développement de projets économiques dans les campagnes, en s'abonnant gratuitement aux magazines officiels et publications du gouvernement et du Parti, en écoutant la radio, en lisant les éditoriaux des journaux de la capitale, les manuels de travail et d'orientation pour les cadres ruraux, ou simplement en discutant entre eux.

Ils espéraient utiliser à leur avantage les lois et les politiques, lorsque leurs contenus paraissaient suffisamment ambigus pour permettre une interprétation dans un sens comme dans son contraire.

Lorsqu'ils se sont sentis prêts à en découdre avec les cadres du Parti et les officiels ils ont commencé les démarches au niveau du comité villageois et ils se sont démenés pour essayer d'obtenir l'annulation de cette décision qui nous expropriait tous en nous privant du même coup de nos moyens d'existence.

Peine perdue, renvoyés de bureau en bureau du village au canton en passant par le sous-district, le district, la municipalité pour finalement arriver devant le gouvernement provincial qui les débouterait, comme des balles de ping-pong ou des pollens dans le vent, eux qui étaient sans appuis solides ni relations utiles, sans même l'argent nécessaire pour passer par la porte de derrière* et solidifier leurs positions, la guerre était perdue d'avance et sans bataille. Trop d'intérêts financiers étaient en jeu, sans compter l'impact que pouvait procurer sur le plan des promotions futures des cadres locaux un développement harmonieux du projet touristique et l'amélioration du niveau de vie des habitants du village.

C'était donc jouer du violon pour les vaches**, personne ne les écoutait et dans les yeux des bureaucrates et des fonctionnaires de tout niveau mon père disait qu'on pouvait entendre le bruit des bouliers qui s'activaient frénétiquement, la manne

* *Zou hou men,* littéralement "passer par la porte de derrière" : avoir le bras long et des relations.

** *Dui niu tan qin,* littéralement "jouer du violon pour les vaches" : prêcher dans le désert.

finit toujours par répandre ses bienfaits sur ceux qui savent détourner leur regard au moment opportun.

Le raisonnement était presque trop cruel dans sa simplicité : le secrétaire de la section locale du Parti avait compris avant tout le monde que la terre rapporte plus quand on cesse de la cultiver pour y construire des terrains de golf et des villas. Encore fallait-il trouver une justification à peu près plausible : le tumulus de Shun Ling tombait à pic. Rien de plus prioritaire que de tout envisager pour l'exploiter, si minable puisse être son intérêt touristique réel.

En fait c'était bien nos terres qui leur faisaient perdre la raison. La tombe de Shun Ling et le projet touristique ne servaient que de prétextes à la construction du golf et des villas de luxe pour les cadres du Parti et leurs clientèles. Le secrétaire avait dû se mettre en cheville avec un promoteur immobilier quelconque en lui promettant des terrains à bâtir pour un prix ridicule et un profit colossal à se partager sur la vente des maisons et la location du terrain de golf et des chambres d'hôtel.

Le golf, personne ne savait exactement de quel type d'activité il s'agissait là mais à la simple évocation de ce mot les têtes commençaient à tourbillonner.

Des hordes de vacanciers, des nez d'éléphant à n'en point douter, allaient déferler dans notre village avant d'aller s'extasier devant un monceau de terre pelé et quelques statues délavées et se précipiter sur nos spécialités locales (poulet frit, raviolis aux deux saveurs, aux trois légumes, bière Joie Printanière) et les colifichets à cinq sapèques la douzaine.

Quant aux nez d'éléphant, personne dans le village n'en avait jamais vu, naturellement, sinon à la télévision chez le chef du village ou en photo dans les pages intérieures du *Quotidien du peuple* quand ils viennent se prosterner devant nos dirigeants à Beijing, mais à la seule mention de leur existence chacun voyait se profiler le fantôme de la poule aux yeux d'or.

Nos champs se trouvaient exactement dans l'axe du projet, en plein milieu, entre la grand-route et le tumulus de Shun Ling. Et sur le plan légal mon père avait fini par réaliser que nous ne disposions d'aucun argument : le bail arrivant à sa fin, non renouvelé par l'autorité de tutelle, l'indemnisation n'ayant aucune raison d'être, il ne s'agissait même pas d'une expropriation, l'affaire était entendue avant même d'avoir été écoutée.

Signez au bas de la page ; l'empreinte du pouce, une croix, suffisent aussi.

L'argent économisé sur le produit des récoltes et la vente de nos élevages n'approchait en aucune manière les montants indispensables pour se créer des vraies amitiés, sincères et compatissantes. La province du Shaanxi est pauvre depuis des millénaires et les conditions de survie des paysans, extrêmes. Sans nos terres, si médiocres fussent-elles, pour nous nourrir, il ne nous restait plus que les larmes pour pleurer, nos bras pour lancer les cordes au-dessus des poutres, nos corps à précipiter sous les roues des camions, ou tout recommencer, en enfer ou ailleurs, loin, très loin.

Non, les larmes qui montaient mais ne coulaient pas.

Et puis. Et puis tout s'enchaîna très vite, les vigiles de la milice communale sur nos terres pour nous empêcher d'y travailler, les marchés dans la banlieue de Xianyang à dix-huit kilomètres du village, trois heures de marche pour y aller, autant pour en revenir, nous n'avions plus rien à vendre sinon les derniers lapins, des œufs, quelques salades, et finalement les poules et les truies que nous voulions pourtant garder à tout prix, l'arrachage des peupliers, les premiers tracés, la vente des meubles et de l'âne, les bulldozers, la route, le bitume, ma mère qui se jette sous le camion, je ne me souviens plus du reste, un grand vide blanc et ouaté, comme en hiver sur la plaine de Shun Ling recouverte par la neige, et le silence qui terrifie.

Non, simplement le blanc lumineux, presque aveuglant, je suis mort ou bien vivant, la vie n'est-elle pas autre chose qu'un long cauchemar, la queue interminable au guichet de la gare de Xi'an, cent quatre-vingt-quinze yuans* par personne, le train surpeuplé, presque deux jours debout dans un couloir, et aujourd'hui Shanghai.

Shanghai, la promesse d'une nouvelle vie.

* Un yuan, ou un *renminbi* (monnaie officielle de la République populaire de Chine) équivaut à 0,10 euro.

Celle de mes parents et de mes grands-parents, et d'ailleurs de la plus grosse partie de ma parentèle, n'avait été, depuis la Libération et la fondation de la Chine nouvelle, qu'un long calvaire. Tout au long de mon adolescence, mon père m'en avait raconté les détails, par bribes parce qu'il n'était guère loquace, certains soirs où nous étions un peu moins exténués que d'habitude. J'écoutais attentivement, presque avec avidité, même si parfois j'avais du mal à conserver la tête froide parce que ses propos contredisaient souvent ce que je pouvais apprendre à l'école.

Moi à l'école je travaillais mieux que les autres, j'apprenais vite contrairement à la plupart de mes camarades qui pensaient que l'éducation était un luxe complètement inutile, et quand je ne transpirais pas sur la terre pour aider mes parents ou lors des multiples tâches domestiques qui monopolisaient nos vies dans les campagnes, je courais à la bibliothèque du village dans le local du Parti et lisais tout ce qui me tombait sous la main ;

et mon père m'encourageait parce que, malgré tout, l'éducation dans ma famille c'était une tradition ancestrale à laquelle personne n'aurait songé à se soustraire.

Pourtant après l'école du village il ne fut pas question de partir au chef-lieu du district pour y poursuivre des études secondaires, malgré les bonnes notes que j'avais obtenues aux examens d'entrée, mes parents n'en avaient pas les moyens, surtout depuis que l'éducation secondaire était devenue payante et que la panoplie des services gratuits auxquels nous avions droit auparavant avait été supprimée par les exigences de la commercialisation de quasiment tous les aspects de la vie sociale.

Malgré notre sort mon père avait manifestement conservé les traditions de famille qui voulaient que l'éducation des fils soit une priorité absolue : faire des études et devenir fonctionnaire, dans la société féodale rien n'était plus important. Ainsi mes parents malgré leurs difficultés matérielles m'avaient toujours poussé à exceller à l'école et j'avais répondu à leurs attentes.

Inconsciemment j'avais fini par acquérir une certaine fierté en réalisant que nous n'avions pas toujours été que des paysans pauvres ou sous-pauvres. Nous étions originaires du Shandong et de la région la plus à l'est de la Chine, le cap de

Cheng Shan, dans le village de Fujiazhuang. Mon père disait que par temps clair on pouvait apercevoir les côtes de la Corée en se promenant le long des plages. Quand il était enfant il se baignait dans la mer et ramassait les crabes dans les rochers avec les mains. En remontant encore plus haut dans l'arbre généalogique familial nos ancêtres les plus lointains provenaient d'une tribu mongole qui se serait petit à petit installée dans le Shandong après l'arrivée sur le trône impérial de la dynastie des Yuan, au XIIIe siècle.

Ma famille y habitait donc depuis des générations, des propriétaires terriens, un ancêtre direct célèbre dans toute l'histoire politique de notre pays, des lettrés-fonctionnaires, des fils aînés qui avaient parfois occupé des postes importants dans d'autres provinces, préfets, juges après avoir réussi les différents niveaux des examens impériaux, bien qu'aucun n'ait jamais été *jin shi** et qui revenaient mourir dans la grande maison familiale, un *siheyuan*** avec jardins, cours intérieures et domesticité.

* Dans le système des examens impériaux, le grade le plus élevé et prestigieux, qui donnait accès aux plus hautes positions au sein de l'État.

** *Siheyuan,* littéralement cour entourée de quatre murs : habitat traditionnel dans le nord de la Chine pour les familles aisées, un ensemble de bâtiments disposés en carrés autour une cour centrale et toujours construits dans un axe Nord-Sud.

Mon père m'avait raconté que dans l'histoire familiale on évoquait toujours, avec horreur ou bien délice, un ancêtre récent, deux ou trois cents ans auparavant sous la dynastie des Qing, condamné au supplice de la mort lente, la peine la plus effroyable de l'arsenal judiciaire, trois jours de dépeçage savant et progressif, cent huit morceaux, du corps, des membres et des chairs, pendant lesquels il avait été maintenu conscient du début à la fin, une technique parfaitement maîtrisée par les bourreaux et une expérience millénaire ; et une branche cadette décimée par sa faute avec la décapitation de tous les mâles de sa descendance immédiate. L'empereur Kangxi avait été impitoyable, l'ancêtre en question, un mandarin, avait fait assassiner les seize membres d'une même famille toutes générations confondues, un crime impardonnable qui appelait le châtiment le plus extrême, mais aujourd'hui personne ne se souvenait plus des raisons qui l'avaient poussé à exterminer tous ces gens, ceux d'un clan rival probablement. Dans la famille cet événement était devenu comme une légende et le récit du supplice s'est transmis au cours des âges, peut-être pour édifier et faire peur, une leçon de moralité, on n'enfreint pas les rites impunément.

Je devais avoir une dizaine d'années lorsqu'il m'a conté l'histoire pour la première fois et je me souvenais encore des cauchemars les nuits suivantes : les hurlements de douleur du supplicié, les lambeaux de chair qui pendent le long du corps et que le bourreau jette dans des seaux en bois, comme chez le boucher, des bouts de bras, de doigts, de joues, des morceaux de jambe, les os à nu, le sang qui gicle et qui ruisselle dans la terre et puis les cris, toujours les cris, la terreur, le public, le village rassemblé avec les officiels dans leurs plus beaux atours, les paysans, la musique et les gongs ; l'imagination d'un enfant trop impressionnable.

Depuis, bien sûr, et grâce à l'école, j'avais appris que cette forme d'exécution capitale par le démembrement avait été abolie vers la fin du régime féodal ou approximativement ; maintenant c'est une balle dans la tête, une méthode propre, rapide, sans douleur.

Les choses se gâtèrent toutefois dès la fin de l'Empire avec, dans notre province du Shandong, les crises agricoles et rurales, les sécheresses récurrentes, les baisses continues des prix et de la production, les débordements chaotiques du fleuve Jaune et les inondations catastrophiques sur toutes les plaines avec les digues qui rompaient faute d'être entretenues, les récoltes régulièrement anéanties, sans parler des pillages incessants des armées levées par les seigneurs de la guerre ; pourtant c'est surtout pendant la période des campagnes d'annihilation et de la guerre de résistance contre le Japon que le pire a vraiment fait son apparition.

Mon arrière-grand-père exerçait certaines responsabilités au sein du Guomindang* et pour éviter la conscription obligatoire à son fils aîné, mon grand-père, il avait dû acheter au prix fort le fils d'un de nos paysans qui s'était enrôlé sous notre nom patronymique ; le destin a pris une tournure vicieuse et quand le fils du fermier a été pendu pour désertion sa famille a commencé à exercer un chantage financier qui a marqué le début de la fin pour la prospérité de notre clan.

Ensuite après la Libération nous avions naturellement été désignés comme l'un des quatre éléments noirs qu'il fallait éliminer à tout prix, celui des paysans riches ; alors, entre les exécutions sommaires, les emprisonnements et les suicides, la fuite en 1949 vers Taiwan d'une petite partie de la famille, la plus chanceuse, le frère cadet de mon grand-père, sa femme et leurs deux petites filles, la destruction totale de notre maison, et puis les vagues de campagnes de rectification et de suppression des contre-révolutionnaires, des droitistes, des révisionnistes, des opportunistes de n'importe quelle couleur, des ennemis de la révolution, quoi qu'il arrive ma famille était toujours en première ligne, sans compter l'épouvantable

* Le Parti nationaliste fondé par Sun Yat-sen en 1920 et dirigé après sa mort en 1925 par Chiang Kai-chek qui luttera jusqu'en 1949 contre les communistes avant de s'enfuir avec son armée et un million de Chinois à Taiwan.

famine résultat combiné du Grand Bond en avant et des sécheresses de 1960 et 1961, il ne restait pratiquement plus personne lorsque au commencement de la Grande Révolution culturelle mon père, orphelin alors âgé de quinze ans et qui avait été adopté par la famille d'un lointain cousin, a été envoyé à la campagne pour être rééduqué auprès des paysans pauvres du Shaanxi, l'une des régions les plus faméliques et arriérées de la Chine. Dès lors plus question d'éducation ni de lectures et pour couronner la fête son origine de classe lui interdira dix ans plus tard de pouvoir entrer dans les écoles spécialement ouvertes à la fin de la Révolution culturelle aux étudiants ouvriers-paysans-soldats.

Il aurait pu alors retourner au Shandong dans le village ancestral, se marier et trouver un emploi dans une fonderie ou une pêcherie mais il avait préféré rester à Chenjia et bâtir de ses mains la petite ferme de brique et de torchis où je devais naître. Ma mère n'était autre que la fille des paysans pour lesquels il avait travaillé depuis son arrivée au Shaanxi en 1968.

Moi j'ai toujours été convaincu que mon père faisait de la résistance passive. Un peu comme les lettrés de l'Empire qui contestaient la légitimité d'une nouvelle dynastie en se retirant du monde.

Grâce à la politique de réforme et d'ouverture du début des années 1980 et la libéralisation de l'économie agricole mes parents ont obtenu le droit de cultiver pour eux des parcelles de terre à proximité immédiate de la tombe de Shun Ling. Notre niveau de vie a progressé en quelques années, malgré les catastrophes naturelles habituelles dont les effets désastreux étaient amplifiés depuis que plus personne ne travaillait à l'entretien des infrastructures collectives à la morte-saison, comme la construction ou l'aménagement de routes, de digues, de barrages, nous avions mieux à faire en nous occupant à fond de nos activités, nettement plus lucratives, d'exploitation et d'élevage : l'inondation de 1992, la rupture des digues, je m'en souviens, on marchait avec de l'eau jusqu'aux genoux dans la maison, tous nos lapins ont péri ainsi qu'une génération de porcelets, l'école a été emportée par un glissement de terrain et les champs sont restés noyés pendant des semaines détruisant toutes les récoltes, et la sécheresse de 1994 avec des résultats similaires mais plus pernicieux car nous n'avions plus d'eau à boire, les puits ayant tari, le gouvernement provincial envoyait par intermittence des camions-citernes pour que nous puissions remplir des jerricans d'eau potable nécessaires à notre survie ; par intermittence car les camions de secours étaient fréquemment détournés par les cadres locaux qui s'en servaient pour irriguer leurs cultures desséchées.

Non, malgré tout, notre condition s'améliorait parce que mes parents ont bien su mettre leurs terres en valeur, ils travaillaient désormais pour eux et non plus pour la communauté et les brigades de production, et même si les graines, les engrais et les équipements agricoles n'étaient plus fournis gratuitement et que l'Etat prélevait toujours une quote-part de leurs productions nous pouvions néanmoins vendre nos récoltes à des prix très avantageux sur les marchés de Xianyang. Plus tard nous avions été autorisés à développer de petites activités d'élevage, poules, lapins ainsi que quelques cochons ; les lapins on vendait aussi leurs peaux et leurs poils à une usine locale de fabrication de chapeaux de feutre qui donnait des travaux de couture ou de finition à ma mère ; quand j'étais plus jeune elle avait acheté une machine à coudre à pédale et elle cousait le soir les chapeaux et les doublures lorsque les commandes gonflaient subitement et qu'il fallait assurer une livraison dans des délais approximatifs ; c'était une source de revenus supplémentaires qu'il était impossible de négliger mais je l'entendais soupirer souvent et au petit matin elle avait les yeux rouges avant de partir dans les champs pour toute la journée.

Pourtant depuis le milieu des années 1990 mon père se plaignait régulièrement de la dégradation de nos conditions de vie ; le gouvernement central avait décidé de favoriser le développement des provinces côtières au détriment des campagnes de l'intérieur et les paysans ne faisaient plus partie des priorités et des préoccupations principales des dirigeants ; il n'était plus désormais ni glorieux ni honorable de travailler dans l'agriculture. Il devenait pratiquement impossible d'emprunter aux taux d'usuriers exigés par les laquais à la solde du secrétaire du Parti du canton, les matières premières essentielles nous coûtaient plus cher tandis que les produits de la vente des récoltes ne cessaient de diminuer ; à cela il fallait ajouter le prix des médicaments ou des hôpitaux lorsque par malheur nous tombions malades, les impositions illégales ou inventées et les sommes qu'il fallait débourser pour avoir accès à ce qui quelques années auparavant était encore gratuit.

Mon père parlait bien, il était parfaitement conscient de la nouvelle précarité de notre situation économique et il était très objectif dans ses analyses ; nous avions beau n'être actuellement que des paysans pauvres cela n'avait pas toujours été le cas, ce n'était que depuis la Libération, une cinquantaine d'années, soit rien du tout comparé à l'histoire six fois millénaire de la Chine ou même au passé de notre propre famille.

Moi j'étais persuadé que le balancier du destin nous remettrait un jour en selle, il suffisait d'être patient, d'arrondir les épaules et de laisser mugir la tornade de l'histoire récente, elle finirait bien par s'affaiblir.

En attendant les jours meilleurs le cyclone nous a projetés jusqu'ici. Ici, à Shanghai, un matin triste de décembre.

En débouchant sur l'esplanade noire de monde la première chose qui m'a frappé et coupé le souffle c'est les quatre nez d'éléphant qui tentaient de se frayer un passage vers les guichets. D'abord, j'ai tiré mon père par le bras pour les lui montrer ; nous avons dû nous arrêter pour les regarder, moi je n'osais plus respirer, c'était incroyable, là, devant nous, on aurait presque pu les toucher. Dans mon village quand j'étais encore enfant on racontait que leurs nez s'allongeaient comme des élastiques quand on tirait dessus et qu'avec tous les poils qui recouvraient leur corps on pouvait se confectionner des manteaux pour l'hiver, mais moi en grandissant j'avais fini par admettre que ce n'était pas totalement vraisemblable ; on disait aussi, à l'école on pouvait le lire dans les manuels d'histoire et l'instituteur nous l'avait confirmé à maintes reprises, qu'il y a cent cinquante ans ils avaient traîtreusement envahi la Chine et ils avaient voulu la dépecer et se partager ses richesses et que depuis il fallait à tout prix réparer les humiliations subies et les traités inégaux*.

Moi j'étais d'accord évidemment comme tout le monde, il fallait se venger.

Mais à Shanghai j'ai vite compris qu'on ne pouvait plus les appeler nez d'éléphant, on devait dire Ami Etranger** et afficher un large sourire.

* Entre 1842 et 1895, après des séries de défaites militaires humiliantes, la Chine abandonnait aux puissances impérialistes occidentales (Angleterre, France, États-Unis, Allemagne, Russie) et au Japon des ports, ses douanes, les postes, des morceaux de territoire... Depuis, la politique chinoise (de Sun Yat-sen à Deng Xiaoping en passant par Mao et les dirigeants actuels) est centrée prioritairement sur comment venger ces humiliations et le dépeçage du territoire pour que la Chine retrouve sa suprématie et sa vraie place : la première.
** *Lao wai :* ami étranger ; nom amical, quoique un peu méprisant quand on y songe ("métèque "vient à l'esprit) donné aux Occidentaux depuis les années 1980 et le début de politique de "réforme et d'ouverture" ; auparavant on parlait plutôt des *yang guizi,* littéralement les "fantômes d'au-delà les océans", les longs nez, barbares, diables étrangers, nez d'éléphants, c'est-à-dire les étrangers. Il y a "nous "(les Chinois) et les autres, les "étrangers". Le sinocentrisme est bien vivace et ne disparaîtra pas de sitôt.

Depuis moi aussi j'ai appris à sourire de mes plus belles dents : Hello, ami étranger. Ami étranger.

Ami étranger, viens là que nous te plumions.

Moi et mon père nous sommes restés six jours et cinq nuits sans interruption sur l'esplanade de la gare au milieu des milliers d'autres paysans qui attendaient interminablement, soit pour acheter un billet de train quand les responsables de la station se décidaient à les mettre en vente, soit pour trouver un travail quelque part dans la ville. Car c'était ici, sur l'esplanade de la gare de Shanghai, le vrai marché de l'emploi où les patrons et les chefs de chantier de toute nature venaient s'approvisionner en main-d'œuvre.

Ils achetaient comme au marché, en tâtant les jarrets, les muscles des bras, en fouillant les bouches avec leurs doigts pour inspecter l'état des dents, en examinant la couleur du poil, la brillance du regard dans lequel ils cherchaient à lire le désir inouï de travailler comme un buffle pour moins que rien.

Comme à la foire aux bestiaux de Xianyang, sauf que là-bas les bêtes y étaient traitées avec plus de respect.

Et quand un gars faisait l'affaire, hop dans un camion bâché, direction le paradis des travailleurs manuels.

Je gardais nos valises quand mon père allait acheter de la nourriture, des raviolis à la vapeur, des petits pains fourrés, un peu d'eau, du riz blanc avec des légumes, parfois un gros morceau de viande, une cuisse de poulet ; le soir on veillait à tour de rôle dans la foule innombrable des paysans déracinés comme nous qui s'entassaient en encombrant la place, un incroyable grouillement, les odeurs, les cris et les gosses qui piaillaient, l'amoncellement indescriptible des sacs et des corps, on entendait parler les dialectes de toute la Chine et moi j'étais surpris ; il fallait aussi se méfier des voleurs, des hommes à trois mains* et de ceux qui cherchaient la bagarre, et des policiers en civil qui contrôlaient au hasard les identités.

En décembre la nuit à Shanghai, dehors il fait froid.

Chaque fois qu'un contremaître me remarquait à cause de ma haute taille il voulait que je vienne travailler pour lui sur un terrassement ou dans un atelier de fabrication de n'importe quoi mais je refusais de partir sans mon père avec moi, il fallait coûte que coûte que nous restions ensemble ; ils disaient viens toi le grand je t'emmène ; il y a du travail pour moi et mon père ? Alors ils se détournaient en haussant les épaules vers les gars sans famille.

* *San zhi shou :* les pickpockets.

Finalement au bout de six jours nous avons réussi à nous faire embaucher pour un chantier d'exploitation, pardon de construction, dans un nouveau quartier de la ville. Nous sommes partis, moi et mon père ainsi qu'une vingtaine d'autres de villages proches du nôtre, dans le Shaanxi ; nous avions fait connaissance sur l'esplanade, mon père avait reconnu leurs dialectes très similaires à celui qu'on parlait à Chenjia et on s'était regroupés pour tromper la solitude et présenter un front uni face aux contremaîtres.

Dans leurs villages déjà bien désertés, la terre ne pouvait plus les nourrir ou ils en avaient eux aussi été dépossédés, alors ils étaient partis pour Shanghai, ils n'avaient pas le choix, en espérant y trouver un travail, et peut-être aussi, pourquoi pas, un salaire qu'ils enverraient à leur femme et à leur enfant.

Et c'est ainsi que dans un petit matin froid et pluvieux de décembre 1999, moi, Fu Zhanxin, né le 3 novembre 1979 dans le village de Chenjia, canton de Guyang, district de Sanyuan, municipalité de Xianyang, préfecture de Xi'an, province du Shaanxi, vingt ans, un mètre quatre-vingt-huit, soixante-dix-sept kilos, je débutai une nouvelle existence dans le camion bâché qui nous emportait à toute allure à travers les rues de Shanghai, moi, mon père et un petit groupe de laissés-pour-compte, vers les baraquements de fortune et le chantier de Luwan où nous passerions presque deux ans.

Shanghai qui nous avait attirés comme un phare ou un aimant.

Ou une araignée vénéneuse.

Pied à terre dans le district de Luwan : il s'agissait de bâtir un nouveau quartier en reconstruisant du faux ancien tout neuf sur du vrai pourri pour attirer les capitaux et les touristes étrangers, c'est ainsi que le contremaître nous avait présenté la tâche. D'abord détruire entièrement un vieux quartier typiquement shanghaien, des *lilongtang** avait-il précisé, en ne gardant des habitations que les façades (briques grises ou roses, frontons, portes cochères) les moins abîmées par le temps et le manque d'entretien puis reconstruire le même mais en propre et moderne avec des restaurants de luxe, un hôtel, des salles de cinéma et des dancings.

* Architecture typique du Shanghai d'avant la Libération, à l'époque des concessions. Alignements concentrés de maisons étroites à quatre niveaux avec une pièce par étage ou demi-étage, parfois un jardin de poche au rez-de-chaussée et une terrasse sur le toit, entrelacement de multitudes de petites allées et ruelles.

La modernité occidentale qui se marie avec l'architecture traditionnelle chinoise, pérorait le patron sans rire.

Et au beau milieu de cette entreprise de désacralisation, dans la rue Xingye le site de la fondation du parti communiste par le président Mao en 1921.

En Chine on a toujours aimé le neuf et haï le vieux*.

Tous les habitants avaient préalablement été expulsés (la ville la campagne mêmes politiques mêmes effets), quelque chose comme trois ou quatre mille familles, vingt mille personnes d'après la rumeur, seuls un petit nombre de vieillards sans famille ou intransportables demeuraient encore dans certains appartements sans murs ni toit mais ils finiraient par disparaître eux aussi au fur et à mesure de la progression de nos travaux de démolition, un beau matin ou durant une nuit sans travail, pour on ne sait où, une banlieue loin de Shanghai, une tente sous un pont, une caisse de bois à la morgue.

* Jeu de mots iconoclaste : *Xi xin yan jiu,* littéralement "aimer le nouveau et haïr le vieux", slogan utilisé au cours de la Révolution culturelle (1966-1976) par les gardes rouges et la propagande pour détruire tout ce qui pouvait représenter l'ordre ancien, haï.

Au moins deux ans de travail pour nous et tous ceux qui participaient à ce projet. Je réaliserais plus tard la chance invraisemblable qui nous avait souri, cette opportunité incroyable de travailler sur un chantier aussi important pour une période aussi longue. En effet, les ouvriers dernier choix, des paysans déracinés comme nous, se louent habituellement à l'heure ou à la journée, ils se déplacent de chantier en chantier, au jour le jour, à la nuit la nuit, en proposant leurs services ; les contremaîtres les reconnaissent facilement parce qu'ils portent avec eux les outils symboles de leur compétence : un marteau pour le démolisseur, une pelle pour le terrassier, un pinceau pour le peintre, des lunettes de soleil pour le soudeur, un rouleau de fil de cuivre pour l'électricien...

Nous les chanceux, en débarquant sur le chantier de Luwan on écoutait d'une oreille distraite les propos du patron et des contremaîtres, on voulait bien coopérer, les conditions de travail nous étions prêts à tout endurer dans les campagnes on est élevés sans merci, l'art les restaurants les cinémas nous n'y connaissions rien et on ne comprenait guère ni le pourquoi ni le comment, et cela n'avait d'ailleurs pas la moindre importance, non nous c'était la paie qui nous motivait.

Pourtant les trois premiers mois nous n'avons rien touché, le patron a déclaré j'ai dû payer vos permis de travail et de résidence alors je me rembourse sur vos salaires. Nous ne pouvions pas nous plaindre, nous arrivions des provinces de l'intérieur et nous n'avions pas, officiellement, le droit de vivre ni de chercher un travail à Shanghai, le patron avait graissé quelques pattes et hop nos trois mois de salaire.

En fait les permis étaient faux, on s'en apercevra plus tard.

En attendant il fallait survivre et manger en écornant les maigres économies constituées avant de quitter le village natal.

Sept jours sur sept, même pendant les fêtes du Nouvel An et celles du 1er mai, quatorze à seize heures par jour en moyenne, quelquefois la nuit quand l'électricité n'était pas coupée, à monter les échafaudages en bambou, démolir à la masse ou à la pioche tous les immeubles traditionnels du périmètre puisque nous coûtions moins cher que la location de grues, arroser pour atténuer l'absorption des poussières et faciliter le déblaiement, soulever les tonnes et les tonnes de gravats, les casser en morceaux au burin et au marteau pour qu'ils soient plus aisément transportables à mains nues, trier ce qui pouvait être récupérable et revendable (vieilles portes en bois, poignées en faux bronze et vrai cuivre, tuyaux de fonte, poutres des plafonds ou des escaliers, briquettes, tuiles), remplir les bennes à la pelle ou à la main, sans masque de protection ni casque de sécurité, peu pratiques et de très mauvaise qualité donc inutiles, sauf quand le responsable, un Chinois de Hongkong, venait inspecter avec ses équipes l'avancement des travaux, en général le lundi matin de chaque semaine ; nous étions prévenus, alors on avait le temps de s'accoutrer comme l'exigeait le règlement affiché à l'entrée du chantier.

Dans l'industrie du bâtiment nous étions tout en bas de l'échelle, peut-être même en dessous du premier barreau, avec les conditions de travail les plus pénibles et vingt-cinq yuans par jour.

De mai à août les températures dépassaient fréquemment trente-sept degrés et nous n'étions pas censés travailler l'après-midi, nous les buffles des chantiers et des usines, et au-delà de quarante on pouvait même rester à la maison, ou plutôt dans les dortoirs ; qui nous avait informé de cette règle instaurée par le gouvernement central au service du peuple, pour protéger les ouvriers et leur santé, personne ne s'en souvenait ; mais ici à Shanghai les montagnes sont hautes et l'empereur à Beijing est bien loin*, alors nul ne se souciait de la mise en

* *Shan gao huangdi yuan,* littéralement "les montagnes sont hautes et l'empereur, à Beijing, très loin". Les provinces ont souvent été très libres, c'est-à-dire mal ou peu surveillées, en raison de l'éloignement, dans l'application des décisions de l'autorité centrale, celle de Beijing.

application de cette norme, ni la municipalité qui avait donné l'ordre au bureau de la météo de ne jamais déclarer officiellement dans les journaux ou à la radio les températures au-dessus de trente-six et demi, et encore moins les patrons qui nous avaient averti sans détour que les jours de forte chaleur on travaillait quand même et les faibles et les tire-au-flanc qui décideraient de rester à rêvasser sur leur grabat seraient virés à grandes enjambées.

C'est ainsi que j'ai compris pourquoi lorsque tous les thermomètres indiquaient sans erreur des températures de plus de quarante degrés en plein été, les journaux du matin, ceux du soir, et la radio eux indiquaient invariablement trente-six et demi au plus haut.

Levés tôt, couchés tard, les deux premiers mois nous ne sentions plus nos bras à force de taper avec les masses sur les murs, les briques ou le ciment, on avait la tête qui bourdonnait sans cesse, une sorte de ronflement en continu, comme le moteur d'un motoculteur qui ne s'arrête jamais, mais il fallait tenir coûte que coûte, le soir on s'effondrait sur nos paillasses sans un cri ; on dormait entassés sur des lits superposés dans un dortoir de tôle, sans eau ni électricité, polaire en hiver, suffocant par la suite en été, on se lavait le visage, les bras et les dents le matin avec le tuyau d'arrosage des gravats et pour les grands besoins il fallait se déplacer vers les latrines publiques au coin de la rue Madang et on mangeait à la va-vite sur le chantier, debout ou accroupi sur les décombres. Tous les jours une fille avec sa mère dans leur cuisine ambulante nous vendaient du lait de soja chaud et des beignets dès le lever du soleil et un plat de riz blanc avec du chou et des haricots verts et de la viande de porc (ou de chien en hiver pour nous tenir chaud) le midi et le soir, elles souriaient en nous interpellant dans leur dialecte de Shanghai, alors camarade patron pour un yuan et trois *mao** ce sera quoi ; moi au début je ne comprenais rien à leur langage je disais petite mademoiselle parle-moi donc en chinois elle rougissait comme une pomme laquée et tout le monde riait.

Petite mademoiselle. Petite mademoiselle. Aiguo. Grande, et fine, et toute jolie. Le midi et le soir je courais toujours pour arriver le premier devant leur cuisine à roulettes et je lui tendais ma gamelle comme si ma vie en dépendait, elle me souriait alors en baissant un peu les yeux juste un instant, et puis elle versait le riz blanc et les légumes en cherchant mon regard, moi je ne disais rien, j'avais le cœur qui cognait follement dans la poitrine mais je la regardais aussi, son sourire on aurait cru un ciel de douceur et de sérénité et la nuit dans le dortoir sur mon lit de planche je m'endormais avec son visage dans mes rêves.

* Le *mao* équivaut à un dixième de *yuan*.

Aiguo.

Aiguo ma petite sœur elle est très belle même quand elle retourne les beignets avec ses grandes baguettes de bois dans l'huile bouillante ou qu'elle enfourne la monnaie dans le tablier de sa mère d'un geste vif. Dans mon bol de riz blanc quand elle répand avec sa louche les morceaux de viande et la sauce moi je crois bien qu'elle me sert mieux que les autres, même que Liang Shouzhua, mon copain, a fini par le remarquer, il s'est plaint à la mère un midi en lui disant qu'Aiguo favorisait Zhanxin injustement et que c'était pas équitable mais Aiguo lui a coupé le sifflet en répondant que j'étais le plus grand et le plus costaud de tout les gars du chantier alors j'avais besoin de manger plus que les autres.

Cette réponse m'avait fait rougir un peu.

Autour de nos dortoirs des filles ont vite commencé à flairer une clientèle potentielle d'importance, un marché à exploiter en dépit de nos capacités de paiement très limitées. Après plusieurs tentatives infructueuses, elles se sont aperçues que sans salaires la plupart d'entre nous ne risquaient pas d'engager leurs services. Il faudra attendre notre première paie trois mois après avoir été embauchés pour les voir revenir régulièrement, généralement en fin de semaine. Aux dortoirs il fallait s'arranger pour que tout le monde passe son tour en respectant le sommeil des plus fatigués, ou des plus vieux. Dans les chambrées elles étaient en position d'attente sur les lits en étagères et les défilés commençaient sitôt la fin du repas du soir. Mon père par principe refusait de les rejoindre il avait peur des maladies et nous n'avions pas assez d'argent pour payer les médecins, même ceux des hospices les moins chers, et puisque les soins médicaux n'étaient plus gratuits il pensait qu'il valait mieux éviter de telles dépenses. J'ai toujours suivi son conseil, sauf un soir où décidément je n'arrivais pas m'endormir ; celle qui avait fini un de mes camarades m'a regardé en souriant pour toi beau gosse aujourd'hui ce sera presque pour rien, l'occasion m'a paru trop belle et puis j'en avais quand même un peu envie. Ce fut rapide pour ma première fois, ça m'a fait un peu mal, j'étais maladroit et la fille souriait béatement en poussant de petits cris aigus, comme ceux d'un porcelet ou les couinements d'une souris, elle est restée avec ses chaussures tout habillée sauf du bas et moi j'étais nu sur elle, j'avais enlevé mon short et mon tee-shirt pour transpirer moins, il faisait une chaleur à crever, même au milieu de la nuit ; à un moment en relevant la tête j'ai heurté violemment l'étagère du dessus et en regardant sur la droite j'avais une vue imprenable sur tous les lits de la rangée où mes copains s'activaient eux aussi ; avec la lumière de la lune pour seul éclairage moi je trouvais que c'était assez féerique. A la fin elle m'a demandé cinq yuans et par politesse j'ai voulu connaître son prénom elle a répondu Wu Ming* alors je l'ai payée en me rhabillant et je suis parti ventre à terre avec du savon et une serviette pour les douches publiques de la rue Huangpi, au nord, près de la place du Peuple.

Là sous la douche brûlante je me suis lavé et frictionné pendant un temps qui m'a semblé durer des heures.

A la sortie j'ai rencontré Guo Tai et Min An propres et bien peignés et nous sommes repartis ensemble. Comme c'était ma première fois ils m'ont offert à boire une bière Tigre Blanc, une grande bouteille presque glacée, et nous avons trinqué en discutant sur un banc au bord du trottoir dans l'avenue Huaihai, juste en face des appartements de luxe du Hongkong Plaza, cette nuit-là on ne travaillait pas, une panne de quelque chose probablement. On regardait défiler les filles qui s'y engouffraient, des grandes pour la plupart, sûrement de la Chine du Nord, Min An avait lu dans une revue clandestine que c'était leur rêve là-haut, devenir putes à Shanghai et gagner en quelques mois ce que leurs parents auraient mis des vies entières à épargner en restant travailler comme des buffles dans les usines pétrochimiques ou les aciéries. Moi je lui ai demandé s'il connaissait les tarifs et il a répondu qu'il en avait entendu parler,

* Littéralement "sans nom" : elle s'appelle Anonyme.

mais que c'était trop en dehors de nos budgets, entre deux cents et huit cents yuans la nuit, quatre cents pour les compatriotes de Hongkong ou de Taiwan et jusqu'à huit cents pour les amis étrangers. Pour des prix pareils j'aurais bien voulu naître fille dans le Heilongjiang ou le Liaoning. D'ailleurs cela ne m'étonnerait qu'à moitié si l'on apprenait un jour que les garçons dans ces provinces se font opérer pour devenir d'un coup de tranchoir du boucher des investissements enfin rentables. Guo Tai a réfléchi à voix haute, il proposait de mettre nos économies en commun, une semaine de salaire, et de s'en louer une pour la nuit à partager à trois ou quatre, il souhaitait visiblement tester les différences entre une fille à dix yuans la passe et une à trois cents, ça devait être possible mais je lui ai fait remarquer qu'à mon avis il était peu probable qu'elles pratiquent des tarifs de groupe les prix s'entendaient forcément par personne.

Quel rêveur ce Guo Tai, toujours à espérer des choses qui n'arriveront jamais.

Même sur le chantier quand il cogne avec sa masse contre les façades ou les escaliers Guo Tai raconte toujours des histoires invraisemblables qui nous font rire chaque fois. Son grand rêve à lui c'est de gagner assez d'argent pour faire sortir son père de prison, incarcéré pour une sombre histoire de trafic de faux billets de loterie dans la ville de Xi'an, trafic qui semblait avoir aussi impliqué, d'après lui, un certain nombre de cadres haut placés dans la région, et son père payait pour tous, qui n'avaient pas été inquiétés un seul instant : c'est lui qui possédait l'imprimerie d'où sortaient les contrefaçons.

Depuis sa mère avait réussi à obtenir le divorce puisque les revenus de la famille avaient été amputés des trois quarts, elle travaillait bien comme gardienne de salle dans le musée de l'Histoire de la province du Shaanxi à Xi'an mais sa paie mensuelle ne suffisait pas à la faire vivre, elle et son fils Guo Tai, alors elle s'était remariée avec un Chinois musulman qui possédait derrière la grande mosquée de Xi'an dans la rue Miaohou un restaurant de soupe et viande de mouton *Chez le Père Sun,* un endroit très populaire où pour huit yuans on pouvait manger un énorme et succulent bol de soupe, de pain et de mouton bouillis, mon père s'y était rendu lors d'une de ses visites dans la capitale provinciale quand il essayait de négocier le dossier de notre expulsion et il en parlait encore avec des larmes dans les yeux, mais Guo Tai, lui, détestait son beau-père qui avait refusé de lui avancer les dix mille yuans nécessaires pour l'inscription en première année à la faculté de médecine de Xi'an. Somme énorme, démesurée et qui dépassait de très loin toutes les économies jamais réalisées par ses parents. Il avait essayé de faire le tour de sa parentèle et des relations familiales mais le montant total des prêts envisagés couvrait à peine un trimestre et surtout depuis que son père pourrissait en prison, la réputation de sa famille avait pris du plomb dans l'aile ; c'était pourtant une belle réussite, Guo Tai avait passé brillamment l'examen d'entrée à l'université et toute la famille aurait pu bénéficier un jour ou l'autre, à la fin de ses études, d'un parent médecin, pour payer les soins moins chers ou passer devant tout le monde dans les listes d'attente ; le beau-père manquait manifestement de clairvoyance. Alors un soir pour se venger, à la fermeture du restaurant, profitant d'un moment d'inattention, Guo Tai avait vidé la caisse et s'était enfui à Shanghai par le premier train de nuit en partance.

A ce jour il a coupé tous les ponts sauf avec son père à qui il envoie un petit mandat régulièrement tous les mois.

J'aime bien discuter avec lui, il est éduqué, plein d'humour et ne se fait plus d'illusions dans l'univers qui nous attend, il dit que nous ne sommes que de jeunes intellectuels précocement désabusés...

Je ris, je ris, dieux du ciel comme je ris,

Ou plutôt non, soyons sérieux, des sous-pauvres, incapables de pouvoir s'offrir des études et sans avenir ; alors il faut profiter du système et essayer de s'enrichir par n'importe quel moyen, c'est d'ailleurs le message que nos dirigeants martèlent inlassablement depuis quelques années.

"Devenir riche est glorieux. "Une proposition bien sympathique comme but dans la vie mais en attendant, taper sur les murs avec des masses sept jours sur sept et creuser des trous pour les fondations d'une série de restaurants à l'usage exclusif des amis étrangers, dormir sur des étagères dans des baraques en tôle, le chemin pour y parvenir risque d'être plutôt long et fastidieux, il faudra absolument trouver des raccourcis.

Min An lui est moins causant mais c'est un ami sincère et qui ne ménage pas sa peine sur le chantier, ou en dehors ; il est rusé comme un renard, c'est lui qui a organisé le système de surveillance des contremaîtres lorsque nous avons envie de nous reposer un peu ou de souffler à l'écart sans être découvert, on se relaie à des postes de guet sur les échafaudages et on crie dans nos dialectes dès que l'un d'entre eux pointe son nez. Au pays il a laissé sa femme et Min Ku, son jeune fils de dix mois, avec ses vieux parents, dans leur ferme à proximité du bourg de Liquan. Eux ils ont été expulsés de leurs champs quand les cadres du Parti dans le district ont décidé l'implantation d'une zone de développement économique et technique sur les terrains qu'ils exploitaient en commun avec six autres familles, l'indemnité qui leur a été accordée, et qu'ils n'ont pas contestée, ne suffisait même pas à garantir deux mois de leurs besoins en nourriture, Min An a donc dû s'expatrier dare-dare à Shanghai pour essayer de trouver du travail, et si possible un revenu couvrant les frais de trois adultes et un enfant, puisqu'un paysan sans terre c'est un mort-vivant. Pour se moquer de lui gentiment Guo Tai prétendait que son fils il aurait dû le prénommer Min Gong*, après lui.

* Jeu de mots : Min accolé à Gong, cela donne *mingong :* "paysan déraciné", "paysan-manœuvre", "migrant de l'intérieur", population flottante, ces millions de paysans, comme Zhanxin, qui quittent leurs villages dévastés par la misère pour aller chercher du travail, dans les pires conditions d'exploitation, à Shanghai ou les villes des provinces côtières. Ils sont estimés aujourd'hui à environ deux cents millions.

Personne chez lui ne savait pourquoi les autorités du district avaient ratifié la construction d'une zone aux abords de leur village, à soixante kilomètres de Xi'an, dans une plaine stérile et dépourvue de toute infrastructure, d'ailleurs nul ne comprenait seulement à quoi servait une zone. Il y avait certainement là des opportunités d'enrichissement personnel pour un aréopage de cadres et de fonctionnaires mais quant à l'utilité réelle du projet, c'était le grand trou noir.

Min An, c'est un gars sur qui on peut compter, il ne se défile pas devant les difficultés même quand il est tombé malade avec son sexe. A force de dépenser sur les filles le peu d'argent qui lui reste chaque mois, une fois envoyé le mandat à sa famille, il a logiquement fini par attraper ce que mon père redoutait par-dessus tout, et contre quoi il me mettait en garde avec une constance parfois trop appuyée. Nous avons dû l'emmener à l'hospice public presque sur une civière, il était mourant de douleur, une nuit où on ne travaillait pas après onze heures et à l'insu des contremaîtres ; aux urgences, après quatre heures d'attente, ils lui ont introduit dans le sexe une seringue gros calibre pour injecter un liquide violet qui détruisait raide les infections de toute nature et il a hurlé comme un fou pendant des heures ; sur le chantier quand nous avons recommencé à bosser le matin au retour de l'hospice il était plié en neuf, on essayait de le soutenir discrètement pour ne pas qu'un contremaître s'en aperçoive et qu'il le licencie en direct.

Le résultat prévisible de ces facéties c'est que le taux de fréquentation des filles dans nos cages a fait un brusque plongeon et les gars ont peu à peu commencé à écumer les salons de coiffure des environs, un changement de routine qui était tout de même moins risqué qu'avec les professionnelles assermentées. Sur le moyen terme il faudra qu'ils s'arrangent pour se dégoter de vraies petites amies. Pas simple quand on songe à nos conditions de travail.

Moi j'ai de la chance : j'aime Aiguo et je pense qu'elle me le rendra bien.

Nous autres les *mingong*, bien qu'au degré moins zéro dans la hiérarchie de la société, nous ne sommes pas pour autant des idiots complets ; dans les dortoirs le soir ou quand on mange accroupi sur les trottoirs on discute entre nous, du chantier, de nos vies d'avant, ou d'après rions un peu, des problèmes quotidiens auxquels nous sommes confrontés dans une ville comme, comme, comme celle-ci et on échange des mines d'informations pratiques et de règles de survie. En confrontant les expériences nous arrivons à mieux comprendre notre environnement et nous devenons moins crédules devant l'infinité des ruses dont les loups et les chacals* shanghaiens sont familiers pour duper et voler le genre humain.

Moi j'appelle cela la solidarité de la misère : s'entraider mutuellement pour réussir à survivre dans la jungle shanghaienne.

Le soir sur le chantier s'il nous restait quelques forces avant d'aller dormir on jouait parfois aux cartes ou au mahjong en buvant du thé et de l'eau chaude, en grignotant des graines de pastèque ; mon père, lui, battait tout le monde aux échecs, il se formait toujours un attroupement quand il s'attaquait à une partie, les cris partaient dans tous les sens à chacun de ses mouvements avec les commentaires à haute voix, c'était un sacré joueur et malgré les interdictions on lançait des paris, deux, trois *mao,* jamais plus, et il arrivait à récupérer quelques yuans pour se procurer des fruits et les partager ensemble. Moi j'en achetais des frais, bananes, oranges, pastèques, melons, ananas dans les petits magasins tranquilles qui bordent les trottoirs autour du chantier ; mon père avait insisté : les fruits éléments indispensables pour reconstituer

* *Chai lang,* littéralement "chacal, loup" : termes insultants qui expriment la cruauté et le mal. Les métaphores animales sont souvent utilisées dans la langue chinoise pour dénoncer ou insulter, notamment la juxtaposition de deux animaux pour représenter des personnes qui possèdent des caractéristiques similaires à ceux-ci.

les forces après la journée de travail. On avait besoin d'énergie pour se relever le matin sans trop de courbatures et arriver au travail dans des conditions à peu près convenables ; sinon les contremaîtres nous attendaient au tournant, un relâchement dans l'effort, quelques signes de faiblesse en cognant contre les murs ou le béton, un repas du midi plus long que permis et zou direction la rue avec le baluchon sur l'épaule, sans cérémonie ni arriérés de salaire.

C'est la mésaventure qui était survenue à ce pauvre Xue Leifeng, un gars du Hunan, arrivé par erreur début février dans l'équipe de mon père. Il voulait se faire bien voir de la hiérarchie en payant de sa personne et tous les jours malgré sa constitution un peu chétive c'est lui qui tapait le plus fort en soulevant une masse qui devait probablement faire la moitié de son poids, à ce rythme-là il ne pouvait pas tenir longtemps on allait le ramasser avec des baguettes déjà le soir le repas juste avalé il basculait sur sa banquette comme un poids mort sans même venir jouer aux échecs ou aux cartes avec nous, alors on l'exhortait tous à se ménager ou ralentir ses cadences le jeu n'en valait pas la chandelle, mais peine perdue il n'avait rien voulu entendre et c'est donc sans surprise qu'un bel après-midi en plein soleil trois jours avant les vacances du 1er mai, vacances qui seront annulées la veille, il s'est évanoui en essayant de soulever des gravats plus lourds que lui pour les transporter dans une benne ; le contremaître aux aguets n'avait rien manqué de la scène et voilà le Leifeng en moins de mots qu'il ne le faut pour l'écrire sur le trottoir d'en face, stupide et hagard, avec sa couette et son sac, le visage encore ruisselant du seau d'eau qu'on lui avait lancé à la figure pour le ranimer ; trois mois de travail acharné qui partaient en fumée avec dans le même nuage le problème du paiement du salaire qui était résolu avant d'avoir été posé, le patron shanghaien ayant assimilé son étourdissement passager à un abandon de poste. Une désertion en quelque sorte, un acte inqualifiable qui ne justifiait aucune compensation.

Ce malheureux Lei Feng était né précuit*.

Dans la jungle shanghaienne le petit gibier ne fait pas le poids face aux prédateurs en maraude dans les chantiers du bâtiment.

* *Zhu shu de yazi, taobuliao,* littéralement "un canard cuit ne peut pas s'envoler".

Avec notre première paie le dernier jour du quatrième mois, six cents yuans chacun (le patron avait déduit d'autorité cent cinquante yuans pour le logement) moi et mon père nous sommes allés au restaurant *Da Ming* sur la rue Nanchang, quinze minutes à pied du chantier en marchant normalement, les copains l'avaient vanté, bon et pas cher ; on était assis sur des chaises au bord du trottoir, fin avril le printemps est doux à Shanghai et avec les platanes de chaque côté de la rue et les oiseaux qui chantaient on se serait presque cru à la campagne, sauf pour le bruit des voitures et des klaxons, et la patronne nous a servi un assortiment très copieux de plats typiques (raviolis divers, petits pains à la vapeur fourrés de viande de porc et de légumes, concombres au vinaigre, haricots ronds, tranches de jambon cuit, aubergines à la menthe, pied de cochon braisé, épinards, soupe de navets et porc bouilli) avec quatre bouteilles de bière très fraîche, des Longue Marche ; on est restés un moment à discuter avec les clients en fumant des Hainan et en tout on a payé vingt-six yuans mon père a dit attention pas tous les mois, j'ai pensé la prochaine fois moi j'invite Aiguo ma petite sœur et après on ira marcher dans les allées du jardin public Fuxing et je la prendrai dans mes bras et on se cachera dans les buissons au moment de la fermeture personne ne pourra nous voir et on s'endormira comme ça dans l'herbe ou sur un banc s'il fait froid mais moi je lui tiendrai chaud elle rira doucement en levant ses yeux vers moi et si elle veut bien je l'embrasserai sur les lèvres.

Mais il ne fallait pas trop fantasmer, le soir après une journée de travail sans interruption, nous n'avons ni le temps ni les moyens d'aller nous amuser dans les rues de Shanghai ou de tomber amoureux.

Heureusement le spectacle est souvent dans la rue.

Un jour pendant la pause pour le repas du midi, nous étions ensemble accroupis sur le trottoir en train de finir nos bols de riz quand deux gars du dortoir à côté du nôtre se sont fait renverser devant l'entrée du chantier.

Ils traversaient inconsciemment la rue sur un passage pour piétons quand une voiture n'a pas jugé utile de s'arrêter pour les laisser passer. Chez nous au Shaanxi, dans notre village les voitures sont rares, seuls les cadres du Parti ou certains fonctionnaires peuvent s'en offrir, mais la circulation est tout de même intense, entre les motoculteurs, les motocyclettes, les tricyclettes, les vélos, les tracteurs, les charrettes à buffles, à bras, les ânes et tout ce qui peut rouler et transporter des marchandises ou des passagers ; pourtant les accidents sont peu fréquents, nous avons un certain respect pour la personne humaine. Ici à Shanghai pas de pitié inutile le gros poisson gobe le petit poisson qui avale les crevettes*, le camion écrase la voiture qui écrase la moto qui écrase le vélo qui écrase le piéton. Celui qui avait été projeté violemment contre le trottoir demeurait inconscient avec du sang qui coulait de son crâne dans la rigole et des mouvements nerveux des jambes comme s'il mourait d'envie d'aller faire pipi, et au milieu de la chaussée l'autre gisait par terre avec l'os de la jambe qui dépassait largement de son pantalon tout déchiré, il avait dû heurter l'avant de la voiture ; le conducteur a garé son auto un peu plus loin, devant les grilles de l'hôpital Xinhua réservé aux membres du Parti et aux Shanghaiens fortunés ; quand il en est sorti il s'est précipité vers la scène de l'incident et il a commencé à hurler des imprécations en dialecte de Shanghai contre les deux blessés, bien incapables de comprendre ni

* *Dayu chi xiaoyu, xiaoyu chi xiami*, littéralement "le gros poisson mange le petit poisson, le petit poisson mange la crevette" : le plus fort finit toujours par gagner à la fin ; le petit perd toujours.

même d'entendre ce qu'il racontait ; une fourgonnette de la Sécurité publique a fini par arriver, non sans mal, à cause des attroupements dans la rue et sur les trottoirs pour regarder le spectacle ; le chauffard continuait à crier et Aiguo a traduit pour nous : il accusait les deux piétons d'avoir abîmé l'avant de sa voiture et il exigeait des policiers de porter plainte contre eux.

Sur les murs du carrefour des banderoles en gros caractères bien visibles pour inciter les conducteurs à la prudence et à un minimum de vigilance derrière le volant, “Construisons ensemble une société civilisée “et “Pour votre sécurité et celle des autres respectez les règles de la circulation. ”

Lorsque les agents de la Sécurité publique ont finalement compris que les deux victimes travaillaient comme esclaves, pardon comme manœuvres, sur le chantier ils ont palabré avec le conducteur au lieu d'appeler une ambulance et au bout de quelques minutes le gars est remonté dans sa voiture et il est parti en claquant la portière. Les pompiers sont arrivés beaucoup plus tard avec des civières et ils ont embarqué les deux blessés toujours inconscients.

Lorsque nous sommes retournés travailler sur le chantier en début d'après-midi nos deux équipiers avaient déjà été remplacés par les contremaîtres shanghaiens qui n'avaient pas attendu pour embaucher un gars du Zhejiang et un autre qui débarquait tout frais de sa fange dans le Henan, le sacré veinard, à peine arrivé un emploi qui lui tendait les bras.

Le lendemain nous avons appris le fin mot de l'histoire par Aiguo qui la tenait de source sûre, elle connaissait bien les agents de la Sécurité publique qui étaient intervenus pour l'incident : le blessé de la tête est mort dans la voiture des pompiers sans avoir repris connaissance, et le second, celui qui avait la jambe ouverte, après avoir été pansé sommairement aux urgences, ce n'était qu'un *mingong* sans authentiques carte de travail ni permis de résidence, les siens aussi faux que tous les nôtres, et puisqu'il n'avait aucun droit à bénéficier des soins et du système de santé réservés aux seuls Shanghaiens officiels, ni même bien entendu l'argent suffisant pour rembourser les frais d'hospitalisation, il avait donc été renvoyé dans un centre d'internement qui le réexpédierait direction le Shaanxi dans le premier autobus.

Les amis étrangers on en voit de plus en plus, de toutes les tailles et de toutes les couleurs ; parfois il en passe devant le chantier alors on s'arrête de travailler pour les interpeller en chinois eh bien nez d'éléphant tu t'es perdu mais dis-moi grand singe tu es couvert de poils laisse-moi toucher ta fourrure ça porte bonheur n'est-ce pas que tu la tonds en hiver comme celle de nos moutons pour en faire des couvertures ; ils sont incapables de nous comprendre et on commente en s'esclaffant leurs tenues, leurs longs nez et leurs cheveux souvent jaunes ou marron ; ils se promènent dans nos rues, rentrent dans nos magasins, prennent des photos, on croirait presque qu'ils sont ici chez eux. Parfois des couples se tiennent par la main ou s'embrassent sur la bouche aux abords des feux rouges, comme ça, en public, devant tout le monde, nous on est scandalisés, comment osent-ils nous imposer un spectacle aussi dégradant ?

Mais c'est toujours un choc tout de même, pourquoi sont-ils revenus et que vont-ils nous voler cette fois ?

En discutant avec Aiguo lors d'un repas du midi, j'ai réalisé qu'elle apprenait leur langue le soir en cachette de sa mère, elle avait volé un livre dans une bibliothèque et elle se le récitait par cœur ; au début je me demandais pourquoi une fille comme elle, aussi fruste que moi, se compliquait ainsi la vie à vouloir s'instruire et puis elle m'avait expliqué qu'à la fin du chantier quand le quartier aura été reconstruit les amis étrangers viendront s'y installer pour diriger les restaurants et les dancings sans compter les visiteurs et les touristes ils auront forcément besoin de main-d'œuvre chinoise et pour ceux qui pouvaient parler leur langue il y avait là des opportunités juteuses et de l'argent à prendre, elle était tout excitée en me parlant de ses projets et moi j'ai trouvé qu'elle avait des vues à long terme plutôt pas idiotes.

Moi j'aime bien Aiguo, elle est maligne, elle veut marcher sur ses propres jambes et quand elle m'a proposé d'étudier avec elle j'ai claqué des mains. Je ne savais pas bien où tout cela pouvait vraiment me mener mais au moins j'étais sur une route.

Ma petite sœur Aiguo, une malicieuse, une visionnaire malgré ses origines de classe aussi lamentables que les miennes, aussi j'ai décidé que je devais me laisser dériver avec elle.

Au fil de la discussion j'étais de plus en plus estomaqué, voilà qu'elle m'ordonnait ni plus ni moins comment me comporter, moi, un Han, chez moi, dans mon pays, envers les nez d'éléphant, pardon les Amis Etrangers.

La leçon rentrait plus vite que prévu.

Un soir avec quelques copains, à la sortie du boulot, avant de retourner travailler vers huit heures pour abattre un mur quelconque, nous sommes allés manger au restaurant *Bonheur Prospère* rue Nanchang, au croisement avec la rue Huijin, dix minutes à pied environ, pour fêter l'anniversaire de Shouzhua, vingt ans aujourd'hui et tout l'avenir derriè... houps, devant lui ; on avait pensé qu'avec un nom pareil le restaurant lui porterait chance. La spécialité du lieu c'étaient les pains fourrés, frits, braisés ou à la vapeur, et les raviolis à la viande ou aux légumes ; en tout nous avons commandé sept assiettes, trois de vingt raviolis combinés viande-légumes, trois de pains fourrés frits (viande uniquement) et une de pains à la vapeur assortiment de viande de porc, de champignons et de crevettes, le tout arrosé de bières Sans Limite, une nouvelle marque récemment introduite sur le marché et que les camarades serveuses proposaient en promotion spéciale, deux yuans la bouteille, un truc bien alcoolisé et qui se buvait avec plaisir, pas comme la pisse de cheval que nous avons l'habitude de descendre par bidons entiers.

Nous n'étions pas préparés à manger autant, on avait vu beaucoup trop large au niveau de la commande et à la fin du repas impossible de se lever, on retombait sur nos chaises comme de gros sacs de pommes de terre, dans un tonnerre de rots plus énormes les uns que les autres. Au moment de l'addition comme nous étions cinq à table on a décidé de la partager en quatre, huit yuans par personne : pour son anniversaire on ne pouvait pas laisser Shouzhua payer sa part, la moindre des choses.

Personne n'avait envie de repartir travailler sur le chantier, surtout à moitié soûls, les contremaîtres allaient s'en donner à cœur joie, l'ouverture de la chasse, et à la moindre bévue pan pan sur le trottoir d'en face avec la valise. Nous avons demandé aux camarades serveuses si elles connaissaient un remède miracle qui pourrait nous remettre d'aplomb en un instant et elles ont recommandé le vinaigre de soja ; après deux cuillerées chacun, nous nous sommes précipités comme un seul homme dans les toilettes au fond du restaurant pour vomir l'ensemble du repas.

Après bien sûr on se sentait mieux et léger, l'air frais de la rue nous remettrait aisément d'aplomb.

En sortant nous avons marché dans la rue Nanchang à peu près déserte, avec une petite brise dans l'air, parfaite pour récupérer nos esprits encore embrumés ; sur le chemin du retour nous avons croisé Aiguo et trois de ses copines en tenue du soir, elles allaient chanter au karaoké *Le Monde de la Fête* qui venait d'être inauguré juste derrière le jardin public Fuxing.

Le Monde de la Fête, une énorme bâtisse de quatre étages, pleine à craquer tous les soirs, des escaliers en marbre, des lustres en verre, des tapis sur les planchers, des chambres avec des canapés-lits en cuir et des éclairages intimes, des glaces sans tain, un luxe inouï, la jeunesse dorée de Shanghai qui vient chanter dans les micros devant des écrans de télévision en buvant de l'alcool, Shuang Lang nous décrivait l'endroit, avec des yeux brillants de plaisir.

Shuang Lang c'est la plus vieille amie d'Aiguo, elles se connaissent depuis le jardin d'enfants et elles avaient toute les deux arrêté la classe en fin de troisième, pour les mêmes raisons : leurs parents n'ayant plus les moyens de leur payer des études secondaires.

La mère de Shuang Lang avait déserté le domicile conjugal pour devenir la petite épouse* d'un

* *Xiao laopo,* littéralement "la petite épouse" : la maîtresse.

industriel taiwanais qui possédait des usines de vêtements dans la région de Nanjing, et le père d'Aiguo avait été tué dans l'accident de l'autobus qu'il conduisait en état d'ivresse, la raison pour laquelle sa *danwei** avait refusé de verser une compensation à sa femme qui s'était retrouvée du jour au lendemain sans un sou. A treize ans Aiguo avait donc été obligée de commencer à travailler pour gagner un peu d'argent, mais comme elle était encore mineure les patrons en profitaient pour la sous-payer, une tactique classique ; elle avait essayé divers métiers, shampouineuse dans un salon de coiffure, ouvrière dans la confection (elle cousait assise à longueur de journée derrière sa machine des sous-vêtements féminins destinés à l'exportation), serveuse de restaurant et même fausse aveugle masseuse de pieds dans un hôtel de vingtième catégorie ; elle était attirante et désirable, même à quatorze quinze ans, alors elle avait souvent des problèmes avec ses employeurs qui espéraient voir en elle autre chose qu'une simple adolescente sans réelles compétences. Plus tard elle m'avait raconté ses expériences mais en évitant de trop entrer dans des détails intimes qui pouvaient devenir embarrassants, mais moi je ne m'en suis jamais offusqué, après tout je n'avais aucune qualification ni autorité pour porter un jugement moral sur son passé. Finalement quand notre chantier de destruction-construction a été

* Unité de travail.

ouvert elle avait décidé d'aider sa mère avec leur restaurant ambulant de poche et de cela je ne saurais me plaindre, j'étais trop heureux d'avoir ainsi pu faire sa connaissance.

Elles nous ont présenté les deux autres filles Ping Ting et Xun Shun avec qui elles faisaient équipe dans le karaoké ; deux filles du même village dans la province de l'Anhui qui avaient elles aussi débarqué de leur campagne bien avant la fin de leurs études quand l'instituteur avait dû fermer l'école du village parce que aucune famille n'avait plus les moyens de le payer, lui et l'ensemble des fournitures scolaires annuelles. Une trentaine de filles avaient été exportées à Shanghai pour chercher du travail dans les restaurants ou les usines de textile et renvoyer les mandats postaux tandis que leurs frères et cousins restaient sur des terres arides pour aider aux travaux des champs ; là-bas avec un revenu mensuel maximum d'une centaine de yuans pour les plus aisées, les familles ne pouvaient survivre qu'avec l'argent des mandats qui leur permettaient de manger de la viande plusieurs fois par mois et d'arriver à payer leurs impôts.

Les camarades de l'Anhui, on savait bien que toutes ne restaient pas indéfiniment plongeuses dans les restaurants, ouvrières dans la confection ou *ayi** pour les enfants d'amis étrangers.

* Gouvernante, bonne d'enfants, domestique...

La plupart de celles qui faisaient la queue le soir dans nos dortoirs, même les mineures, en étaient originaires. Pour nourrir correctement l'ensemble de la parenté clouée au pays il n'existait pas d'autre solution viable et elles finissaient par s'y résoudre. Elles sont courtes sur pattes et plutôt costaudes avec des seins lourds, de bonnes grosses joues bien rouges et des tresses, mais elles n'arrivent pas à concurrencer les filles du Nord dont elles n'ont ni la taille ni la beauté, et encore moins les étudiantes shanghaiennes qui officient dans les karaokés, les salons de massage pour amis étrangers ou les bars de la rue Maoming, elles n'ont pas leur souplesse d'échine, pardon d'esprit ; leur seul atout c'est de casser les prix et de se concentrer sur une clientèle comme la nôtre, simple, rapide, peu exigeante, sans le sou.

Des poules faisanes* dernier choix en quelque sorte.

Elles débarquaient par milliers de leurs villages dévastés par la misère et les exactions, les yeux écarquillés, pleines d'innocence et de leur solide bon sens rural, plus approprié dans les champs de maïs que dans les rues de Shanghai, un peu comme des animaux domestiques lâchés tout nouveau tout beau dans la jungle, sans acclimatation

* *Ye ji*, littéralement "poule faisanne" : prostituée.

préalable ni manuel de survie, si elles ne devenaient pas hystériques au contact de la sauvagerie c'est qu'elles se faisaient dévorer d'une seule bouchée par les hyènes en patrouille.

Aiguo nous avait appris l'existence de réseaux spécialisés dans le placement des camarades de l'Anhui, réseaux contrôlés par des organismes plus ou moins clandestins dépendants de la municipalité ou par des anciens cadres à la retraite ou des chefs à différents échelons de la Sécurité publique.

Guo Tai, l'intellectuel du dortoir, nous a expliqué que le gouvernement de Beijing autorise et encourage l'enrichissement personnel à toute vapeur mais sans en donner la recette ni les règles du jeu, alors il n'est pas étonnant que les cadres et les fonctionnaires du Parti ou de la Municipalité se précipitent sur un marché comme le nôtre pour s'enrichir sur notre sueur : des *mingong* comme nous, il y en a des centaines de milliers, peut-être même des millions à Shanghai, et le peu d'argent que nous avons à dépenser finit presque exclusivement dans les filles de l'Anhui qui elles aussi sont là par centaines de mille.

Guo Tai appelle ça la loi de l'offre et de la demande. Je me demande parfois où il va chercher toutes ces informations, notre brave maître d'école.

Sa théorie est d'une simplicité enfantine : les *mingong* dans les dortoirs surchauffés ou glaciaux ont besoin de se divertir, le cri de la nature, c'est la demande, mais où et comment avec des salaires à hurler de rire, et voici que surgissent les camarades de l'Anhui qui proposent spontanément leurs services, l'offre, à des prix imbattables dont elles reversent un pourcentage aux cadres cités plus haut.

Tout le monde sort gagnant : nous autres les *mingong* pouvons assouvir nos besoins naturels à peu de frais ; les petites sœurs de l'Anhui renvoient à leurs familles les sommes qui leur permettront de survivre quelque temps encore jusqu'au prochain mandat ; les hôpitaux ne désemplissent pas de malades à soigner avec les piqûres et le produit violet, un commerce très profitable et des paiements en espèces, invisibles dans les comptes ; les Shanghaiens fonctionnaires, cadres ou simples entrepreneurs qui s'enrichissent conformément aux directives de nos dirigeants à Beijing et s'achètent les Santana noires aux vitres fumées qui bloquent la circulation dans toutes les rues de Shanghai et les appartements modernes dans les résidences de luxe qui poussent plus nombreuses que les champignons après une pluie de printemps.

Ce soir-là donc Aiguo, Shuang Lang, Ping Ting, Xun Shun semblaient particulièrement excitées à l'idée de retourner travailler dans le karaoké,

Aiguo nous racontait leur première soirée la veille, avec un groupe de clients taiwanais qui leur avaient laissé à chacune vingt yuans pour boire, un petit quelque chose pour récompenser les ardeurs et la qualité du service.

La qualité du service. Dans un karaoké. A quelle sorte de service faisait-elle allusion ?

Aiguo m'a souri viens avec moi ouvrier à l'heure je t'offre l'entrée et les boissons, j'ai soupiré non pas possible ce soir nous devons démolir à partir de huit heures ; elle a murmuré tant pis tu me manqueras en me faisant un petit bisou sur la joue ; je suis retourné sur le chantier avec le cœur lourd comme un quintal de bronze, et sous les quolibets des copains qui se sont déchaînés, ces vieilles badernes*.

* *Laogudong,* littéralement "vieilles antiquités".

Depuis plusieurs jours la pluie tombait sans interruption. Des trombes d'eau puantes et acides à cause de la pollution qui flotte au-dessus de Shanghai, la pluie s'écoule dans nos dortoirs par les toits de tôle, nos affaires sont trempées, même les couettes et les banquettes de lit, nous sommes tous grelottants, fiévreux, enrhumés, éternuants ; sur le chantier nous devons être prudentissimes et étouffer les crachements, si on se fait prendre en train de renifler ou de tousser bizarrement avec la main devant la bouche les contremaîtres vont se saisir de l'occasion pour nous renvoyer au point zéro, l'esplanade de la gare de Shanghai, la foire aux bestiaux. Déjà dans le dortoir de mon père deux gars ont été expulsés parce qu'un des patrons les a surpris en flagrant délit, en début de matinée quelques minutes avant de commencer à travailler, au moment où ils sortaient de la pharmacie rue Taicang avec des bouteilles de sirop contre la toux et des pilules pour calmer les maux de tête ; il leur a dit que sur son chantier on n'employait ni les malades ni les handicapés physiques et que sa société de construction n'était pas non plus un centre de repos ou de convalescence. Que pouvaient-ils répliquer devant cette évidence ? Quand ils sont venus dans son bureau pour toucher leur reliquat, les dix-huit premiers jours du mois, il les a immédiatement mis dehors avec l'aide des gardes, et sans le moindre paiement ni compensation.

Trois minutes après deux nouveaux garçons en meilleure forme les remplaçaient.

La vie quotidienne d'un ouvrier du bâtiment dans la ville de Shanghai est d'une désarmante banalité : lever vers cinq heures du matin, un peu d'eau sur le visage, les beignets frits d'Aiguo, à six heures sur le chantier avec les masses ou les pelles jusqu'à midi, un bol de riz blanc, une cuisse de poulet, accroupi sur le trottoir ou dans les échafaudages, à une heure pelle pioche marteau et il est déjà six heures, accroupi sur le trottoir le bol de riz blanc, quelques légumes, un fruit peut-être, une partie d'échecs, un peu de lecture, *Le Quotidien du peuple*, et si les générateurs ne sont pas tombés en panne, râteau balai tuyau d'arrosage et minuit sonne.

Du lundi au dimanche la semaine de sept jours.

Le Nouvel An pas plus que les fêtes du 1er mai n'évoquent quoi que ce soit pour les patrons shanghaiens, et d'ailleurs où irions-nous ?

Si l'envie folle et suicidaire nous prenait un jour de nous absenter pour aller visiter un vieux parent dans une province lointaine ou plus simplement prendre quelques heures de détente pour découvrir le vieux Shanghai et le jardin Yu, au retour les déceptions sont toujours immenses.

Qui va prendre du repos perd sa place.

L'erreur la plus courante à Shanghai, pour les *mingong* sans cervelle et fraîchement débarqués de leur trou à rats, c'est de plonger dans une baignoire sans en avoir estimé la profondeur au préalable*.

Personne n'est irremplaçable à Shanghai, surtout pas le *mingong*, marchandise trop abondante pour être précieuse, denrée périssable, sans poids et sans bruit.

Dans cet environnement sans dentelles ni gants blancs une vie n'a pas de prix.

Dans le sens bien sûr où elle ne vaut rien.

* *Xilianpenr li zha mengzi buzhi shenqian,* littéralement "plonger dans une baignoire sans en avoir au préalable estimé la profondeur" : avoir une trop haute idée de soi et de ses compétences.

Aiguo maintenant elle n'aide plus du tout à la cuisine avec sa mère sur le chantier, elle a trouvé un nouveau boulot, vendeuse dans une boutique de vêtements féminins, *Génération 2000,* qui vient d'ouvrir rue Maoming et elle gagne beaucoup plus naturellement ; on l'a embauchée parce qu'elle parle un peu la langue des amis étrangers (nous avons fait de réels progrès, je crois, en apprenant ensemble lorsque nous avons deux minutes de libre) et puis elle est belle et avenante, les clientes lui font spontanément confiance ; quand une amie étrangère essaye une *qipao** en soie naturelle Aiguo a toujours la présence d'esprit de doubler le prix et d'empocher la moitié de la différence, même après l'inévitable marchandage, avant d'en parler à sa patronne qui jubile, tout le monde en profite.

Quelques semaines plus tard je l'invitais au restaurant pour le repas du soir, un dimanche où nous devions terminer de travailler plus tôt que prévu,

* Vêtement féminin traditionnel, fendu sur les cuisses.

en milieu d'après-midi, parce que les camions à benne avaient été interdits de circulation dans tout le quartier pour des raisons de sécurité et d'enquête administrative. A cause d'un camion qui avait été à l'origine d'un incident pourtant assez courant, des freins qui avaient lâché faute d'entretien, le conducteur endormi au volant, ou ivre, ou facétieux ou peu importe, en tout cas il avait fauché un groupe de passants qui attendaient le bus avenue Huaihai, au moins une dizaine de morts ou de blessés écrasés sous les roues, dont deux bébés. La Sécurité publique avait ordonné une enquête approfondie et tous les camions à benne devaient passer des tests de conformité et de maintenance avant de pouvoir être autorisés à reprendre la route. Sur le chantier cela signifiait qu'aucun camion ne pénétrerait dans la zone des travaux ce dimanche après-midi, ils seraient tous en révision ou sous la loupe déformante des inspecteurs-la-main-tendue.

Aiguo avait accepté mon invitation et j'étais tout guilleret pendant la journée, je ne sentais même plus les vibrations dans les bras quand je tapais sur le ciment avec la masse ou la pioche, le contremaître hurlait ses ordres et ses contre-ordres je n'entendais qu'un vague bruit de fond, un peu lancinant et ennuyeux, comme le vrombissement d'un moustique, trop loin pour être écrabouillé d'un claquement de mains sans bouger du lit mais encore suffisamment proche pour être gênant.

A quatre heures j'ai galopé ventre à terre vers les douches municipales de la rue Huangpi, par chance il n'y avait pas trop de monde cet après-midi-là et je n'ai eu à attendre que trente-cinq minutes avant qu'un espace se libère, j'avais acheté un savon parfumé et du shampoing de marque japonaise à une petite marchande ambulante qui vendait des articles de droguerie dans la rue Zizhong à deux minutes à pied du chantier.

Je voulais resplendir comme un jade poli.

Je chantais sous la douche l'air qui avait bercé toute mon enfance, celui qu'on criait en allant aux champs avec mon père et ma mère "Petite sœur, marche courageusement vers l'avant, sans jamais te retourner "j'alternais les jets brûlants et glacés en me frictionnant énergiquement avec le savon, j'avais froid et je transpirais, j'étais beau, j'étais jeune j'avais la vie devant moi, la tête, les bras, les jambes, la mousse sur mon corps, le shampoing qui coulait le long du dos et des épaules, le carrelage blanc, l'eau, le soleil qui brillait à travers les carreaux, Aiguo dans un moment, assise en face de moi, son sourire et sa beauté pour moi tout seul, je ne savais plus s'il fallait rire ou bien pleurer, j'étais heureux comme sur une affiche de propagande.

Je suis allé la chercher rue Maoming devant le magasin *Génération 2000* où elle finissait sa journée à cinq heures. Dans la boutique elle était seule avec une cliente qui essayait tenue sur tenue sans parvenir à prendre une décision, la patronne avait dû s'absenter pour une petite course et Aiguo devait attendre son retour avant de partir, elle ne pouvait pas laisser le magasin ouvert avec personne à l'intérieur. Je me suis assis à côté de la caisse enregistreuse, sur un tabouret en bois, et Aiguo m'a offert une tasse de thé tiède dans un gobelet en papier, la cliente en a voulu elle aussi et elle a commencé à nous bassiner avec des histoires de thé et de ses bienfaits pour la santé, au lieu de s'occuper de ses robes et des essayages, j'ai regardé l'horloge du magasin, bientôt six heures moins le quart, on sera obligé de faire la queue dans le restaurant c'est sûr, et la patronne qui ne revenait toujours pas, j'espère qu'elle paie les heures supplémentaires d'Aiguo, heureusement la cliente a fini par se décider pour un tee-shirt blanc à vingt-deux yuans avec une phrase imprimée en rouge sur le devant *Young and Reckless*.

C'était bien la peine de nous faire poireauter pendant une heure pour ne dépenser que vingt-deux *renminbi* et finalement vers dix-huit heures trente, avec une heure et demie de retard, la patronne, une vieille Shanghaienne d'au moins quarante ans, a daigné faire son apparition et nous sommes partis en vitesse rue Fuxing pour aller manger des écrevisses, une spécialité shanghaienne, dans le fameux restaurant *Ici on mange avec les doigts,* qui les fait bouillir vivantes avec des épices et du gingembre, après les avoir légèrement enivrées dans un bain d'alcool, c'est ce qui était écrit sur le menu, naturellement devant la porte de l'établissement à une heure pareille il a fallu attendre sur le trottoir, comme tout le monde, les deux étages étant complets bourrés.

J'ai dit à Aiguo de patienter un moment, j'ai traversé la rue pour acheter deux canettes de bière fraîches dans l'épicerie *Wumei,* qui se trouve à l'angle avec la rue Maoming.

Nous les avons bues en attendant notre tour qu'une table se libère.

Une fois attablés nous avons passé commande d'une première casserole, soit un peu plus d'une livre, avec toutes les épices qui arrachaient la gorge et la chair brûlante des écrevisses il fallait boire de la bière pour apaiser le feu qui coulait dans les estomacs, on a beaucoup ri moi et Aiguo, mais je ne me souviens plus de qui ni de quoi, toujours est-il qu'après la troisième casserole et un cimetière de bouteilles de bière nous avons finalement quitté le champ de bataille pour aller respirer l'air purifié de la rue Fuxing.

Nous avons décidé de marcher pour digérer plus facilement et diminuer les effets de l'alcool. J'étais content parce que Aiguo n'avait rien d'une petite nature, un kilo d'écrevisses et six ou sept bières et elle était toujours debout en pleine forme. Des athlètes comme elle, dans le karaoké *Le Monde de la Fête* pour faire boire les clients et les pousser à la consommation, la direction devait applaudir et se frotter les mains tous les jours de l'avoir embauchée.

Marcher cela signifiait en direction de l'est, c'est-à-dire vers le Bund. Nous avons continué sur Fuxing en logeant les grilles du jardin public, fermé à cette heure, mais on entendait les cigales qui crissaient dans les arbres du parc ; en débouchant sur l'avenue Chongqing nous avons tourné à gauche pour la remonter jusqu'au croisement avec la rue Nanjing.

On se promenait la main dans la main depuis le départ du restaurant et à un moment, près d'un feu rouge alors que nous attendions pour traverser, elle a posé sa tête contre mon épaule et j'ai mis mon bras autour de sa taille.

Sur la rue Nanjing dans une épicerie *Jialian* j'ai acheté deux bâtons de glace à sucer, parfum petits pois pour moi et haricots rouges pour Aiguo. Nous les avons mangés en remontant la rue vers le Bund ; quand on a débouché sur le quai impossible de traverser en raison du flot ininterrompu de voitures, il a fallu emprunter le passage souterrain encore noir de monde à une heure aussi tardive, bientôt neuf heures.

C'était la première fois que je venais ici, le Bund, la rivière Huangpu, les convois et les remorques de péniches, Pudong en face, j'en avais entendu parler à l'école comme tout le monde, évidemment, le massacre des ouvriers en 1927, Du Yuesheng, les diables capitalistes dans leurs belles voitures, les pousse-pousse et le jardin public Huangpu interdit aux chiens et aux Chinois mais devant la réalité tout compte fait je n'ai pas été impressionné le moins du monde, plutôt le contraire, des immeubles gris et sans grâce, balourds, ternes, rien de comparable à notre architecture traditionnelle et la fluidité de ses lignes, les couleurs des tuiles, les bois peints, les toits élancés, la beauté des statues et des animaux mythiques.

Nous avons patienté attendant que les foules se dispersent en descendant le Bund vers le fameux jardin Huangpu. Il était fermé alors pour ne pas réveiller les gardiens qui ronflaient dans les guérites nous avons escaladé les grilles dans le plus grand silence, elles ne sont pas très hautes heureusement, nous avons fait le tour du parc, un peu de verdure, des arbres, des statues en bronze, et puis nous nous sommes assis sur un banc de pierre en essayant d'étouffer nos rires, nous étions serrés l'un contre l'autre et peu à peu sans qu'un mot ne soit échangé, le plus naturellement du monde, nos lèvres se sont rapprochées imperceptiblement et nous nous sommes embrassés pour la première fois.

Je n'ai pas compté les heures ni les minutes, nous sommes restés enlacés sur le petit banc de pierre, j'avais l'impression que le temps s'était arrêté ; quand on a entendu le pépiement des oiseaux dans les arbres, il était plus que temps de partir avant que le jour ne se lève complètement avec les gardiens et les explications à fournir aux agents de la Sécurité publique sur les raisons de notre présence à l'intérieur du parc.

Pour retourner sur le chantier dans les délais et éviter que je me fasse balayer comme un caca de chien par un contremaître si j'arrivais en retard, plutôt que d'y aller à pied nous avons sauté dans le premier autobus de la ligne 911, un autobus climatisé à un yuan le siège. Nous sommes descendus à l'arrêt de la rue Xizang main dans la main et j'ai raccompagné Aiguo jusque devant chez elle, rue Chongde, sa mère devait déjà être debout en train de préparer sa cuisine ambulante et elle aurait sûrement des questions à lui poser sur l'heure bien matinale à laquelle elle revenait à la maison. Je préférais ne pas me montrer. Aiguo prétendrait sans que le rouge ne lui monte aux joues que la soirée au karaoké s'était éternisée plus que de coutume avec des clients taiwanais qui n'en finissaient pas de boire et de chanter notre hymne national dans les micros.

Les mois passaient. Tout le quartier changeait peu à peu d'aspect, des tours de bureaux, des immeubles d'habitation commençaient à monter vers le ciel, le faux lac avait déjà été creusé à coups de pioche et de pelle et sur le chantier ne tenaient plus debout que les anciennes façades et certains frontons, les moins endommagés, les travaux de terrassement et de canalisation avaient pu débuter en avance sur le programme et notre équipe en était chargée avec tout ce qui toucherait plus tard à la maçonnerie et à la construction proprement dite des bâtiments, restaurants, hôtels, boutiques, cinémas ; pour les travaux plus techniques comme l'électricité, la plomberie, les évacuations diverses, l'air conditionné, nos patrons shanghaiens consommaient des gars du Jiangxi parce qu'ils étaient habiles de leurs mains et qu'ils n'avaient pas peur de prendre des décharges ou de se brûler les yeux avec les soudures, les masques c'était comme nous avec les casques de protection, ils ne les utilisaient que le jour de l'inspection quand les promoteurs venaient parader avec des membres des autorités locales pour vanter les conditions d'hygiène et de sécurité en vigueur pour ce "projet pilote", où "l'Occident rencontre la Chine", "nos amis étrangers découvrent la Chine traditionnelle", "le peuple chinois regarde le monde dans les yeux".

C'est ce qui était marqué sur les panneaux de propagande entourant le chantier.

Nous autres nous avons eu la chance insensée d'avoir été embauchés pour une longue période sur un chantier complet ; c'est pourquoi il fallait être extrêmement circonspect pendant les heures de travail et la règle de survie numéro un c'était surtout ne jamais rien argumenter avec les patrons quand ils essaient de nous exploiter un peu plus, l'esquisse d'un geste ou d'une plainte, une parole un peu vive, un froncement de sourcils, et dehors tout de suite dans la nuit sauvage, ils n'ont qu'à faire semblant de bouger le petit doigt et cent mille autres crève-la-faim rappliquent dans le quart de seconde.

Cependant sur l'échelle du dénuement nous avons fait des progrès depuis notre premier jour de travail, on grimpe petit pas petit pas, avec un peu de chance on doit être au niveau du second barreau ; celui du dessous c'est encore pour ceux qui se vendent au plus pressé et qui se déplacent avec leur petit baluchon et une couette pliée en quatre entourée d'une mauvaise ficelle et que l'on retrouve endormis en paquets serrés sous les ponts d'autoroute et sur les trottoirs ou les paliers de magasins.

Un jour le vice-maire de Shanghai est venu faire une tournée d'inspection, largement suivie par un déploiement impressionnant de journalistes et les caméras de la télévision ; la veille nous avions touché des tenues spéciales, flambant neuves, et durant la nuit nous avons lavé, nettoyé, lessivé le chantier pour enlever les traces de poussière, les débris, les saletés et les tas d'ordures et disposer des pots de fleurs à intervalles réguliers ainsi que les affiches en gros caractères sur la toute dernière théorie politique : celle des trois représentativités* qui nous confirmait en grands caractères rouges sur fond noir, ou noirs sur fond rouge, que nous les paysans nous ne représentions plus dorénavant les forces vives et glorieuses de la nation, nous étions désormais supplantés dans le cœur des dirigeants par les nouveaux riches et les entrepreneurs privés qui s'enrichissaient sur notre dos.

* La théorie des trois représentativités a été énoncée par Jiang Zemin en 2000 : le Parti doit représenter les intérêts du peuple tout entier (il n'est plus désormais l'avant-garde de la classe prolétarienne, qui était pourtant l'un des principes fondamentaux du régime chinois), mais aussi les forces productives (c'est-à-dire les entrepreneurs privés, les capitalistes) et la culture les plus avancées.

Au petit matin nous étions fourbus et complètement éreintés, mon père tenait à peine debout et les copains guère mieux, les patrons nous ont emmenés aux douches municipales avec du savon et des bouteilles de shampoing, ça a été la grosse rigolade jusqu'au moment où nous avons dû enfiler les vêtements de protection qui étaient parfaitement inadaptés et trop luisant ; on avait l'air d'une troupe d'ours de foire en goguette, en moins crédibles. Lors de l'inspection on a fait semblant de travailler avec les truelles et le ciment et l'eau que nous versions au compte-gouttes, de toute façon on pouvait à peine bouger dans nos uniformes, le moindre mouvement et on se dandinait pataudes comme des nouveau-nés empêtrés dans leurs langes ou de jeunes demoiselles aux pieds bandés. Le vice-maire nous a serré la main avec un petit mot d'encouragement mais ni lui et son entourage ni même les promoteurs n'ont paru choqués par nos accoutrements, l'essentiel était l'avancement du projet dans les délais impartis et non pas nos déguisements et encore moins les questions relatives à la sécurité ou aux conditions de travail.

A propos des conditions de travail un repas du midi avait été organisé sur le chantier, des tables dressées de nappe rouge et des plats inconnus et des serveurs en gants blancs, la nourriture provenait d'un restaurant d'amis étrangers, rue Taicang à trois minutes à pied, ou plutôt en voiture pour que les plats restent chauds, nous autres on regardait du haut des échafaudages, comme à l'opéra, nous n'étions pas invités ; quand le vice-maire et les promoteurs se levaient pour porter les toasts, c'est Aiguo en personne qui remplissait leurs verres à tour de rôle, elle n'attendait pas le signal elle se précipitait seulement dès qu'un verre se vidait ou qu'un important s'effondrait sur sa chaise le visage couperosé. Aujourd'hui pour l'occasion elle portait une *qipao* rouges à motifs floraux avec des sandales brodées, un vrai délice pour mes yeux, je la voyais transpirer à courir de l'un à l'autre avec les boissons, un sourire ici un sourire là, moi aussi je transpirais dans mon costume d'opérette mais impossible de se déshabiller et de reprendre une activité normale la représentation ne finirait qu'une fois le dernier officiel bien assis dans sa Santana noire à vitres fumées ; Aiguo avait les joues un peu pourpres sous l'effet de la chaleur et des va-et-vient incessants entre les tables des personnalités et la buvette, et mon dieu qu'elle était belle.

A la fin du repas tout le monde avait l'air très content et bien rouge de visage ; pour manifester sa bonne humeur le vice-maire a décrété que la municipalité verserait un petit bonus à tous les travailleurs du chantier, quelque chose comme vingt yuans, ça ne mangeait pas de pain et de toute façon nous n'en avons jamais vu la couleur, les patrons ont dû prélever leurs parts avec les nôtres.

Aiguo avait réussi à soustraire quelques restes des plats en les cachant dans son sac et pour la première fois de ma vie j'ai mangé du canard avec des oranges et un gros morceau d'une crevette-dragon*.

Mais sur le plan idéologique, se nourrir en fouillant dans les poubelles des amis étrangers, l'ironie de la situation était un peu cruelle ; nous on aurait certainement préféré le faire en ne comptant que sur notre propre force de travail.

Les autres serveurs avaient pu détourner des bouteilles de vin non ouvertes et des gâteaux, l'un d'entre eux est même arrivé à subtiliser une pile d'assiettes neuves et des serviettes en papier avec un lot de baguettes en ivoire plastifié, mais nous n'avons rien partagé ensemble puisqu'on ne se connaissait pas.

Un de mes équipiers, Ze Qiang, est allé récupérer en douce des bouteilles en verre dans les poubelles du restaurant ; d'après ses informations, à la consigne on en obtenait six *mao* quand le vin est d'origine chinoise et deux yuans si la bouteille est importée des amis étrangers, mais cet âne a préféré finir les bouteilles de vin à moitié vides qui traînaient un peu partout, il n'était pas habitué à

* *Longxia :* homard.

une telle fête alors il est arrivé complètement soûl sur le chantier quand nous avons recommencé à travailler, vers quinze heures ; il chantait à tue-tête une chanson de son village natal, près de Xinmin dans le Nord, à la frontière entre notre province et le Shanxi, l'histoire d'une jeune fille qui attendait sans fin au bord de la route toujours déserte le retour de son fiancé parti à la guerre ou à la mine, le contremaître s'en est aperçu malgré nos efforts pour le lui cacher et il l'a viré sur-le-champ sans lui verser sa solde.

C'est qu'à Shanghai on ne plaisante pas avec les consignes.

Le lendemain pendant la pause du repas du midi je suis allé me promener avec Aiguo devant le restaurant d'amis étrangers qui avait approvisionné le repas de gala et on est restés hébétés devant la vitrine où étaient affichés les menus et les prix. Dans la traduction en chinois on pouvait lire des noms de plats extravagants et qui ne voulaient rien dire mais ce sont surtout les prix qui nous ont horrifiés : un repas du midi tout compris pour quatre cent quarante-quatre yuans premier prix et celui du soir à huit cent quatre-vingt-huit yuans boissons non comprises.

Et qui pouvait s'il vous plaît se permettre un repas qui représentait un mois et demi de mon salaire ? Un mois et demi sans interruption pour un seul repas du soir, et pour s'offrir le plat de viande une semaine de mon travail représentait le strict minimum.

On était restés stupéfiés comme deux statues de pierre. J'ai dit c'est pas possible nous sommes en Chine personne ne peut manger à des prix pareils il doit y avoir des erreurs d'impression sur les menus, Aiguo croyait que les plats étaient facturés en yens pour les clients japonais puisqu'on en voit de plus en plus dans le quartier, on les reconnaît facilement, ils viennent en troupeaux et marchent au pas de l'oie avec leurs petites jambes arquées et leurs appareils de photographie en bandoulière.

Mais non aucune faute d'orthographe ni malentendus : en relisant attentivement de haut en bas et de bas en haut, il s'agissait bien de *renminbi*.

Surprise ou écœurement Aiguo m'a regardé sans rien dire mais je comprenais son silence. Nous étions à la porte d'un autre monde, inaccessible, dont l'absurdité nous assommait comme un coup de barre de fer derrière la nuque.

Un serveur surexcité est sorti pour nous hurler l'ordre de décamper on allait effrayer sa clientèle je n'ai pas bougé d'un centimètre je continuais à essayer de comprendre les prix alors il m'a traité de cul-terreux et de paysan sans papiers et moi j'ai craché tais-toi valet traître à ta mère-patrie vendu aux étrangers.

Cette nuit-là j'ai eu du mal à fermer les yeux, les ronflements des copains sans doute, je me retournais sans cesse sur ma paillasse, avec des soupirs d'indignation. Mon père, lui, était parti travailler avec un groupe de paysans du Henan nouvellement embauchés pour creuser des tranchées de canalisation entre le lac artificiel et les fontaines qui allaient être construites dans la rue principale où les touristes et les vacanciers pourraient bientôt déambuler de restaurants de luxe en boutiques de souvenirs et de boutiques de luxe en restaurants de souvenirs.

La Chine rencontrera l'Occident ; moi je ne suis pas convaincu que ce soit une bonne chose.

Mais bon je délire ; moi je construis avec mes mains, mon sang et ma sueur des maisons en brique et je ne suis pas là pour écrire des remontrances ou jouer un rôle prépondérant dans les orientations politiques du pays.

Un repas du soir, un mois et demi de salaire. Un repas du soir, un mois et demi de salaire. Un repas du soir, un mois et demi de salaire.

Moi je vais m'élever petit pas petit pas dans la hiérarchie sociale et pour donner du poids et de l'argument à cette espérance tous les jours je calculerai : un repas du soir, un mois et une semaine de salaire. Un repas du soir, un mois de salaire ; un repas du soir, trois semaines de salaire ; pouf pouf un repas du soir, deux semaines de salaire ; c'est impossible, je n'y arriverai jamais ; un repas du soir, une semaine de salaire ; un repas du soir, six jours de salaire ; un repas du soir, trois jours de salaire ; c'est fini c'est trop dur j'abandonne, j'en ai bavé suffisamment ; un repas du soir, deux jours de salaire ; un repas du soir, un jour de travail ; un repas du soir, barbare cru, barbare cuit, un vol à main armée.

Avant de m'endormir je me suis juré d'y parvenir un jour sans avoir à me ruiner. Quant à la manière d'y parvenir, tous les coups seront autorisés.

En fait plutôt qu'un repas du soir, je pensais qu'un repas du midi serait plus approprié, non pas en raison du prix moins ahurissant que celui du soir mais parce que ainsi je pourrais inviter Aiguo qu'on puisse ensemble jouer au bonheur des riches sans avoir à dépenser toutes mes économies.

Pousser la porte du restaurant, aboyer impérieusement "deux personnes", s'asseoir sur les banquettes et caresser la nappe blanche comme on caresse la peau de la fille que j'aime et qui m'aime et commander d'un geste expert le menu forfaitaire à quatre cent quarante-quatre yuans par personne avec une bouteille de vin rouge Grande Muraille, parce que des panneaux de propagande vantant sa qualité et sa pureté idéologique – le premier vin vraiment chinois avec des techniques copiées aux amis étrangers – sont affichés en ce moment dans tout notre quartier.

Même sans baguettes ni riz blanc nous arriverons à le finir ce repas du midi, dussions-nous manger avec les doigts.

Appeler la serveuse, camarade l'addition, et lui tendre dix billets de cent yuans flambant neufs.

Des vrais, rouges et nets, avec l'effigie en noir et blanc du président Mao bien visible dans le filigrane, avec des lettres et des numéros dont l'encre n'a pas bavé sur le papier, et non des contrefaçons ou des photocopies grossières comme celles avec lesquelles ont essayé, et réussi, à plusieurs reprises, au moins au début, à nous gruger les patrons du chantier.

Et puis récupérer la monnaie, sortir, roter et cracher sur le trottoir en riant comme les esprits. Ensuite nous nous promènerons le long de la rue Xizang et dans le marché aux oiseaux j'achèterai pour elle un grillon adulte et son panier en osier, il crissera du matin au soir pour que je me souvienne de cette journée.

Je commence à mieux assimiler mon environnement immédiat. Voilà maintenant plus d'un an que nous vivons sur le chantier et le quartier commence réellement à prendre forme. Il a même un nom désormais : *Xintiandi**. Plus que quelques mois avant l'inauguration. Les patrons ont révélé que ce sera en grande pompe avec des hauts personnages de Beijing et toutes les autorités adéquates de Shanghai et de Hongkong ; nous on attend cette date fatidique avec une certaine inquiétude puisqu'il nous faudra à nouveau chercher du travail.

Depuis longtemps j'aurai pu arrêter de jouer le casse-pierre et trouver un boulot mieux payé ailleurs, mais il était hors de question que je laisse mon père tout seul. A nous deux nous économisions beaucoup d'argent, d'autant plus que nous n'avions pas à en transférer la majeure partie à quiconque dans le Shaanxi.

* *Xintiandi :* Le Nouveau Monde.

Au début on trimballait le liquide dans nos poches, mais au bout d'un certain temps avec les liasses de plus en plus importantes cela pouvait devenir dangereux ; par mesure de sûreté il devenait urgent de le déposer dans une banque.

Dans la première qui se présentait avenue Huaihai, la Banque de Chine, nous avons dû faire la queue avant d'arriver au guichet d'où nous avons été expulsés par les gardiens quand la camarade préposée aux ouvertures de comptes s'est aperçue, en même temps que nous, que nos permis de travail et de résidence étaient faux. Nous avons bien essayé de lui faire comprendre qu'ils nous avaient coûté, à chacun, trois mois de salaire, trois mois de salaire, elle n'a rien voulu entendre. Dans toutes les autres banques même conclusion : faux papiers départ précipité ; il est interdit d'ouvrir un compte sans permis de travail et de résidence valides. Depuis notre arrivée j'avais économisé presque deux mille yuans et mon père à peu près autant. Nous ne dépensons strictement rien, à part la nourriture, entre cinq et dix yuans par jour et comme nous travaillons toute la semaine, pas de sorties, peu de restaurants ou avec une grande prudence (parfois pourtant j'invite Aiguo quand elle est libre) pas d'achat de vêtement neuf ni de vélo.

Heureusement en dernier recours nous avons trouvé une banque moins à cheval sur les règlements et les directives officiels, ou moins experte sur la qualité des contrefaçons, la Banque du développement du commerce, qui a regardé suffisamment approximativement nos faux permis, les nom prénom date lieu de naissance et origine de classe correspondaient à ceux qui étaient imprimés sur notre hukou* de Chenjia, pour accepter sans arrière-pensées nos dépôts de liquide. Les taux d'intérêt n'étaient en rien comparables avec ceux des banques plus délicates, mais au moins notre argent serait à l'abri.

* Livret de résidence, sorte de carte d'identité, qui référence l'origine de classe et le lieu de naissance, et qui interdit, de fait, aux Chinois de quitter leur lieu de naissance pour aller, par exemple, chercher du travail dans une province voisine. Le seul moyen pour échapper au poids de ce contrôle c'était de s'engager dans l'armée, ou de devenir cadre avec un diplôme d'études supérieures, quelque chose de presque impossible pour un fils de paysan.

Notre histoire d'amour, moi et Aiguo, se déroulait le plus naturellement du monde, dans une grande simplicité, comme le fil d'un cerf-volant qui monte lentement dans le ciel, toujours plus loin, toujours plus haut. Elle venait parfois le soir dans notre dortoir après son travail au *Monde de la Fête* et nous restions enlacés ensemble sur mon étagère en essayant d'étouffer le bruit de nos baisers ; et puis quand tout le monde commençait à ronfler autour de nous, elle se levait pour rentrer à la maison, la pièce qu'elle partageait avec sa mère dans un *shikumen** entouré par une allée où tout le monde vivait pendant la journée, avec le linge qui pendait de partout, les vieilles du comité de quartier** qui surveillaient

* Maison traditionnelle à Shanghai.

** *Jiedao weiyuanhui*, "comité de quartier" : souvent des vieux ou des retraités inactifs, bénévoles, placés sous la direction de la cellule locale du Parti et en liaison avec la Sécurité publique, responsables d'activités de surveillance des allées et venues et de dénonciation éventuelle du comportement des résidents d'un quartier, d'un ensemble d'immeubles, de maisons. Ces comités s'occupent également de l'organisation d'activités quotidiennes.

les activités de chacun en tricotant et en grignotant des graines de pastèque, les vieux cadres retraités qui jouaient au mahjong ou aux échecs et les bébés qui s'éparpillaient dans tous les sens en poussant des petits cris de lapin.

Elles habitaient rue Chongde derrière notre chantier, à peine trois minutes à pied, dans le *lilongtang L'Orient est rouge pour toujours,* une grande chambre d'environ huit mètres carrés, avec une fenêtre et deux lits superposés, Aiguo couchait en haut et elle se lavait la figure et les bras à l'eau froide dans l'évier commun qui débouchait d'un mur dans la cour de l'allée, pour les douches elle faisait comme nous autres, les douches publiques de la rue Huangpi, un *mao* la séance et il ne fallait jamais s'éterniser à cause de la foule qui attendait en se bousculant aux guichets.

Un soir que sa mère jouait au mahjong dans la rue avec d'autres dames du quartier, on en avait profité pour rentrer en catimini dans la chambre et nous avons fait l'amour pour la première fois, il a fallu être d'une grande discrétion et étouffer les cris pour n'alerter personne, alors ce fut rapide et un peu précipité : l'idée que sa mère puisse surgir à n'importe quel instant et nous surprendre en pleine action me rendait assez nerveux malgré tout ; j'ai encore peu d'expérience et je n'ai pas toujours été d'une grande agilité ce soir-là, par contre j'ai deviné qu'Aiguo n'en était pas à son coup d'essai, mais je n'ai pas voulu la questionner ; après tout cela ne me regardait pas.

En tout cas le lendemain, au lieu de prendre le repas du soir ensemble auprès de la cuisine ambulante de sa mère, elle m'a accompagné à la boutique *Une Sexualité Heureuse et Naturelle* qui se trouve au croisement de la rue Shaanxi avec la rue Julu, dix minutes en autobus du chantier, pour que je compulse certains ouvrages spécialisés. La camarade infirmière en faction a été toute de tact et de gentillesse et elle m'expliquait plein de choses, les positions, les zones sensibles, avec des photos et des planches anatomiques en couleur, elle m'a proposé de regarder un petit film d'initiation dans une pièce attenante et pour six yuans, moi et Aiguo on est restés une dizaine de minutes sur les chaises sans trop bouger mais vers le milieu on était si excités qu'on n'a pas pu résister plus longtemps, comment se retenir quand on a vingt ans ; en sortant de la chambre noire l'infirmière nous a gratifiés d'un large sourire, moi j'étais encore tout rouge et suant et Aiguo avait les cheveux trempés qui lui tombaient sur le visage.

Depuis j'étais retourné à plusieurs reprises dans le magasin, seul ; à chaque fois les infirmières me laissaient toucher les instruments ou visionner des cassettes pour un prix modique. Maintenant quand on fait l'amour, moi et Aiguo, je devine bien qu'elle est contente, j'ai appris à découvrir son corps, à partager les caresses, les mimis mouillés, et puis tout le reste ; elle a une bouche d'une grande expertise naturelle et des seins chauds où je voudrais pouvoir m'enfouir à jamais. Elle est très heureuse de mes prestations, pourquoi mentir, et moi aussi je suis de plus en plus satisfait, c'est l'expérience qui rentre.

Dans le dortoir le matin au réveil je me dresse sur mon étagère, encore pelotonné dans ma couette et je regarde autour de moi en me frottant les yeux ; chaque fois j'ai l'impression d'avoir fait un mauvais rêve durant ma nuit, dont le souvenir s'effacera bien vite dès que je me serai levé pour aller retrouver mes parents dans la grande pièce de notre ferme et partager avec eux le déjeuner du matin, un verre de lait de soja chaud, quelques raviolis à la viande de porc ou de mouton, deux *mantou**, de l'ail frais. Mais le cauchemar ne disparaît pas et j'entends dans ma tête la voix des contremaîtres et mes copains qui se lèvent à leur tour en grognant.

Une nouvelle journée à Shanghai commence et il n'y a pas d'échappatoire.

Depuis plusieurs mois avec mon père nous avons retrouvé des compatriotes du Shaanxi et

* Petit pain à la vapeur.

nous avons tendance à nous regrouper et nous entraider : on se fait naturellement confiance.

La plupart de nos connaissances travaillent au marché de la contrefaçon *Xiangyang*, en plein milieu de l'ancienne zone d'occupation, au bout de la rue Nanchang, à une vingtaine de minutes à pied de notre chantier en marchant d'un pas soutenu.

Le marché *Xiangyang* c'est la vitrine de la Chine et le centre d'attraction numéro un à Shanghai ; les compatriotes de l'intérieur ou de Taiwan, les amis étrangers, les dignitaires en visite viennent y acheter les dernières copies de films ou de vêtements de marque à des prix sans concurrence.

Certains des gars tiennent les stands pour le compte de patrons invisibles et qui souhaitent le rester (des cadres ou des officiels trop peu payés qui trouvent ainsi des débouchés clandestins aux sommes en espèces qu'ils perçoivent de tous côtés à chaque autorisation ou signature sur un document). Mais la majorité de nos copains, eux pour survivre, ils chassent les clients à la descente des taxis, qu'ils harponnent avec leur bagout et leur insistance.

Les copains du Shaanxi je les ai vus s'organiser, une opération militaire d'embuscade et d'encerclement que ne renierait pas le maréchal Zhu De*,

* Compagnon d'armes de la première heure de Mao, chef et fondateur de l'Armée rouge, mort en 1976.

ils ne lâchent jamais le morceau, bourdonnants comme une nuée de frelons autour d'un pot de miel, affûtés et impitoyables comme une meute de tigres autour d'une bichette. Quand un ami étranger émerge d'un taxi ou se promène inconsciemment dans l'avenue Huaihai ils sont vingt autour de lui, une vraie horde en furie, à vociférer pour l'entraîner dans les boutiques et les arrière-cours, le jeu en vaut la chandelle si l'ami étranger achète une contrefaçon, chemise, chaussures de sport, montre, n'importe quoi, les prix sont toujours multipliés par dix ou vingt ou plus par rapport aux prix pratiqués pour nous autres les Chinois, et leurs commissions grimpent dans les mêmes proportions.

Mais celui qui réussit encore le mieux parmi nos amis c'est He Gongxin qui a ouvert un magasin de vente de violons et de violoncelles *Au Royaume des Cordes* dans la rue Fenyang, à deux minutes à pied du Conservatoire national de musique de Shanghai ; son petit commerce marche du tonnerre du Ciel, les clients se bousculent, en majorité des étudiants, parce que la qualité des instruments est excellente et les prix raisonnables, je savais qu'il les achetait par un intermédiaire ou quelqu'un de sa famille en Corée du Sud, ils sont fabriqués là-bas à des coûts très compétitifs, et il les revend ou les loue aux étudiants qui viennent de toutes les provinces pour se perfectionner au conservatoire de Shanghai. Un violoncelle, par exemple, de qualité passable et de taille moyenne pour un enfant appliqué mais sans génie, lui revient tout compris à huit cents yuans, mais sans compter le coffret pour le transporter ni l'archet et la colophane. Il a une relation dans le service des douanes portuaires de Shanghai qui réécrit pour lui, moyennant un petit quelque chose, les déclarations d'importation en faisant passer les violoncelles pour des planches en bois spécialement traitées entrant dans la fabrication du mobilier Bois Rouge et c'est ainsi que les taxes tombent de quatorze pour cent par violoncelle à deux et demi pour cent.

Pour les violoncelles milieu de gamme il commence les négociations sur ses prix de vente à mille huit cents yuans et les instruments partent généralement entre mille trois cents et mille six cents.

Il m'avait invité à manger dans son magasin un dimanche midi, cela tombait bien on ne recommençait à travailler sur le chantier ce jour-là qu'à partir de deux heures, une histoire de toit effondré et de rupture de stocks de je ne sais plus quoi. Dans sa boutique ça ne désemplissait pas, on n'avait pas le temps de se parler ; il a vendu deux violons presque coup sur coup sans compter les locations et les leçons particulières que sa petite amie Yao Qian proposait pour quarante yuans de l'heure ; au bout d'un moment j'avais la tête qui tournait devant tout cet argent qui changeait de mains et j'ai décidé de commencer à manger sans eux, debout près du téléphone. Un ami étranger est entré avec sa fille, une très jolie demoiselle qui parlait parfaitement le chinois et qui jouait du violoncelle depuis trois ou quatre ans ; son père voulait lui en acheter un de qualité correcte pour qu'elle puisse s'exercer à Shanghai dans de bonnes conditions et ils ne songeaient pas retourner dans leur pays d'origine en en emportant un dans leurs valises ; il n'était donc pas nécessaire d'acheter un instrument de qualité orchestrale. Gongxin a vite jaugé que cet oiseau-là avait un besoin pressant de régler la question et nulle part ailleurs où chercher ; et boum quand il a lâché le prix, trois fois plus que pour les étudiants chinois, l'ami étranger a sorti les billets de sa poche comme si de rien n'était, de la menue monnaie pour lui, à peine l'équivalent de quelques *mao* pour nous autres ; Yao Qian est devenue rouge de plaisir en les comptant et les recomptant, elle n'avait pas l'air d'y croire et elle avait la main qui tremblait en écrivant la facture, Gongxin lui se la jouait raide comme un piquet et sans expression du visage, très les affaires c'est les affaires mais je voyais bien qu'intérieurement il était proche de l'arrêt cardiaque et moi j'avalais mon riz blanc avec une application et un sérieux suspects ; pour parachever la noce, en bouquet final Yao Qian est arrivée à leur vendre ses cours particuliers de violoncelle, une heure et demie par semaine le dimanche à treize heures pour cent quatre-vingts yuans, un vrai triomphe.

Après leur départ ils ont tous les deux sauté en l'air, et fermé la porte du magasin. Un cadeau du Ciel de cette magnitude, il fallait le célébrer proprement. Yao Qian a mis les plats refroidis sur une table en formica, dans la petite pièce sombre qui leur sert de bureau, de cuisine et de chambre à coucher, derrière le magasin. Nous sommes sortis dans la rue et Gongxin a baissé la grille de la boutique, aujourd'hui c'est congé. Il a proposé d'aller manger chez *Le Roi de la Nouille* à trois minutes à pied, sur l'avenue Huaihai, une chaîne de restaurants pékinoise qui venait de commencer son implantation à Shanghai. J'ai applaudi des deux mains et Yao Qian est repartie dans la boutique pour changer de vêtements. Chez le Roi nous avons commandé d'énormes bols de soupe, de pâtes et de raviolis avec des boulettes de viande, on a entamé les festivités avec une assiette de concombres au vinaigre, de la méduse à la coriandre, un gros plat de lamelles de tofu froid trempées dans de la sauce soja et des langues de canard marinées, la serveuse a demandé ce qu'on voulait boire, j'ai dit des bières Bonheur Eperdu des grandes bouteilles très fraîches un gaillard comme moi ça boit et ça mange beaucoup. Elle a rigolé mollement.

A la fin du repas je me suis levé avant les deux capitalistes, je devais retourner sur le chantier pour réparer une partie du toit d'un des restaurants qui s'était effondré inexplicablement ; nous étions en rupture de stock de poutres et de tuiles, je me souviens maintenant, c'était normal le chantier arrivait dans la phase de construction proprement dite, et les fournisseurs ne pouvaient garantir l'approvisionnement qu'en début d'après-midi.

J'ai remercié Gongxin et sa copine et je suis parti à pied en remontant la rue Nanchang, plus agréable et moins clinquante que l'avenue Huaihai. Elle est étroite et bordée de platanes et dès le printemps lorsque les feuilles ont repoussé j'ai l'impression de marcher à travers un tunnel de verdure.

Tout le long de la rue, sur les trottoirs résiste tant bien que mal un univers de petits métiers très vivants, malheureusement en voie de disparition puisqu'ils sont peu à peu remplacés par les chaînes de magasins japonais ou taiwanais et le grand bond en avant du progrès. Ils me font sourire quand ils m'interpellent dans leur dialecte pour me proposer leurs services ou leurs produits, vendeurs de grenouilles ou de tortues à bouillir, de grillons de combat, de brûleurs à gaz, couturières, cireurs de chaussures, docteurs des semelles, marchands de journaux à la sauvette, réparateurs de pneus crevés, de vélos essoufflés, de meubles anciens, de télévisions, de frigidaires ou de machines à coudre, épiciers avec quatre pommes, cinq aubergines, douze œufs de grive, du lait de soja, des pains à la vapeur, blanchisseurs sans boutique, coiffeurs sans salon, portefaix, restaurants de deux tables et trois chaises, affûteurs de couteaux, polisseurs de cuivre, découpeurs de cartons, marchands de vêtements et d'ustensiles de quatrième ou de cinquième main étalés sur des couvertures à même le trottoir.

Sur le chemin je repensais à Gongxin et à son magasin de violoncelles. En voilà un qui arrivait à s'en sortir finalement, après tous les déboires. Son histoire nous redonnait du courage et un peu de baume au cœur, nous ne sommes pas tous que des morts en sursis.

Il était arrivé à Shanghai deux ans avant nous et il avait dû quitter son village de Pucheng dans le Shaanxi, sa mère, ses deux sœurs aînées, après que son père eut été mis en prison, dix ans, pour avoir saccagé la tombe des ancêtres d'un cadre du Parti qui exigeait des villageois sous sa coupe une contribution financière exorbitante pour le mariage de sa fille, sous couvert de frais d'entretien et de nettoyage d'un canal d'irrigation qu'il s'était approprié illégalement ; le père de Gongxin avait refusé évidemment, avec quoi aurait-il pu payer ? Le cadre avait fait appel à la milice communale pour lui faire entendre raison ou rendre gorge et il s'était rebellé violemment malgré les exhortations de sa femme qui le suppliait d'accepter ; dans sa fureur il avait osé menacer le cadre avec un hachoir, si tu veux ma vie prends-la mais si tu veux mon argent je n'en ai plus ; la milice avait jugé plus prudent de rester en dehors du débat et le soir même le cadre était revenu sur son tracteur avec son futur beau-fils et ils avaient écrasé toute la récolte de maïs de la famille He.

Le lendemain le père de Gongxin détruisait la tombe des ancêtres du cadre à coups de pioche.

Une semaine après, à la suite d'un procès où tout avait été décidé à l'avance par les chefs du Parti dans le district, il était condamné à dix années d'emprisonnement.

C'est donc à cette époque que Gongxin est venu chercher du travail à Shanghai, c'était l'unique solution envisageable puisqu'il n'y avait plus de quoi vivre à Pucheng.

Lui il est arrivé de Xi'an en car, quatre jours de voyage, pour débarquer dans la gare d'autobus de Shanghai où, à peine descendu, il se faisait voler ses deux valises, mais pas son portefeuille, par des voleurs à l'arraché, ces petites bandes d'ouvriers au chômage qui opèrent dans les gares en toute impunité avec la complicité de la police locale qui préfère fermer les yeux en prélevant sa part.

Tous les mois il envoie lui aussi un mandat à sa mère, parfois près de cinq cents yuans, une somme astronomique pour une villageoise et deux filles bientôt mariées. Son rêve, dès qu'il aura remboursé l'emprunt pour la location de la boutique et l'achat des premiers stocks, et il est presque en passe d'y parvenir, c'est de s'acheter une voiture, la Santana noire avec les vitres fumées. Yao Qian a beau lui répéter que c'est de l'argent jeté par les fenêtres, il vaudrait mieux louer un appartement plus grand et se mettre en ménage, il reste sourd d'oreille.

Avec les réparations probables, l'essence, l'assurance, le paiement de la carte grise et du cadre qui la délivre, sans compter les frais de garage, elle avait fait ses petits calculs et sa conclusion tenait en trois caractères : sans aucun intérêt.

J'étais content pour lui bien sûr, mais un peu jaloux aussi, avec mes six cents yuans mensuels je ne suis pas prêt de m'acheter une voiture ou...

Un repas du soir : un mois et une semaine de salaire.

Sur le chantier de *Xintiandi,* la résolution du problème toit effondré allait exiger un certain doigté.

En déblayant les débris de tuiles et de poutres et les restes du faux plafond qui devaient cacher les fils électriques ainsi que les tuyaux d'eau et le système d'arrosage en cas d'incendie, moi et mon pote Shouzhua nous nous sommes aperçus que le système anti-feu n'avait pas été mis en place, comme l'exigeaient pourtant les consignes de sécurité. On avait beau fouiller dans les décombres nous n'en trouvions nulle part les restes ni la moindre trace. On a vite soupçonné une magouille quelconque mais nous avons préféré rester bouche cousue. Après tout, les travaux d'électricité et de plomberie n'avaient jamais été de la compétence de notre équipe.

Lorsque nous avons eu fini de tout nettoyer, le contremaître est arrivé pour nous signifier que les tuiles avaient été livrées par les fournisseurs sur le chantier mais elles avaient été déchargées à l'extrémité sud et le restaurant se trouvait à l'exact opposé, au début de la rue ; il fallait donc encore les transporter jusqu'ici. C'est à ce moment que j'ai eu un réflexe de génie. Je lui ai demandé l'air de rien si le système anti-feu prévu par les règlements avait bien été installé dans le bâtiment. Il m'a regardé curieusement, comme si j'énonçais l'ânerie du millénaire, et il a commencé à faire les cent pas dans la pièce, les mains derrière le dos, pour mieux réfléchir sans doute ; au bout de cinq minutes j'ai demandé et pour les poutres et les tuiles comment procéder nous sommes un peu fatigués ce midi, il a répondu je m'en occupe l'équipe des gars du Hubei ; et pour le reste ? Le reste ? J'ai reniflé hmm hmm ça sent le brûlé ça sent le brûlé ; il est revenu se planter devant nous en tirant une liasse de billets de la poche de son pantalon, cinquante chacun ? Il aurait pu y avoir mort d'hommes j'ai répliqué ingénument et quand Shouzhua a imité le bruit de la sirène de la Sécurité publique, j'ai cru qu'il allait nous frapper. Mais nous sommes plus costauds que lui alors hop cent cinquante yuans pour Zhanxin et re hop cent cinquante yuans pour Shouzhua.

Six jours de salaire gagnés grâce à une inspiration lumineuse. Six jours de salaire et bientôt peut-être, un repas du soir, ou au moins le plat de viande.

A Shanghai pour survivre il faut posséder une grande agilité d'esprit.

Et il s'y passe tellement de choses.

Mais rarement des plus plaisantes.

Ainsi le jour où mon destin a basculé une nouvelle fois dans l'horreur avec l'accident qui a coûté la vie à mon père.

Il avait décidé de travailler un week-end entier comme laveur de vitres sur les trois immeubles de la résidence *Orient-Paris* rue Nanchang, juste en face du marché de la contrefaçon *Xiangyang*. On travaillait un peu au ralenti sur le chantier de *Xintiandi* parce que les architectes et les hauts responsables du projet débutaient deux jours de mission d'inspection et de contrôle extrêmement fouillée et pointilleuse, les contremaîtres notaient tout et nous n'étions censés travailler aux réparations multiples qu'à partir de la semaine suivante ; deux jours de repos forcé qui nous seraient naturellement décomptés en fin de mois.

Mon père, j'avais tenté en vain de l'en dissuader, nettoyeur de vitres une activité qui se termine fréquemment par un accident parce que les conditions de sécurité de base ne sont jamais respectées ; j'avais entendu maints récits à ce sujet, sur la plupart des immeubles en construction ou déjà construits tout autour de *Xintiandi*, ceux qui s'écrasaient parce que les cordes ne tenaient pas leur poids ou que les treuils de sécurité n'avaient pas été installés, les ouvriers qui tombaient du haut d'échafaudages en bambou mal arrimés, d'ascenseurs extérieurs sans porte, de grillages de protection qu'on avait oublié de mettre en place, ce genre d'histoires à la fin on s'en lassait et ça portait malchance d'y prêter trop d'attention, alors on finissait par ne même plus les écouter, c'était juste la routine et le prix normal de la survie.

Mon père n'avait pas voulu en démordre, surtout à cause du salaire de la journée, quatre-vingt-quinze yuans, une somme considérable.

L'Orient-Paris avec ses tours de trente-sept étages qui dominent de toute leur hauteur le marché *Xiangyang*. J'avais un mauvais pressentiment et j'ai tenu à accompagner mon père jusqu'au moment où il commençait à descendre du toit sur la façade nord, assis sur une planche en bois reliée à un système de cordes tressées, avec son seau de produit de nettoyage, un balai-éponge et un tuyau d'arrosage. Ils étaient trois à descendre en même temps, on avait fait remarquer aux responsables de l'immeuble que l'équipement ne semblait pas aux normes, pas de treuils de sécurité en acier, pas de protection, pas de casques, le grand rien habituel. Mais ils avaient entonné en chœur la rengaine de circonstance : c'était à prendre ou à laisser et si nous n'étions pas d'accord dans les rues grouillaient dix mille autres affamés prêts à bondir sur l'occasion.

Je suis resté sur le toit le temps que mon père entame sa descente de l'autre côté, un peu pour surveiller si tout allait bien, un peu pour me donner l'impression de pouvoir être utile s'il se passait quoi que ce soit de malchanceux. Mais moi j'ai peur du vide et au bout d'un moment, à force de rester allongé sur le rebord du toit avec le visage tourné vers le bas et mon père sur son banc de bois, j'ai commencé à ressentir des maux de tête et une furieuse envie de sauter ; alors je suis redescendu par l'ascenseur. Une fois en bas dans le hall d'entrée j'ai discuté avec la gardienne assise derrière son bureau de réception, elle m'a dit que cinq ou six mois auparavant lors du dernier nettoyage bisannuel deux des laveurs s'étaient écrasés du troisième étage, une rupture de la corde usée par le frottement sur l'arête du toit, celui qui n'en est pas mort est paralysé du cou jusqu'aux pieds pour le restant de ses jours et depuis il végète, d'après ses informations, comme légume dans un hospice pour incurables dans une banlieue de la capitale de sa province natale où il avait été rapatrié d'office. En entendant ses propos j'ai cru recevoir une douche glacée sur le crâne et je suis sorti en courant de l'immeuble pour me poster dans le jardin et observer le déroulement des opérations ; les trois laveurs descendaient chacun au même rythme le long de la façade, nous en bas on recevait l'eau des tuyaux d'arrosage qu'ils utilisaient pour nettoyer les vitres avant de passer le balai-éponge avec le produit de lavage.

Comme tout paraissait résolument normal j'ai fini par quitter la résidence pour aller manger des pains à la vapeur dans un restaurant ambulant, au croisement des rues Nanchang et Xiangyang, en face du supermarché *Jiadeli,* celui qui vend la bière Qingdao de soixante-quinze centilitres à deux yuans la pièce, le moins cher de tout le quartier. J'ai acheté six pains fourrés et une bouteille de bière et je me suis accroupi sur le bord du trottoir pour le repas du midi. Devant moi l'armée des bœufs jaunes* se démenait sang et eau pour piéger les touristes sur le marché de la contrefaçon et

* *Huang niu :* dans les campagnes, les bœufs de couleur jaune sont considérés comme plus puissants, infatigables, durs et résistants à la tâche. Ce sont en fait tous les colporteurs, revendeurs, marchands ambulants qui se précipitent autour des étrangers ou des Chinois avec des catalogues de contrefaçons pour essayer de les attirer dans les stands ou les arrière-cours.

leur vendre les copies disponibles avant même que les originaux n'arrivent dans les magasins.

"Hello sir, sir, watch, bag, dvd, looke, looke, friend, Xiangyang market, cheap, cheap."

Je finissais de mâcher mon dernier pain à la vapeur lorsque j'ai aperçu mon ami Wu Xianjin, un gars du Shaanxi naturellement, en train de harponner un ami étranger à la descente de son taxi, Xianjin avait dans les mains un catalogue qu'il agitait sous les yeux de l'ami étranger, mais sans succès car le type s'est engouffré dans le restaurant de spécialités du Xinjiang, à l'angle de la rue. J'ai fait un grand signe de la main à Xianjin, il a eu une moue désabusée, encore un client pour du vent, et il est venu me rejoindre sur mon trottoir. Pour lui soutenir le moral je lui ai proposé ma bouteille de bière et cette brute assoiffée me l'a vidée en une gorgée. Il m'a demandé ce que je fabriquais là et pourquoi je n'étais pas sur le chantier de *Xintiandi* à cogner avec la masse on était pourtant samedi ? Un vrai policier ce Xianjin.

J'ai répondu que mon père était en train de laver les vitres de la résidence *Orient-Paris* à deux pas d'ici, que je l'avais accompagné par solidarité et que je ne recommencerai à travailler sur le chantier que vers trois heures de l'après-midi en raison de la présence de tous les architectes de la société ils ne pouvaient pas faire leur boulot correctement entre le va-et-vient des bétonneuses et le bruit des marteaux piqueurs ces gens-là aimaient la tranquillité et le silence pour mener à bien leur mission on n'était pas forcément contre mais les patrons shanghaiens allaient encore nous sucrer quelques journées de travail.

C'est la vie il a rétorqué d'un ton placide.

Oui c'était bien la vie.

Au cours de la conversation il a suggéré que je m'associe avec lui dans une opération sans risques et qui pouvait rapporter gros, juste le genre de propos que j'aime entendre, et comme je suis souvent la voix de la raison auprès de mes amis lorsqu'ils ont des projets d'enrichissement rapide *a priori* solides, j'ai répondu dis-moi tout.

Il s'agissait simplement de détourner un camion de jeans en provenance d'une usine dans la banlieue de Nanjing et à destination de l'exportation, qui devait transiter près de Shanghai avant sa destination finale, le port de Ningpo. Les jeans il avait des acheteurs potentiels sur le marché *Xiangyang* et il pensait pouvoir revendre la cargaison entière pour environ vingt mille *renminbi*. Il souhaitait que je l'aide à transporter les cartons, de nuit, dans la cave et l'appartement de sa copine qui habitait pas loin, dans la rue Yongkang. Le chiffre vingt mille faisait rêver bien sûr mais j'avais des doutes : la Sécurité publique ne perdra pas une seule minute avant de mettre la main sur les coupables présumés, à mon avis comme cela au hasard je pense à haute voix n'est-ce pas le responsable des expéditions de l'usine et le chauffeur du camion ? Pour confirmation j'ai demandé à Xianjin qui étaient ses associés dans cette aventure sans lendemain et il a pris un air tout niais, pan dans le mille : le responsable des expéditions et le chauffeur, un de ses cousins du Shaanxi. Je lui ai démontré que si j'étais, moi, capable de lui révéler l'identité des coupables avec une telle certitude, alors la Sécurité publique, des agents qui ont oublié d'être stupides et qui résolvent ce genre d'idioties quinze à la douzaine. Un peu rudoyé pendant l'interrogatoire et après la menace du brûle-sein ou du presse-doigt, le chauffeur dénoncera les complices, leurs familles entières et tous les habitants de son quartier sans même s'en rendre compte.

Pour être sûr de mener à bien une entreprise de cette envergure il fallait inévitablement avoir des accointances à la Sécurité publique qui freineraient les investigations ou qui achèteraient les silences des uns et des autres ; or ce pauvre Xianjin ne connaissait personne, pas un cadre, pas un inspecteur, même pas un vulgaire sous-gradé.

Pour moi l'affaire était donc entendue.

Je le sentais un peu contrit et pensif et j'allais lui prodiguer des paroles de réconfort quand nous avons entendu les sirènes des pompiers qui remontaient la rue Xiangyang à toute allure, je me suis levé d'un bond comme mu par une étrange prémonition, les voitures ont viré à droite dans la rue Nanchang, suivies par une fourgonnette de la Sécurité publique, je me suis mis à courir derrière et quand elles ont stoppé devant le portail d'entrée de la résidence *Orient-Paris* j'ai commencé à hurler en bousculant les premiers badauds qui ne s'effaçaient pas de mon chemin assez rapidement ; arrivé devant la grille un attroupement barrait déjà l'entrée et j'ai eu beaucoup de mal à me frayer un passage jusqu'à la tour C où se trouvaient les pompiers avec une civière et tous les gardes consternés ; j'ai levé les yeux vers le ciel et très haut on voyait deux des laveurs qui se balançaient au bout de leurs cordes, il en manquait un troisième, je regardais partout affolé et j'ai vu au pied de l'immeuble un corps, mal caché sous une bâche, avec les jambes et les pieds qui dépassaient dans des angles invraisemblables, les ambulanciers les bras ballants, les deux policiers qui prenaient des notes en interrogeant le directeur de l'immeuble et la gardienne de la tour vers laquelle je me suis précipité, elle m'a reconnu, j'ai senti qu'elle voulait parler elle avait les yeux un peu rouges mais l'un des agents lui a demandé qui j'étais, elle a répondu c'est son fils et j'ai compris.

Je me suis effondré sur la pelouse en hurlant.

J'ai reçu un verre d'eau froide en pleine figure et ça m'a réveillé, il devait être plus de midi j'avais le soleil dans les yeux, je ne voyais plus aucun pompier, le corps bâché avait disparu, les policiers aussi, sur la façade de l'immeuble les laveurs lavaient toujours, je me suis frotté les yeux j'avais dû faire un mauvais rêve une nouvelle fois ; à côté de moi j'ai été surpris de trouver Xianjin avec Shouzhua, Guo Tai et Aiguo, que faisaient-ils donc tous là ?

Aiguo m'a pris dans ses bras et elle a murmuré à mon oreille viens on s'en va nous devons aller au commissariat et puis à l'hôpital après, je la regardais avec étonnement de quoi parlait-elle ? Shouzhua a finalement confirmé l'inconfirmable, la corde qui avait craqué, la chute du vingt-septième étage, la mort instantanée. C'est Xianjin qui les avait prévenus tous les trois et ils étaient accourus au plus vite, au péril de leur vie : comment les contremaîtres les avaient-ils laissés partir ?

Les gardes sont arrivés pour me dire que le corps avait été transporté à l'hôpital Huashan dans la rue Changle et puisque nous n'avions plus rien à faire ici il fallait que nous quittions la résidence. Nous sommes partis tous les cinq à pied pour le commissariat du quartier rue Fuxing au croisement avec la rue Urumqi. Sur place un inspecteur m'a fait asseoir sur un tabouret en plastique dans l'entrée pour patienter le temps de prévenir les deux agents en charge du dossier ; quand ils sont arrivés ils ont lu d'une voix monocorde leur rapport et les conclusions de leur enquête, préliminaire nous sommes bien d'accord : la corde avait lâché, trop usée, et il n'y avait aucun dispositif de sûreté, pourtant obligatoire depuis une loi récente, treuils en acier, télécommande, sièges, casques. Selon eux la responsabilité des propriétaires de la résidence, un groupe immobilier de Hongkong, ainsi que celle des directeurs shanghaiens du bureau d'entretien de l'immeuble, était manifeste et écrasante, la loi sur la sécurité des personnels de nettoyage n'avait aucunement été respectée, la responsabilité de l'accident leur incombait à dix mille pour cent, et comme il y avait eu mort d'homme, devant un tribunal je pourrais peut-être obtenir une indemnisation, mais moins importante que dans le cadre d'un règlement négocié à l'amiable, c'est d'ailleurs la démarche qu'ils me proposaient d'effectuer auprès de la société immobilière une fois leur rapport réécrit et signé par les autorités compétentes, l'inspecteur en chef et le commissaire, une simple formalité qui devrait être expédiée d'ici une petite heure. Le temps de faire quelques courses et en revenant tout serait prêt.

Faire des courses ? A un moment pareil, de quoi aurais-je bien pu avoir besoin ? D'une bouteille de *maotai* ?* L'agent m'a conseillé de passer à ma banque. Je l'ai regardé d'un air ahuri, il n'a rien dit mais il me fixait quand même droit dans les yeux. Quel message voulait-il donc me transmettre ? A la banque, je ne connais personne.

Bon vous n'allez pas vous éterniser. Maintenant que devais-je faire ? Aller à l'hôpital reconnaître le corps signer les documents habituels préparer l'enterrement. Aiguo a demandé à l'agent si une des voitures de la Sécurité pouvait nous emmener à l'hôpital mais il a répondu que c'était complètement impossible ils avaient des problèmes plus importants à régler. Nous sommes donc repartis à pied pour la rue Changle, heureusement peu éloignée. Il a fallu descendre à la morgue avec l'un des préposés, le corps de mon père encore tiède, sanguinolent, le visage méconnaissable, de la bouillie de chair et de cervelle, ses membres brisés et complètement distordus, je n'étais même pas sûr que ce soit lui, à part les vêtements posés en tas sur la civière et l'anneau en jade qu'il portait au doigt, celui avec son nom et celui de ma mère gravés en caractères traditionnels, c'est Guo Tai qui a validé pour moi et contresigné l'acte de décès en imitant ma signature, je tremblais trop et je n'avais

* *Maotaijiu :* alcool de sorgho et de blé obtenu après plusieurs fermentations et distillations, très alcoolisé (53°), spécialité de la ville de Maotai dans la province du Guizhou.

pas apporté mon sceau puisque je n'en ai jamais eu.

A la réception nous avons attendu l'arrivée du médecin-chef qui devait autoriser les procédures légales. Il avait compétence pour signer l'acte de décès avec les circonstances et causes de la mort, l'état de la victime, ses blessures, la date et le reste des informations obligatoires et je devais en obtenir une copie qui, jointe au rapport de la Sécurité publique, me permettrait de négocier une indemnité auprès de la société immobilière ; quand il a finalement daigné faire son apparition on le sentait un peu pressé, d'un mot il a dit qu'il avait déjà signé l'acte de décès et il m'a tendu un nouveau papier à signer qui donnait le droit à l'hôpital d'effectuer la crémation dans les vingt-quatre heures, ainsi que la facture correspondante, cent vingt yuans ; j'ai crié je ne suis pas d'accord pour une crémation mon père sera enterré normalement dans un cimetière, le médecin-chef m'a regardé d'un air exaspéré, comme si je lui faisais perdre un temps précieux, il commençait à me répondre quand Aiguo m'a chuchoté encore une fois à l'oreille pour me rappeler que je n'avais pas d'authentiques certificats de résidence ni de travail et par conséquent aucun droit pour organiser un enterrement à Shanghai c'était la crémation obligatoire ; je n'avais évidemment pas une telle somme sur moi et nous nous sommes partagé les frais tous les cinq. J'ai promis de les rembourser.

Il était presque deux heures de l'après-midi, plus le temps de repasser par le commissariat pour récupérer le rapport, nous devions retourner de toute urgence sur le chantier de *Xintiandi* si on ne voulait pas se retrouver à la rue sans travail ni salaire, les patrons nous rigoleraient au nez si je justifiais nos retards par l'accident survenu à mon père, sa mort ne pouvant évidemment pas être une excuse valable pour arriver en retard.

Nous avons dû partager un taxi, moi, Shouzhua et Guo Tai, Xianjin irait à pied vers le marché *Xiangyang* avec Aiguo qui ne commençait sa soirée au karaoké *Le Monde de la Fête* qu'à partir de quatre heures. Un taxi de l'hôpital jusqu'à *Xintiandi* et on en a eu pour douze yuans à trois. On a demandé au chauffeur de se presser et heureusement il a été malin et rapide, il a coupé en remontant toute la rue Changle jusqu'au croisement avec la rue Huangpi pour éviter les embouteillages de l'avenue Huaihai et nous sommes arrivés pratiquement au moment où tous les gars rentraient sur le chantier ; on a eu chaud, nous sommes descendus du taxi en courant sans fermer les portières et les contremaîtres ne se sont aperçus de rien d'anormal.

Le lendemain pendant la pause du repas du midi, plutôt que de perdre mon temps avec mon bol de riz et ma soupe de légumes, j'ai filé en quatrième vitesse au commissariat de la rue Fuxing, avec le bus de la ligne 2 qui remonte la rue du début jusqu'à la fin, en dix minutes j'étais rendu ; quand je suis entré dans le hall, par une étrange coïncidence les patrons de la société immobilière et le responsable de la résidence, ça ne pouvait être qu'eux, étaient justement en train de rire avec les inspecteurs et le commissaire, ils se sont tus en me voyant, ils sont sortis sans une parole et l'un des agents de le veille m'a fait signe derrière son guichet ; il avait devant lui le rapport de police signé et contresigné avec tous les sceaux officiels, je l'ai parcouru en diagonale pour constater que les conclusions différaient radicalement de celles dont nous avions discuté : aujourd'hui la responsabilité de sa mort incombait à mon père seul, qui avait volontairement refusé de se harnacher comme l'exigeait pourtant la loi strictement appliquée dans ses moindres détails par les autorités de la résidence *Orient-Paris* et dans un geste fatal et malencontreux il avait glissé de son siège, un moment d'inattention ; en un mot il ne pouvait s'en prendre qu'à lui-même.

Je comprenais un peu tardivement pourquoi j'aurais dû passer par la case Banque avant que les agents écrivent leur rapport. Mais comment avais-je pu croire un seul instant être capable de lutter à armes égales ?

Je n'avais plus rien à faire dans les locaux de la Sécurité publique alors je suis reparti, à pied et en courant, pour la rue Nanchang et les bureaux du chef de la résidence. J'y suis arrivé rouge, suant et tout essoufflé, le garde n'a pas voulu me laisser pénétrer dans l'immeuble malgré mes supplications, à la fin j'en ai eu assez, je lui ai flanqué une bourrade et je me suis engouffré dans le hall de la tour C, la gardienne et deux autres gardes ont bien essayé de me ceinturer, je me suis débattu violemment et ils sont tombés par terre, quelques pas et j'étais dans le bureau de la direction. J'ai avisé le chef, assis derrière son bureau, en conversation avec deux de ses collègues, tous des macaques en uniforme*, il m'a reconnu sans blêmir, je lui ai demandé de me payer le salaire de mon père et une indemnité pour sa mort. Entre-temps les gardes avaient tous fait leur apparition dans le bureau et j'étais cerné, le chef leur a donné l'ordre de m'expulser, du moins c'est ce que je pense puisque je ne parle pas encore couramment le dialecte de Shanghai, et il m'a répondu en chinois qu'il ne voyait aucune raison de me verser une quelconque indemnité puisqu'il n'était ni de près ni de loin lié à la mort de mon père ; quant au salaire c'était également hors de question, mon père n'ayant pas complété sa journée de travail.

* *Mu hou er guan,* littéralement "habiller un singe pour faire croire que c'est un homme" : un bon à rien reste toujours un bon à rien, quel que scient son costume ou ses habits ; un petit fonctionnaire sans réel pouvoir mais imbu de sa position ; l'habit ne fait pas le moine.

Avec ces paroles pleines de gracieusetés les gardiens se sont emparés de moi et ils m'ont soulevé malgré ma taille jusqu'au portail d'entrée pour m'éjecter sur le trottoir.

Je me suis relevé avec le nez en sang mais j'ai pu m'éponger avec un vieux morceau de papier qui traînait par terre dans le caniveau ; le temps passe, le temps passe, à ce rythme la pause-repas du midi était probablement déjà terminée il fallait que je me débrouille pour rejoindre le chantier dare-dare, j'ai sifflé un taxi, encore une dépense supplémentaire non prévue, cinq minutes plus tard et dix yuans en moins, il me déposait au croisement de Xingye avec la rue Danshui devant l'entrée du chantier. Par miracle le contremaître commençait juste à faire l'appel, je me suis mêlé au groupe et quand il a crié mon nom, une seule fois, j'ai répondu présent d'une voix ferme et j'ai pu pénétrer sur le chantier une sorte de sourire crispé aux lèvres, j'étais sain et sauf.

Décidément la chance était de mon côté. On croirait que le destin ne fait pas que s'acharner contre moi : j'avais toujours mon emploi.

A la fin de ma journée j'ai décidé d'aller à l'hôpital Huashan pour récupérer les derniers documents ainsi que les cendres de mon père. Là-bas la réceptionniste a été gentille, elle a bien voulu retarder un peu son départ le temps que l'on m'apporte le certificat de crémation et l'urne avec les cendres de mon père à l'intérieur. J'avais déjà payé la facture et la fille n'a fait aucune objection à ce que je parte avec l'urne, elle a simplement exigé mes papiers d'identité pour vérifier si j'étais bien la personne désignée pour en prendre possession ; en sortant du chantier j'avais eu le sage réflexe de passer d'abord par le dortoir pour prendre mon portefeuille et quand je lui ai tendu ma fausse carte de résident elle n'a pas pu émettre la moindre objection puisque mon nom de famille correspondait à celui de mon père. J'ai pris le certificat et l'urne enveloppée dans un sac en plastique et j'ai souhaité le bonsoir à la réceptionniste.

Dans la rue j'ai jeté le sac en plastique sur le trottoir, je voulais dévisser le couvercle de l'urne et vérifier son contenu. L'étiquette sur le couvercle de la boîte indiquait bien le nom de mon père mais ce qui m'a étonné en l'ouvrant c'est d'y voir une dent en or et qui n'avait pas fondu complètement ; c'était surprenant parce que mon père a toujours eu une dentition irréprochable, sans plombs ni dents en cuivre ou en n'importe quoi, et encore moins en or. Mon sang s'est glacé soudainement et je suis reparti en courant vers l'hôpital. La nouvelle réceptionniste commençait juste son service de nuit et je lui ai expliqué que quelques minutes auparavant on m'avait donné les cendres de mon père mais qu'il devait y avoir une erreur gigantesque, je lui ai montré la dent, mon père n'a jamais eu de fausses dents en or. Elle avait l'air aussi stupéfaite que moi, c'était la première fois qu'une chose pareille arrivait ici ;

sur son téléphone intérieur elle a appelé une camarade Li, qui devait être la préposée aux crémations, en lui disant qu'il y avait une urgence à la réception. La camarade est arrivée assez rapidement et je lui ai expliqué toute l'affaire mais elle ne semblait pas convaincue, je lui ai fait comprendre que je n'avais aucun intérêt à me plaindre si les cendres étaient bien celles de mon père, mais dans le cas présent comment expliquer cette dent en or ? Il a dû y avoir une erreur dans l'étiquetage ou sur, ou sur ? Elle est devenue toute rouge subitement alors j'ai flairé une bourde monumentale ; j'ai commencé à crier très fort et deux médecins sont apparus avec des gardes, j'ai réexpliqué le problème en essayant de ne pas trop paniquer et finalement les médecins m'ont accompagné dans la salle de crémation où travaillait la camarade Li.

Sur les étagères des centaines d'urnes sans étiquette. J'en ai ouvert plusieurs, toutes remplies à ras bord.

L'évidence me sautait aux yeux : l'hôpital distribuait aux familles des cendres qui avaient peu de chances de correspondre puisque les urnes ne portaient aucune indication sur l'identité du décédé. La camarade Li et ses collègues collaient manifestement les étiquettes au hasard. J'avais bien entre les mains les cendres d'une personne qui ne pouvait pas être mon père.

Mais alors où se trouvait-il donc ? Comment le chercher au milieu de ces centaines d'urnes anonymes ? Nous n'allions pas ouvrir les boîtes une par une pour les renifler et de toute façon comment reconnaître un tas de cendres d'un autre tas de cendres en tout point identique ? J'étais écœuré. Comme la situation s'enlisait sans aucune solution négociable en perspective un des médecins a suggéré d'aller en parler au directeur.

Moi je voulais bien mais cela ne remplacerait pas mon père ni ses cendres.

Nous avons pris l'ascenseur jusqu'au huitième étage, celui réservé aux personnels de direction. L'entretien avec le chef a été d'une brièveté remarquable : puisqu'il était impossible de retrouver les vraies cendres de mon père il m'offrait le remboursement des frais de crémation, cent vingt yuans et je pouvais conserver l'urne du mort à la dent en or.

Sur le chemin du retour, après avoir empoché les cent vingt yuans en liquide, j'ai rencontré la réceptionniste de jour qui finissait son repas du soir dans un des restaurants de plein air au croisement des rues Changle et Changshou, elle m'a reconnu et avec un sourire elle m'a demandé si j'avais déjà mangé mon repas du soir ; comme la réponse était non je me suis assis à côté d'elle en commandant un riz blanc cuisse de poulet chou à la vapeur avec une bière fraîche et je lui ai raconté l'invraisemblable histoire des cendres et de la dent en or. Elle a pouffé de rire en portant la main à sa bouche, moi je n'avais aucune envie d'éclater de rire je ne voyais pas du tout l'ironie de la situation, elle s'est excusée avec profusion mais mon histoire ne la surprenait nullement : il était de notoriété publique, au moins parmi le personnel médical, que l'hôpital conduisait pour le compte de laboratoires pharmaceutiques japonais des expériences scientifiques plus ou moins illicites, mais très profitables, sur les morts, la plupart du temps les cadavres de *mingong* non identifiés, dont personne ne voulait ou qui n'étaient pas réclamés dans les délais légaux, souvent les familles restées au pays n'étaient même pas prévenues de la mort du père, du frère ou des deux, ou alors avec beaucoup de retard quand elles commençaient à s'inquiéter de ne plus recevoir les mandats postaux. D'habitude lorsque les expériences sont terminées le cadavre, ce qu'il en reste, est réellement brûlé dans un four et ses cendres déposées dans une urne, le problème c'est qu'il s'écoule en général plusieurs jours, voire plusieurs semaines entre l'arrivée du mort à la morgue et sa crémation effective après les expériences scientifiques. J'aurais eu un tout petit peu plus de chance si j'étais venu récupérer les cendres de mon père dans une dizaine de jours, mais j'ai répondu que cela n'aurait probablement rien changé puisque le personnel ne colle les étiquettes nominatives qu'au hasard. Elle a haussé les épaules, fataliste.

Je n'avais plus faim, j'ai laissé mon bol de riz à moitié plein avec la cuisse du poulet et le chou à la vapeur mais j'ai quand même payé mon repas et le sien avec une partie des cent vingt yuans. Elle m'a demandé si je voulais la raccompagner chez elle et peut-être aller au cinéma ensemble par la suite, j'ai failli répondre oui ce serait avec le plus grand des plaisirs mais j'ai réfléchi et je me suis entendu mentir une autre fois ce soir je dois retourner sur mon chantier des travaux de soudure : je m'étais souvenu *in extremis* du visage d'Aiguo. De son corps aussi.

Aiguo elle est pour de vrai, heureusement, et bien vivante.

A la porte du restaurant, après avoir souhaité le bonsoir à la camarade réceptionniste qui repartait dans l'autre sens vers son arrêt d'autobus, j'ai répandu le contenu entier de l'urne dans l'égout. Un peu plus loin à un croisement l'urne soi-même partait directement dans une poubelle. Elle fera le bonheur d'un pauvre encore plus pauvre ou de l'une de ces filles des campagnes qui fouillent les poubelles avec de longues pinces en métal pour récupérer les détritus qui pourraient encore posséder une quelconque valeur marchande.

Dans les rues j'en vois souvent, des paysannes typiques de nos belles provinces, elles opèrent habituellement par groupe de deux, chacune sur un côté du trottoir, avec leurs pinces et un grand sac de jute, et il n'est pas une poubelle qui échappe à leurs prospections. Fouilleuse de poubelles, encore un de ces innombrables métiers traditionnels qui refaisaient surface après leur disparition à l'avènement de la Chine nouvelle. Le peuple chinois s'était relevé ; oui certes, mais depuis il s'est rassis, pour les plus fortunés, et le reste continue de ramper ou d'avancer à quatre pattes dans le purin.

Quand je suis finalement arrivé près de notre dortoir derrière le chantier j'avais quitté le restaurant depuis une bonne demi-heure, la route est longue lorsqu'on marche seul, la nuit tombait dans la rue Madang sans lumière et presque silencieuse, sur le trottoir devant l'entrée, mes copains en train de jouer aux cartes ou de fumer des cigarettes, je me suis accroupi au milieu d'eux, en avril, si nous étions bien en avril, les nuits sont un peu fraîches, Shouzhua m'a donné sa bouteille de bière à peine entamée, j'en ai bu une gorgée, puis deux et j'ai frissonné, le froid ou la détresse, Guo Tai a allumé une nouvelle cigarette avec le ridicule briquet en forme de revolver qu'il avait acheté sur le marché *Xiangyang* et il me l'a tendue sans parler, avec un sourire comme de réconfort ou de compréhension, une main sur mon épaule, celle de Min An, les gars avaient stoppé leurs parties de cartes et me regardaient, je ne sais pas pourquoi mais j'ai soudain eu envie de pleurer, les larmes me montaient dans les yeux mais sur mes joues je ne sentais rien couler, je ne dors plus depuis hier, mon père, l'urne, Shanghai, où suis-je, je voulais leur parler et je ne savais pas quoi dire je ne connais pas les mots, s'ils existent, et je n'en suis pas sûr, comment décrire l'angoisse, l'effroi, le chagrin, personne ne parlait, les mots souvent ne servent à rien, mais on se comprenait tous, la solidarité du désespoir, un lien plus indestructible que la mort, nous autres la lie de la terre si on le voulait ensemble on arriverait à déplacer le mont Tai* mais la réalité un moment ou à un autre reprend toujours ses droits et le contremaître est apparu flanqué de deux des gardes, il voulait que j'aille immédiatement dans le dortoir pour débarrasser les frusques de mon père et laisser place nette, ou plutôt banquette nette, à son remplaçant, un autre miséreux, du Jiangxi ce coup-là, qui se tenait déjà debout devant l'escalier d'accès avec sa couette mal ficelée et une valise en toile multicolore.

Il a également ajouté à propos de la paie de mon père pour le mois courant qu'il ne pourrait rien me verser parce que d'après les lois sur le travail dans le bâtiment à Shanghai les salaires sont nominatifs et non transférables.

* *Renxin qi taishan yi,* littéralement “la volonté du peuple peut déplacer le mont Tai” : la solidarité peut faire bouger des montagnes ; l'union fait la force.

J'ai haussé les épaules. Une journée comme les autres.

Dans le baraquement de l'équipe de mon père j'ai récupéré ses affaires, peu de chose à vrai dire, sa couette et sa vieille valise en carton, quelques vêtements, un livre récent sur la vie et l'œuvre politique de notre ancêtre, des papiers officiels. J'ai trouvé son portefeuille sous une serviette de toilette, avec une cinquantaine de yuans et de la petite monnaie. A l'intérieur il y avait également une très antique photographie en noir et blanc de ma mère, elle devait avoir une quinzaine d'années, probablement au moment de la Grande Révolution culturelle, quand mon père à peine adolescent avait été expédié à la campagne chez les paysans pauvres pour parfaire son éducation.

Le gars du Jiangxi voulait que je me pousse pour qu'il puisse étaler sa couette sur la banquette, il avait l'air bien agité pour un nouveau venu, je lui ai fait mon regard il-n'y-a-pas-le-feu-dans-la-maison mais j'ai eu l'impression de l'avoir irrité, encore un trop content d'être embauché sur le chantier il n'arrivait pas à comprendre sa chance c'est pour cela qu'il était si nerveux ; en me relevant enfin je lui ai dit d'aller prendre une douche tu pues comme une charogne et j'ai juste eu le temps de fermer la porte du dortoir pour éviter une chaussure qui m'arrivait droit dans la tête. Encore un impulsif un peu colérique qui ne fera pas long feu par ici ; pour survivre dans cet environnement il faut absolument savoir maîtriser ses nerfs, sinon la rue, le trottoir, la mort lente.

Quelques semaines plus tard Guo Tai était allé nous acheter des bières pour le repas du midi, on était déjà accroupis sur le trottoir en train d'avaler notre riz blanc quand il est revenu avec les bières dans une main et des affichettes dans l'autre qu'il agitait en riant. Il faisait très chaud alors on a pensé qu'il s'en servait comme éventail, mais en faisant circuler les bouteilles il nous a montré une des affichettes, une feuille de papier avec la photo en couleur du visage d'un *mingong* mort récemment, écrasé par un camion, avec une légende de la Sécurité publique qui offrait trois mille yuans en récompense à ceux capables de donner des informations sur l'identité du cadavre. A côté de la photo du visage du mort, profondes entailles sur la joue, lèvres éclatées, nez écrasé, cuir chevelu arraché, presque scalpé, les yeux encore ouverts, on pouvait lire sa taille, son poids, les vêtements qu'il portait au moment de l'incident et ses caractéristiques physiques essentielles ; au bas de l'affichette l'adresse et le numéro de téléphone du commissariat du quartier où il avait été renversé. Moi j'étais avec Shouzhua et Min An et on ne comprenait pas bien l'intérêt de ce document. Où voulait-il en venir en nous le montrant ? En quoi nous concernait-il ? Etait-on supposé reconnaître le cadavre, un ami proche, un gars du chantier ?

Guo Tai a répondu non mais c'était la première fois qu'il voyait des affiches pareilles dans le quartier. Après le repas nous sommes allés marcher pour nous dégourdir les jambes et vérifier si la trouvaille de Guo Tai n'était pas qu'un simple canular et on a pu constater qu'il disait vrai, les affichettes étaient placardées sur les murs à tous les carrefours, avec la photo et le signalement du même gars.

Je me suis souvenu, plusieurs mois auparavant des affiches similaires étaient apparues sur les murs mais avec les photos de suspects dans des crimes crapuleux, que la Sécurité publique n'avait pas encore pu rattraper ou qui s'étaient perdus dans la nature et elle faisait appel à la population et à son sens civique en offrant des récompenses à ceux qui dénonceraient les coupables. Nous ça nous avait bien fait rire, où aurions-nous pu trouver le temps d'aller jouer au détective amateur ou au chasseur de primes ?

Avec cette nouvelle affichette que Guo Tai nous présentait comme une avancée spectaculaire dans la reconnaissance sociale des *mingong*, ha ha ha, on se demandait depuis quand la Sécurité publique se préoccupait-elle de l'identité des *mingong* qu'on retrouvait morts de faim sous les ponts ou écrasés par les voitures ? D'habitude le corps partait directement dans une caisse en bois ou dans un four sans que personne ne pose de questions. Pourquoi soudainement se soucier de ce mort-ci ?

Shouzhua, très en verve, a proposé de téléphoner au commissariat d'une cabine publique pour donner l'identité d'un des contremaîtres et faire une bonne farce. J'ai répliqué que c'était le genre de blague qui pouvait l'envoyer directement dans la province du Qinghai pendant plusieurs années, on ne doit jamais plaisanter avec la mort.

Sur le chemin du retour nous avons croisé Lao Shou* qui pissait contre un arbre, Shouzhua lui a lancé son "tu veux qu'on te la tienne "qui le fait toujours péter de joie, Lao Shou a sursauté et il a répandu le reste sur son pantalon, on a tous attrapé le fou rire, même lui, mais quand je me suis rapproché je lui ai trouvé très mauvaise mine, les gestes lents, le regard éteint, il avait l'air épuisé. Je lui ai donné deux des oranges que je venais d'acheter en lui disant Lao Shou fais attention à toi ; il les a prises en hochant la tête.

* *Laoshou :* Maître ; jeu de mots à double sens : vétéran, chevronné, expérimenté ; ancien, vieux.

Un jour je prenais mon repas du midi avec Aiguo dans un restaurant ambulant rue Dongtai, à proximité des marchands de fausses antiquités et vraies arnaques pour amis étrangers. D'ailleurs juste quand on s'est posés sur les tabourets, devant une boutique en face du restaurant, l'un d'entre eux essayait de négocier le prix d'une affiche de propagande genre époque Grande Révolution culturelle, une image de la Chine en rouge avec un soldat baïonnette au canon et une légende "Nous allons définitivement libérer Taiwan de l'oppresseur", une copie bien sûr ; on les entendait énoncer les chiffres en anglais, le vendeur la proposait à cent soixante yuans, l'ami étranger la voulait pour quatre-vingt et au bout d'un moment à taper des chiffres sur la machinette à calcul ils se sont mis d'accord sur cent. Quand l'ami étranger est parti avec son affichette enroulée dans du papier journal il avait l'air très fier de ses compétences de négociateur, il devait s'imaginer avec trois têtes et six bras* ; j'ai

* *San tou liu bi,* littéralement "avoir trois têtes et six bras" : avoir des moyens surhumains ; être persuadé d'avoir des talents ou des pouvoirs très importants ; arrogant.

interpellé le marchand pour lui demander le prix réel de son affiche, l'original ou la copie il a voulu savoir, l'original, quand il m'a dit seize yuans on a éclaté de rire, même les autres clients assis avec nous. Et si c'est moi qui t'achète une copie a demandé Aiguo tu me la fais à combien, il a répondu entre six et huit.

Je finissais mon riz frit quand Aiguo m'a posé une question totalement inattendue, elle voulait savoir si j'étais déjà passé à la banque pour retirer l'argent laissé sur le compte de mon père.

Une question saugrenue et qui ne m'avait encore jamais effleuré l'esprit.

J'ai avalé ma dernière crevette et un gros morceau de brocolis en une bouchée, suivie d'une bonne lampée de bière, la marque Froid Glacial, pour faciliter la digestion et ma concentration, je ne savais toujours pas quoi répondre à Aiguo, l'argent de mon père l'argent de mon père fallait-il que je sois embarrassé par cet oubli fâcheux. Elle a répondu que non mais par prudence on ne sait jamais ce qui peut arriver dans une banque une mauvaise manipulation un directeur qui détourne les sommes nécessaires à l'achat de son nouvel appartement une entreprise d'Etat au bord de la banqueroute le gouvernement de Beijing qui interdit subitement les retraits de fonds le mieux c'était de ne pas l'y laisser traîner sans raison.

J'ai réfléchi à haute voix effectivement pendant plus d'un an mon père avait déposé la plus grosse partie de son salaire sur son compte et la somme devait représenter je ne sais pas moi peut-être bien trois mille ou quatre mille *renminbi*. Aiguo n'a pas hésité si tu veux j'y vais avec toi.

Avait-elle une idée farfelue derrière la tête, elle a fait chut avec son doigt en prenant un air de conspiratrice et quand on a eu fini de manger et de payer l'addition, dans la rue elle m'a dit qu'elle aimerait beaucoup pourquoi pas qu'on habite ensemble dorénavant quelque part plutôt que de s'ébattre en catimini sur le lit de sa mère pendant qu'elle est en train de faire sa lessive dans la cour de l'allée ou entre deux portes dans le dortoir vide pendant la pause-repas du midi et que l'argent de mon père pourrait être employé plus utilement par exemple au paiement du dépôt de garantie et du premier mois de loyer.

J'ai fait hahaha enfin une bonne nouvelle dans un océan de désolation.

Comment me retenir ? Je l'ai embrassée sur la bouche, là, comme ça, dans la rue, devant tout le monde, et elle n'a pas désapprouvé. Un vrai dessert de rêve.

Mais l'heure passait, je devais foncer sur le chantier dans les plus brefs délais pour éviter le coup de piolet sur la tête, ce serait idiot de se retrouver sans travail sur le trottoir d'en face au moment où je pouvais enfin avoir Aiguo pour moi tout seul ; j'ai dit on en reparle ce soir et je suis parti en courant le long de la rue Zizhong avec le cœur qui battait en grand désordre mais ce n'était pas d'essoufflement.

Nous avons prévu d'aller à la Banque du développement du commerce le samedi matin suivant, Aiguo ne travaillait pas dans son magasin *Génération 2000* avant midi et sur le chantier de *Xintiandi* nous aussi on avait la matinée libre, à cause de la fête du 1er mai, une récompense d'une demi-journée qui avait été rendue obligatoire cette année-là par une directive de la municipalité de Shanghai, quels que soient le secteur d'activité ou l'industrie ; c'était le socialisme aux caractéristiques chinoises dans toute sa générosité, persiflait Guo Tai le seul homme qui arrive à rire en lisant *Le Quotidien du Peuple*.

Le samedi matin nous sommes arrivés juste après l'ouverture des portes vers huit heures dix et notre attente a été courte, à peine cinquante minutes. J'avais obtenu le ticket 118 et quand la lumière du guichet s'est allumée en rouge avec le numéro du ticket qui clignotait au-dessus je me suis précipité avant que la camarade guichetière appelle le 119.

J'ai exposé la raison de ma visite à la guichetière, la camarade Sheng dont le prénom ne pourrait qu'être Jue Jiang* : mon père étant décédé quelques semaines auparavant à la suite d'un accident du travail je souhaitais retirer l'argent de son compte à la Banque du développement du commerce. Elle a répondu aucun problème je devais simplement lui fournir les quelques documents suivants : nos *hukou,* nos cartes de travail et permis de résidence, son livret de compte, son numéro de code secret, une fiche familiale d'état civil prouvant la filiation, l'acte de décès original avec les sceaux de toutes les autorités compétentes, le rapport de la Sécurité publique en cas d'accident et la lettre de procuration me transférant le droit de retirer les sommes de son compte signée de sa main propre avec son sceau, le formulaire ci-joint que je devais remplir et signer et la somme de cent renminbi pour frais de clôture de dossier.

A ce stade de l'épreuve il me faut remercier Aiguo et son sens de l'anticipation typiquement shanghaien : la veille elle m'avait conseillé de réunir tous les documents possibles et imaginables car elle savait que la banque prendrait n'importe quel prétexte, légal ou non, pour refuser ma requête. J'avais donc fouillé méthodiquement dans la valise de mon père et les papiers officiels

* *Juejiang :* bornée.

que j'avais rapportés de son dortoir, pour être prêt à parer les coups fourrés auxquels Aiguo faisait allusion.

Nous avions presque tout réuni : pas de problèmes avec les *hukou* ni les cartes de travail et certificats de résidence, faux naturellement, mais la banque le savait pertinemment puisqu'elle n'avait fait aucune objection lors de nos ouvertures de compte, la fiche d'état civil, un document que mon père avait inexplicablement, sans doute par pressentiment, emporté avec lui lorsque nous avions quitté notre village, son livret de compte, l'acte de décès, le rapport de la Sécurité publique et les cent renminbi. Mais je ne connaissais pas le code secret du compte, indispensable chaque fois que l'on retire de l'argent on le tape une série de six chiffres sur une machinette posé sur le marbre du guichet, et je n'avais pas de lettre de procuration, mon père étant mort subitement dans un accident, comment aurait-il pu accomplir cette formalité ?

Sans mentionner quoi que ce soit j'ai commencé à remplir ostensiblement le formulaire de demande de retrait et Aiguo a fait passer un à un à la camarade guichetière les documents que nous avions apportés. Je la surveillais du coin de l'œil tout en noircissant ma fiche, on ne sait jamais ce qui peut nous arriver lorsqu'on a affaire à des fonctionnaires d'Etat, elle a compulsé rapidement les documents, je ne vois pas la lettre de procuration elle a dit en relevant finalement la tête. J'ai posé le stylo pour lui répondre oui c'est normal mon père a été tué dans un accident et il n'a pas eu le temps de la préparer je suis désolé croyez-le bien, elle a rétorqué il aurait dû car je ne peux rien faire pour vous. Puis elle a appuyé sur un bouton bleu pour afficher le numéro 119.

J'ai tenté de lui expliquer que tous les autres documents prouvaient que j'étais bien le fils de mon père et que les rapports de police et acte de décès certifiaient noir sur blanc sa mort accidentelle comment aurait-il pu prévoir qu'il allait mourir subitement cette procuration ne servait donc à rien. Mais elle avait cessé de me considérer comme une entité et quand le numéro 119, une vieille dame, s'est pointée devant son guichet elle a commencé à la questionner en dialecte de Shanghai. J'ai fait attendez on n'en a pas encore fini ici, je sentais monter le ton de ma voix, ne soyez pas bornée vous voyez bien que j'ai tous les documents exigés vous n'avez donc aucune raison de ne pas me donner l'argent du compte de mon père. Elle a appuyé sur un autre bouton, rouge cette fois, et un garde est apparu comme par enchantement, avec un air menaçant et la main sur sa matraque.

Dans le hall de la banque plus personne ne parlait, j'étais fébrile, fébrile, l'argent, l'argent, l'argent de mon père, j'ai crié allez me chercher le chef je ne bougerai pas tant que je n'aurai pas été payé, le garde m'a pris le bras pour m'éloigner du guichet, Aiguo lui a flanqué une claque et il a lâché prise, celui qui était en faction près de la porte d'entrée a tenté de me ceinturer mais d'un coup de pied dans le tibia et d'une bourrade du coude je l'ai envoyé au tapis, je criais de plus belle, mon argent mon argent, un responsable en uniforme de responsable a surgi de derrière les guichets et il s'est approché de l'incompétente Jue Jiang pour s'informer des raisons de tout ce vacarme.

J'ai mugi laissez-moi parler je vais vous expliquer. Le responsable a déclaré qu'il était bien d'accord mais les règles bancaires c'étaient les règles bancaires et il ne pouvait rien faire pour moi. Aiguo est intervenue pour lui dire d'être sérieux un instant j'avais perdu mon père dans des circonstances dramatiques et je ne cherchais rien d'autre que de récupérer ce qui m'appartenait puisque j'étais sans contestation le fils de mon père ; le responsable l'a arrêtée tout de suite, rien ne le prouve rien ne le prouve vous savez aussi bien que moi que tout se copie et tout s'achète les actes de naissance de décès de propriété les diplômes les papiers d'identité les permis de conduire de construire de détruire et je n'ai aucun moyen de confirmer l'authenticité de vos documents ; j'ai pris ma respiration, inspiration, expiration, pour me calmer, mais tout concorde les noms les dates le rapport de police l'acte de décès signé par le médecin chef pourquoi irais-je falsifier tous ces actes ça n'avait aucun sens ; il a répliqué que si justement cela avait un sens c'est à cause de précédents des faux actes de décès pour vider les comptes de clients que la banque avait été contrainte de mettre en place ce système de vérification draconien.

Selon lui tous mes documents sans exception pouvaient fort bien n'être que des faux. Il a pris un air entendu, et à commencer par vos cartes de résidence et vos certificats de travail.

Je ne savais plus quoi argumenter. Mais les rapports de police et l'acte de décès ? Ma naïveté me jouait un tour : quoi de plus facile une enveloppe un peu garnie et n'importe quel agent ou secrétaire médicale pouvaient les établir il suffisait de connaître la bonne personne. C'est Aiguo encore une fois qui est venue à ma rescousse elle lui a demandé de vérifier au moins le montant sur le compte, il a donné un ordre à la camarade guichetière, qui m'a demandé alors de taper le code secret de mon père sur l'appareil à cet usage. J'ai failli tomber à la renverse, camarade mon père est mort dans une chute accidentelle comment aurait-il pu avoir la présence d'esprit de me donner son numéro secret il aurait peut-être fallu qu'il le crie ou le note sur un bout de papier ou le dos de sa main quand il est tombé du vingt-septième étage ? Le responsable, lui, possédait un jugement plus sûr, l'autorité de sa fonction, ou de son costume plus probablement, il a besoin d'être habillé comme le Bouddha a besoin de son or*, il lui a fait un signe d'assentiment, elle a fait la recherche et écrit le montant du compte sur une fiche : 5 708,43 yuans. Je me suis exclamé intérieurement une fortune une fortune.

J'ai remarqué le visage d'Aiguo qui s'éclairait d'un large sourire.

Mais le responsable refusait toujours que je puisse récupérer l'argent de mon père. Nous n'avancions plus, il a reconfirmé qu'il était vraiment navré mais sans la procuration ni le code secret il avait les mains liées. A ce moment j'ai explosé, je me suis mis à hurler comme un malade de la tête en tapant du poing contre la vitre, Aiguo a commencé elle aussi à insulter tout le personnel en dialecte de Shanghai, les gardes sont revenus à la charge pour nous expulser et j'ai distribué des coups de poing et de pied à la volée, un vrai champ de bataille, j'ai entendu quelqu'un crier appelez donc la Sécurité publique, la confusion a stoppé net quand un vrai chef est sorti de son bureau en tonnant de quoi de quoi que se passe-t-il, il s'est approché des guichets pour demander des explications et à la fin il nous a regardés et il m'a demandé de le suivre avec Aiguo dans son

* *Ren yao yi zhuang fu yao jin zhuang*, littéralement "l'homme veut s'habiller de vêtements, Bouddha veut s'habiller d'or" : l'habit fait l'homme.

bureau en passant par la porte réservée au personnel de la banque.

Une fois assis, je lui ai présenté la situation dans son ensemble en étalant devant lui tous les documents que la camarade guichetière venait de déposer en pile sur une table. Je les ai pris un à un, mes pièces à conviction, en expliquant les liens entre eux ; quand j'en ai eu terminé il semblait convaincu de leur pertinence, il a simplement demandé le montant du compte. J'avais la fiche écrite par la camarade Sheng avec sa signature. Il a résumé l'affaire en peu de mots : votre père est mort dans un accident du travail tout à fait malencontreux il avait un compte numéro 060714100702905860 dans nos livres approvisionné à hauteur de 5 708,43 yuans vous êtes son fils unique et vous désirez retirer cette somme dans sa totalité nous sommes bien d'accord. J'ai répondu oui de la tête. Cette somme la désirais-je en liquide en chèque de banque ou souhaitais-je effectuer un virement bancaire sur un autre compte ; en liquide ; bien bien dans ce cas pas de problème mais il faudra néanmoins déduire une petite somme qui couvrira tous les frais : frais de dossier, d'ouverture, de clôture, d'administration, de maintenance, de comptabilité.

Frais de dossier frais de dossier comment ça des frais de dossier la camarade guichetière Sheng nous a déjà indiqué que cent yuans couvriraient les frais de clôture du compte.

Il a répondu que la camarade Sheng travaillait ici depuis peu et qu'elle n'était pas encore pleinement familiarisée avec les usages de la banque, il estimait le montant complet des frais et retenues diverses à environ trois mille yuans. Quand il en a eu terminé avec son petit couplet sur l'inexpérience de son personnel et l'explosion des frais généraux, il m'a regardé avec insistance, semblant attendre une réponse ou un acquiescement de ma part. Je ne voyais vraiment pas où il voulait en venir, Aiguo m'a donné un coup de pied dans la cheville, j'ai crié hein quoi comment, un deuxième coup dans la cheville et j'ai réalisé l'obstacle dans sa limpidité mais j'étais nerveusement trop épuisé pour entamer une nouvelle négociation sur la somme à laquelle j'aurai droit, alors je lui ai passé le relais et elle a pris l'affaire en main avec sa dextérité légendaire. A l'issue d'une bonne demi-heure de pourparlers, de palabres et de coups bas divers que j'écoutais d'une oreille blasée j'ai finalement signé le bon qui me donnait le droit de passer à la caisse retirer en liquide la somme totale de 5 708,43 yuans, à charge pour moi d'en reverser mille sept cents de la main à la main au directeur qui m'attendrait dans son bureau avec tous mes documents officiels contre échange, au cas où je disparaîtrais sans avoir pris soin de venir lui souhaiter le bonsoir. Il avait finalement accepté de ne conserver que mille sept cents yuans pour lui, un résultat que j'estime très positif dans la mesure où il aurait facilement pu contester l'authenticité de nos cartes de travail et de résidence et trouver là un prétexte aisé pour me dénier au grand jamais l'accès au compte de mon père. En fait nous sortions tous gagnants de ce bras de fer, lui empochait mille sept cents yuans ni vu ni connu grâce à un petit tour de passe-passe comptable, et moi je récupérais une bonne partie de mon dû.

Il était presque onze heures quand nous avons quitté la banque après avoir attendu vingt minutes notre tour à la caisse, j'en avais profité pour virer trois mille cinq cents yuans sur mon compte personnel, je ne voulais surtout pas me promener dans les rues avec quatre mille yuans en cash, du suicide caractérisé, cinq cents yuans suffiraient largement pour plusieurs mois.

Dehors j'ai dit à Aiguo j'ai faim allons manger. Nous étions sur l'avenue Huaihai, tout près de la rue Chongshan où venait de s'ouvrir le restaurant *Au Bon Moment**, spécialités de Mongolie Intérieure, Aiguo y avait été invitée la veille ou l'avant-veille je ne sais plus, par la patronne de *Génération 2000* qui voulait ainsi la remercier pour ses bons et loyaux services, elle avait réussi à vendre une dizaine de *qipao* brodées main à un groupe d'amies étrangères en multipliant les prix

* *Xue zhong song tan*, littéralement "recevoir du charbon quand tombe la neige" : fournir une aide qui arrive à point nommé. Jeu de mots : au bon moment.

de vente habituels par trois, son record absolu. On a mangé dans une yourte traditionnelle reconstituée dans le restaurant, du pas banal sur le plan de la décoration mais j'ai trouvé la nourriture assez fade, notamment une sorte de pâte farcie aux épinards et à quelque chose qui ressemblait de loin à du poulet et réellement à des morceaux de caoutchouc, quant au lait frit avec des œufs et des noisettes ainsi que la viande de bœuf sous la selle, un seul commentaire : infâmes. Et leur bière Assoiffée est plus amère que du vinaigre.

En résumé une expérience à ne surtout jamais renouveler. La prochaine fois je prendrais la précaution de faire un large détour, pour l'éviter, le restaurant des vertes prairies.

J'ai aussi eu beaucoup de mal à digérer l'addition, soixante-sept yuans, presque trois jours de travail sur le chantier, je voulais appeler le patron pour me plaindre de la nourriture et négocier une remise mais heureusement c'est Aiguo qui m'a tiré d'embarras, elle insistait pour m'inviter, un cadeau de noces en quelque sorte pour fêter la décision de vivre ensemble.

Pourtant la réalité de la question de notre emménagement ne sera pas réglée avant plusieurs mois ; c'est Aiguo pendant ses heures de temps libre qui se chargera de visiter les chambres, la question ne se posant pas pour moi à cause des horaires sur le chantier. Elle a bien dû en inspecter une trentaine au total mais il y avait toujours un problème de dernière minute insurmontable, le prix du loyer, la superficie, l'éloignement de nos lieux de travail, les colocataires qu'elle n'aimait pas et avec qui elle ne se sentait aucune affinité pour partager la salle de bains et la cuisine, le montant des commissions à verser, le dépôt de garantie et j'en passe. Finalement quand on se décidera ce sera surtout contre mauvaise fortune bon cœur : nous n'avions plus guère de choix, et pour moi l'impatience de vivre avec elle commençait à se muer en franche obsession.

J'ai déjà mentionné l'existence de Lao Shou, qui travaillait avec nous sur le chantier, dans l'équipe de Guo Tai. On s'inquiétait parce qu'on voyait son état de santé se dégrader rapidement, il maigrissait à vue d'œil, on lui passait bien des fruits et des pains fourrés mais depuis quelque temps Lao Shou manquait de vigueur pour couler le béton ou porter les gravats dans les bennes ; on se faisait du souci pour lui, nous on l'aimait bien notre ancêtre, il était un peu devenu comme la mascotte de notre dortoir, et quand on en avait l'occasion on l'aidait pendant le travail afin que les contremaîtres ne le surveillent pas trop attentivement et qu'il ne se réveille sur le trottoir d'en face, seul et désemparé, à un âge aussi avancé il lui serait impossible de se faire réembaucher ailleurs. Guo Tai l'envoyait sur les tâches les moins physiques mais il avait peur que les contremaîtres ne finissent par s'en apercevoir et demander pourquoi Lao Shou se retrouvait si souvent à l'arrosage ou au triage alors que son vrai poste était sur les échafaudages avec la masse ou la pelle.

Un soir on prenait le frais sur les escaliers du dortoir avant d'aller se coucher, Shouzhua avait acheté des bières fraîches et un paquet de Hainan de contrebande à l'épicerie de la rue Zizhong et on fumait en buvant tranquillement, on a vu arriver Lao Shou qui brandissait une des affichettes que Guo Tai avait rapportées quelque temps auparavant, celle avec la photo du cadavre. Il était tout excité, il avait eu une idée lumineuse et il souhaitait en discuter avec nous. Min An lui a demandé de quoi il parlait, Lao Shou s'est assis sur l'une des marches et il nous a présenté un plan terrifiant. Il se rendait bien compte que sa santé se gâtait à toute allure, il ne savait pas pourquoi il avait dû attraper un microbe quelconque qui le rongeait de l'intérieur, et si par miracle il trouvait un hôpital prêt à l'examiner, un tour de force, de toute façon il ne pouvait pas se soigner, avec quel argent, et au retour sur le chantier après la visite médicale il aurait déjà été remplacé par un jeunot plus vigoureux ; par conséquent le jour arriverait très bientôt où il ne pourrait plus faire illusion, il sentait déjà l'odeur de la curée, le moment où un contremaître le choperait par l'épaule et l'enverrait promener sur le trottoir d'en face avec le gros zéro de son salaire. Il n'avait aucune chance de trouver un autre emploi avec sa santé qui périclitait par-dessus le marché. Retourner au Shaanxi dans l'habitation troglodyte où vivaient sa femme et sa fille encore adolescente était une option à exclure d'emblée, comment auraient-ils pu survivre tous les trois là-bas sans les mandats mensuels qu'il envoyait régulièrement ? J'ai demandé s'il n'avait pas d'autres enfants qui auraient pu s'occuper de leurs vieux parents. Avant de s'exiler pour Shanghai il travaillait avec ses deux fils dans une mine de charbon illégale à la frontière de notre province avec celle du Gansu, mais ils avaient péri dans une explosion qui avait coûté la vie à une centaine de mineurs, et Lao Shou avait été l'un des rares à en avoir miraculeusement réchappé. En l'absence de tout autre possibilité, il était parti pour Shanghai afin d'essayer de retrouver un emploi, et si-possible-un-salaire-qu'il-enverrait-à-sa-femme.

Il a résumé son affaire : il avait probablement attrapé une maladie qui le dévorait inexorablement et à plus ou moins brève échéance une fois expulsé du chantier sans argent ni travail, il finirait vite dans une caisse en bois, sans que sa femme ne l'apprenne jamais.

C'était sans issue il a répété trois fois.

Nous bien sûr on compatissait mais on ne voyait toujours pas très clairement où Lao Shou souhaitait en venir.

Il a pris l'affichette pour nous montrer le montant de la récompense offerte à ceux qui auraient identifié le cadavre. Trois mille *renminbi*. De plus en plus obscur, on ne comprenait rien.

A cinquante ans il arrivait en fin de vie, il sentait la mort qui lui soufflait dans le cou et il avait beaucoup réfléchi, sa seule solution c'était qu'il se fasse écraser par une voiture ou un camion, et surtout sans ses papiers d'identité dans la poche de son pantalon. D'après lui la Sécurité publique afficherait rapidement sa photo et son signalement avec la récompense, nous n'aurions qu'à nous présenter au commissariat avec son vrai *hukou* pour toucher les trois mille yuans qu'il nous demandait d'envoyer par mandat postal à sa famille. Il avait confiance en nous pour réellement virer l'argent et non pas se le partager à quatre. Avec une somme pareille il mourrait rassuré et sa femme et sa fille auraient de quoi survivre encore un certain temps, au moins jusqu'au mariage de la petite.

C'était son plan.

Moi, Min An, Guo Tai et Shouzhua on s'est regardés en silence, complètement interdits. Personne ne parlait. Que pouvait-on lui objecter ? Comme on se taisait Lao Shou a dit que pour nous aider à prendre la bonne décision il pouvait nous laisser mille *renminbi* à charge pour nous de lui promettre de renvoyer les deux mille yuans restants à sa femme.

J'ai répondu Lao Shou c'est pas un problème d'argent.

Il a confirmé sa décision, elle était sans appel et il n'avait aucunement l'intention de revenir dessus. Il avait seulement besoin de notre accord pour le transfert de fonds. On se rendait bien compte qu'il n'était plus possible de le raisonner ou d'imaginer avec lui une autre proposition. Il était évident pour nous aussi que tôt ou tard il allait être expulsé du chantier et effectivement avec ses problèmes de santé, une fois dehors, il n'avait aucune chance de retrouver du travail ; sans argent pour manger ou dormir l'inéluctable ne tarderait pas à survenir.

Nous nous sommes concertés pendant la nuit et au réveil nous lui avons donné notre assentiment puisque son sacrifice sauverait quand même deux personnes : sa femme et sa fille.

Il nous a serré la main à tous les quatre, il avait des larmes dans les yeux, nous on était encore blancs devant l'immensité de son altruisme, ou de celui de son désespoir ; Shouzhua lui a demandé quand il souhaitait mettre son projet à exécution, il a répondu demain après le repas du soir.

Le lendemain on l'a invité au restaurant *Da Ming* pour son dernier repas ; on avait demandé à la patronne de se surpasser pour l'occasion et de concocter quelque chose qui puisse rester dans les mémoires. Elle nous avait préparé des raviolis aux trois parfums, des fleurs de lotus farcies, des épinards au jus de poisson, du canard mariné au gingembre, de l'anguille au potiron, un poulet frit et une soupe douce-amère. On était tous les cinq autour de la table sur le trottoir, on a porté toast sur toast à Lao Shou, Guo Tai nous avait suggéré de l'enivrer afin qu'au dernier moment il renonce à cette aberration ou qu'il soit trop soûl pour réaliser ce qui lui arrive quand il se ferait écraser par la voiture ou le camion ; Lao Shou, son vrai nom c'était Song Xintian et il avait quarante-huit ans, comme on a pu le constater lorsqu'il nous a remis son *hukou,* pour permettre l'identification au commissariat, et le nom et l'adresse de sa femme pour l'envoi du mandat. A la fin du repas en repartant vers le chantier Lao Shou titubait entre les platanes mais il avait encore toute sa raison.

Il voulait traverser l'avenue Chongqing en courant les yeux fermés, quand les feux sont verts pour les voitures qui descendent de la bretelle autoroutière, et si la première tentative se soldait par un échec il recommencerait jusqu'à ce que sa bonne étoile s'éteigne.

Arrivés devant l'avenue on est restés en arrière sur le trottoir pour le regarder partir. Ça a été assez long parce qu'il hésitait à se jeter sur le passage des voitures, il faisait demi-tour très rapidement comme si la lucidité lui revenait par éclairs et à plusieurs reprises elles l'ont évité de justesse en freinant pile ou en se détournant à la dernière seconde, des vrais miracles, il a fait plusieurs aller et retour sans succès et finalement on a pensé que le destin lui laissait une seconde chance et on lui faisait des signes de l'autre côté du trottoir en lui criant d'arrêter, et puis il s'est élancé une nouvelle fois, on a hurlé non d'une seule voix, il a été happé par un taxi, on l'a vu voler au-dessus du capot et rouler par terre, le chauffeur a freiné brutalement en perdant le contrôle de son véhicule qui est allé s'encastrer contre un pilier en béton.

On a couru vers l'avenue mais nous avons eu du mal à arriver jusqu'au taxi à cause des automobilistes qui continuaient sans s'arrêter, il a fallu attendre que le feu soit rouge pour traverser et on a aperçu sur le bitume le corps de Lao Shou qui bougeait encore, en s'approchant pour vérifier son état, il avait les yeux ouverts et il pleurait : il était toujours vivant.

Il n'était pas question de rester auprès de lui, on aurait pu être cités comme témoins, ce qui aurait légitimement paru suspect le lendemain quand on irait au commissariat pour toucher la récompense.

Le lendemain, à la place du repas du midi, moi et Shouzhua on est allés à la Sécurité publique avec le *hukou* de Lao Shou et au guichet on a discuté avec un inspecteur à propos du cas d'un ami disparu depuis la veille il était vieux malade et n'avait plus toutes ses facultés mentales alors on avait des craintes à son sujet. Dans un tiroir il a pris une pile de dossiers, dont celui d'un incident de la circulation la veille avenue Chongqing, un homme renversé par un taxi qui s'était écrasé contre un pilier on dénombrait deux morts le chauffeur et son passager et un blessé grave votre ami peut-être ? Il fallait jouer sur du velours. Shouzhua a demandé si la Sécurité publique offrait toujours des récompenses à ceux qui permettaient d'identifier des victimes de la circulation. L'inspecteur a paru surpris, ça n'avait jamais été dans les habitudes de la police d'offrir des récompenses pour ce genre d'incident, et puis de toute façon votre ami n'est pas encore mort, si on parle du même ; alors Shouzhua a sorti l'affichette de la poche de sa chemise, avec la photo en couleur du *mingong* écrasé, son signalement et les trois mille *renminbi* de récompense à qui l'identifierait. L'inspecteur a éclaté de rire et il a appelé ses camarades collègues pour la leur montrer, ils ont beaucoup ri, la grosse pagaille, une vraie fête, jusqu'à ce que finalement nous on demande ce qui se passait. L'inspecteur est redevenu sérieux pour nous apprendre que les affiches avaient été spécialement imprimées pour un reportage de la télévision sur les conditions de vie des *mingong* à Shanghai et la façon dont la municipalité s'occupait de leurs problèmes. Le secrétaire du Parti avait ordonné la diffusion de ces fausses photos pour laisser croire aux journalistes que le gouvernement municipal prenait à cœur le destin des *mingong* qui venaient travailler à Shanghai ; la télévision avait filmé les affiches de la rue Fuxing (probablement après qu'on les avait vues) et elles avaient immédiatement été retirées dès que les caméras étaient reparties ; mais ça, nous on ne le savait pas.

Lao Shou : blessé et vivant. C'est ce qui pouvait lui arriver de pire.

La suite était connue sans qu'il soit besoin de la lire. Sur le chantier il avait déjà été remplacé le matin après l'appel puisqu'il ne s'était pas présenté à son poste, l'hospice où il avait été admis pour les soins sommaires le renverrait vers un centre de rapatriement avec un aller simple pour Xi'an, là-bas il retrouverait sa femme et sa fille, mais avec ses problèmes de santé, ses deux jambes brisées, sans argent, personne ne se faisait d'illusions sur le sort de la famille Song.

Lorsque nous avons su dans quel centre il avait été expédié, dans le dortoir on s'est tous cotisés, vingt-cinq yuans chacun, une journée de travail, et moi, Shouzhua, Guo Tai et Min An nous sommes allés lui porter la récolte, près de six cents *renminbi*, et lui dire au revoir. Nous ne sommes pas restés près de lui très longtemps, pour des raisons évidentes, et en partant il pleurait en nous disant merci pour tout. On avait hoché la tête en silence.

Au chapitre des Affaires Désolantes, quelques semaines, ou mois, plus tard c'est Min An lui aussi qui avait dû repartir à Xi'an de toute urgence : en fin de soirée il avait téléphoné à sa femme d'une cabine publique pour lui confirmer l'envoi du mandat postal mensuel et elle lui avait appris la mort soudaine de son jeune fils Min Ku quinze jours auparavant. Il était revenu au dortoir en pleurant toutes les larmes de son corps, ça nous avait réveillés et on pensait qu'il avait encore été rattrapé par l'une de ses vilaines infections, une habitude chez lui à force de fréquenter les camarades qui besognaient dans les salons de coiffure ou de massage du quartier mais non cette fois nul besoin de l'accompagner aux urgences pour sa piqûre, personne ne riait lorsqu'il nous a appris l'horrible nouvelle, son fils unique, bientôt trois ans, écrasé par un chauffard.

Nous avons passé une bonne partie de la nuit à le consoler et à essayer de trouver une solution adéquate pour qu'il puisse rentrer au pays natal sans encombres, et surtout retrouver son emploi sur le chantier à son retour. Peu à peu entre deux sanglots il nous avait raconté les détails : sa femme au marché avec le gamin, une voiture de nanti (celle d'un cadre du Parti enrichi dans un trafic quelconque), ce matin-là c'est l'épouse du cadre qui conduisait l'auto, une marque étrangère le genre qui nous coûterait dix mille années de salaire, elle avait obtenu son permis sans passer les examens de conduite obligatoires en soudoyant un sous-fifre au bureau des immatriculations, elle s'était trompée avec le mécanisme du changement de vitesse et elle avait enclenché celle de la marche avant au lieu de la marche arrière, la voiture avait fauché le fils de Min An qui regardait des grenouilles à l'étalage du marchand de poissons et elle s'était encastrée dans un mur avec le gamin sous les roues ; il était encore vivant et sa mère avait dit à Min An qu'elle l'entendait hurler maman maman mais la conductrice avait essayé de rebrousser chemin malgré les villageois qui s'étaient rués au secours de l'enfant, et les roues lui étaient passées sur la tête ; la femme n'avait pas pu s'enfuir à cause des paysans qui cernaient sa voiture et elle ne devait sa survie qu'à l'intervention musclée de la milice communale. D'après les informations de Min An le sous-fifre avait reçu un blâme mais à part cela aucune action n'avait été intentée contre la meurtrière ; dans son village à Min An tout le monde en était encore sous le choc.

Nous on en avait froid dans le dos une histoire pareille classée sans suite on se croirait à Shanghai.

En attendant il fallait imaginer une issue de secours pour ce pauvre Min An ; le plus urgent était de lui trouver une place dans le premier train en partance pour Xi'an, presque deux jours de voyage. Par contre un détail capital demandait une solution plus immédiate : comment éviter son licenciement si les contremaîtres s'apercevaient de son départ ; s'il manquait à l'appel du matin, à six heures dix il aura déjà été remplacé par un autre gueux, il suffit de piocher dans les masses qui fourmillent autour du chantier. Shouzhua a suggéré d'aller ensemble négocier quelque chose avec le contremaître ou l'un des patrons.

Négocier on était bien d'accord mais quoi ?

Dans la nuit nous avons discuté une idée de compromis qui puisse être acceptable à nos chefs. Moi j'ai dit qu'il fallait leur proposer une offre qu'ils ne pourraient refuser et qui ne soit pas susceptible de nous entraîner dans le piège d'une négociation où de toute façon nous sortirions perdants. Nous avons mâché et remâché les combinaisons même les plus absurdes et en fin de compte c'est le plan de Guo Tai qui nous a paru le plus subtil : on offrirait aux patrons une semaine de travail gratuit pour toute l'équipe de notre dortoir en échange de la promesse que pendant son absence Min An ne serait pas remplacé ni licencié et qu'à son retour, prévu dans une semaine, il retrouverait son emploi.

C'était une offre inimaginable et connaissant la mentalité des Shanghaiens, à ne laisser échapper sous aucun prétexte : vingt-cinq gars qui acceptent de travailler pour un vrai moins que rien pendant une semaine complète, une économie de plus de quatre mille yuans, une somme considérable par rapport au salaire d'un casse-pierre sur sept jours ; mieux valait cela qu'embaucher un nouveau va-nu-pieds. Une économie de cette importance ne se refuserait pas et nous ne serions pas contraints de nous jeter dans le puits sans fond des négociations.

Vers cinq heures et demie du matin, Min An est parti en bus pour la gare avec les larmes aux yeux, le chagrin de la mort de son fils, le prix de notre sacrifice qui le bouleversait et l'émouvait trop ; puisque le train quotidien Shanghai-Xi'an ne démarre que vers dix heures le soir, il aurait donc normalement le temps de faire la queue aux guichets et peut-être d'obtenir un billet pour un départ le jour même. On lui avait également conseillé d'acheter le billet de retour dans la foulée afin qu'il ne perde pas des heures, ou des jours, précieux, à la gare de Xi'an en attendant de trouver une place disponible dans un train pour Shanghai.

A six heures, nous, les vingt-quatre du dortoir, sommes allés voir les contremaîtres pour leur présenter notre stratagème. Comme prévu ils n'ont rien contredit sinon de n'en parler à personne, et surtout pas aux patrons shanghaiens ni à ceux de Hongkong et nous on savait trop bien pourquoi, les 4 275 yuans, le jour de la paie ils les empocheraient et il n'y aurait aucune économie à créditer dans la comptabilité de la société immobilière.

Les Shanghaiens pour se les mettre dans la poche il suffit de les caresser au point le plus sensible de leur corps : le portefeuille.

Pour nous ça n'avait d'ailleurs aucune espèce d'importance, le seul enjeu c'était que Min An puisse rentrer au village natal, accomplir tous les rites et sacrifices exigés par nos traditions dans un cas aussi terrifiant que le sien, la mort de l'héritier de son nom, l'absence d'un descendant pour balayer sa tombe le jour des Morts, et enfin revenir à Shanghai avec la certitude d'avoir conservé son emploi.

Une semaine après, comme prévu, Min An regagnait sa place sur le chantier. Il nous était revenu en pleine forme, gras comme un gâteau du Nouvel An. Nous avons tous eu un petit pincement de cœur : la nostalgie de nos villages, les travaux des champs, les repas du soir en famille, les nouilles, les légumes salés, les morceaux de lard braisé, notre vie d'antan, une époque révolue où tout semblait intangible et où l'éternité n'était pas un vain concept.

Cinq nuits seul en tête à tête, ou au corps à corps, avec sa femme et notre brave Min An revenait tout confiant et plein d'espoir, celui d'avoir mis en route un nouvel enfant pour remplacer le premier. Quand il a dit ça j'ai regardé Guo Tai d'un air effaré et je crois qu'on a eu la même pensée : avec toutes les infections qu'il se trimballait, ça ne risquerait pas d'être une partie de plaisir pour sa femme, cette histoire de grossesse, si elle se révélait fondée.

Le cadre et son épouse étaient venus le voir dans sa ferme et ils avaient proposé une indemnité de deux mille yuans pour étouffer le scandale qui se propageait à toute allure dans le canton : les villageois exhortaient Min An à déposer une plainte contre la coupable et de porter l'affaire au niveau de la préfecture. Corruption de fonctionnaires, conduite dangereuse, délit de fuite, meurtre, il y avait peut-être là de quoi l'envoyer en prison.

Le cadre espérait qu'avec un paiement de deux mille yuans et une lettre signée par Min An et sa femme reconnaissant leurs torts (désinvolture et insouciance, avoir laissé leur enfant jouer sans surveillance) le brouhaha perdrait de sa puissance et qu'en cas de procès éventuel, une perspective toutefois difficilement concevable avec toutes les relations qu'il entretenait aux différents échelons de la province, les juges considéreraient en toute objectivité et d'un œil favorable des circonstances atténuantes à sa femme et ne la condamneraient qu'à une petite amende ou à une courte peine de prison avec sursis, pour la forme.

Min An lui ne voyait ni si loin ni si clairement, une vraie grenouille au fond de son puits* et après quelques heures de discussion avec sa femme ils acceptaient tout, l'argent et leurs signatures au bas de la page. Deux mille yuans, plusieurs années de salaire sans impôts, elle pourrait s'acheter un frigidaire et une machine à laver, et pourquoi pas une télévision tant qu'on y était.

* *Jing di wa,* littéralement "une grenouille au fond de son puits" : avoir une vue des choses très limitée.

Moi, Shouzhua et Guo Tai on était outrés qu'il ait pu accepter cette transaction. C'était trahir la mémoire de son fils pour une ligature de sapèques, il était en fin de compte aussi immoral que le cadre et sa forcenée. Il aurait fallu au contraire étaler l'affaire au grand jour, la corruption à tous les échelons de la société, ses effets pervers : chantage permanent sur la vie, course effrénée au profit et à l'argent facile, justice à dix vitesses, cadres au-dessus des lois ordinaires, disparition de la morale privée comme de la morale publique ; somme toute, faire triompher la justice, une fois n'est pas coutume, que la mort du jeune Min Ku n'ait pas été complètement inutile.

Le lendemain de son retour Min An a offert un banquet à toute l'équipe du dortoir, il nous le devait bien, nous avions abandonné une semaine de salaire pour lui venir en aide.

Qu'il ait mordu à l'hameçon du cadre aussi rapidement nous désolait, il aurait pu lutter plus vigoureusement et obtenir le double ou le triple, peut-être même dix fois mieux, le gars avait vraiment la trouille que l'affaire ne prenne trop d'ampleur, sinon il n'aurait jamais offert un accommodement en liquide.

Deux mille yuans pour le prix d'un enfant, l'appât nous semblait bien maigrelet et peu séduisant. Mais une fois à table, une table de douze, une table de treize, Min An s'est levé pour proposer un toast au *maotai* cul sec et il nous a expliqué la raison de sa prosternation, il n'avait pas d'autre choix : c'était ça ou rien.

De quelle arme disposait-il en cas de conflit ouvert avec un cadre du Parti soutenu par tout l'appareil administratif de la municipalité, sinon de la préfecture ? Il n'avait de toute façon pas l'argent nécessaire ni les amitiés indispensables pour se lancer dans des procédures judiciaires qui pouvaient s'étaler sur des années sans jamais la moindre décision définitive, sans compter les pressions multiples, doucereuses ou violentes, que tous les cadres et fonctionnaires locaux exerceraient sur sa femme restée seule dans la ferme avec des beaux-parents à moitié séniles.

Lui et sa femme avaient bien songé à faire monter les enchères mais la crainte que le cadre ne se braque devant leur cupidité et ne revienne sur ses aimables dispositions avait refroidi leurs ardeurs. Il ne fallait surtout pas le vexer.

Il a conclu avec le couplet qui résonne à nos oreilles depuis des millénaires : il faut se résigner devant l'adversité*, obéissance, docilité, déférence, soumission, résignation, nos cinq vertus cardinales.

* *Ni lai shun shou* "quand arrive l'oppression l'accepter en courbant les épaules" : se résigner devant l'adversité ; se résigner devant tout.

En tout cas nous avons fait un repas mémorable, c'était déjà mieux que rien. Min An a choisi le *La Bonne Suée** rue Yandang, un restaurant de spécialités de la province du Sichuan, délicieuses, abondantes mais incroyablement épicées, comme ce *mapotofu* cuisiné directement des enfers.

A la fin c'est du feu liquide qui coulait dans nos veines, en plus des litres de bière, une marque sichuanaise, Nirvana, qu'on pompait sans interruption pour éteindre les incendies qui nous brûlaient la bouche et l'estomac.

Nous autres dans le Shaanxi nous ne sommes pas habitués à des nourritures aussi flamboyantes.

Avec un peu de chance les piments auront exterminé raide tous les microbes et autres saletés qui pourrissaient les artères de Min An.

Il a payé l'addition avec le reliquat de sa consolation financière, c'est du moins mon avis, avec quoi d'autre aurait-il pu régler les trois cents yuans du repas ? Mais ce macaque a réussi à ne pas payer les boissons, bières et *maotai,* une gâterie signée les deux serveuses, deux jolies amies proches très proches très très proches qui amélioraient leurs

* *Han lin lin,* littéralement "transpirer à grosses gouttes" : jeu de mots sur le nom du restaurant, la nourriture sichuanaise étant particulièrement pimentée.

fins de mois en se couchant sur les tables dans les arrière-salles où Min An aime à se répandre. Elles récompensaient un client fidèle, un habile geste commercial, sur le dos de la patronne du restaurant.

Tout compte fait mon Min An est moins sot qu'il ne le paraît. L'argent dépensé entre les jambes des jeunes faisanes ne sert pas seulement à faire survivre des familles entières dans l'Anhui profond mais c'est aussi un investissement sur le long terme. Comme la preuve nous en était apportée aujourd'hui avec la facture des bières, envolée, effacée, disparue, non existante.

Je me souviens qu'en juin cette année-là il faisait si chaud la nuit dans nos dortoirs de tôle qu'on allait tous coucher dehors sur le trottoir pour profiter de la relative fraîcheur des platanes.

Xintiandi : la fin approchait.

Les maisons ont été reconstruites en lieu et place des anciennes, avec des toits et des portes d'entrée traditionnels, il ne reste plus que les aménagements intérieurs, l'air conditionné, l'électricité, les arrivées d'eau et les peintures de finition, travaux qui ont déjà débuté car depuis plusieurs semaines se bousculent les architectes et les décorateurs avec les amis étrangers propriétaires des restaurants.

L'électricité commence à fonctionner, sauf en milieu de semaine quand le courant saute régulièrement parce que la puissance installée n'est pas suffisante, les eaux d'évacuation s'écoulent normalement dans les égouts, même celles des toilettes publiques que nous avions construites au sud du lac, avec des cuvettes pour s'asseoir et des portes qui ferment à clé, un luxe inutile.

Avec mon équipe nous organisions des contrôles de routine deux fois par semaine, une formalité réclamée par les grands chefs de Hongkong, le seul problème un peu délicat qui s'est posé c'est lorsque nous nous sommes rendu compte, officiellement, que les eaux usées se déversaient dans le lac artificiel mais l'un des patrons shanghaiens nous a intimé l'ordre de n'en parler à personne puisque c'est lui qui était à l'origine d'un juteux trafic de tuyaux de canalisations en fonte : au départ les égouts du quartier auraient dû être repiqués sur ceux de la ville, mais les plus proches se trouvaient à plus de cinq cents mètres du chantier alors les patrons shanghaiens avaient réfléchi et s'étaient arrangés pour que les canalisations débouchent dans le lac, beaucoup plus proche, et ils avaient revendu le surplus de tuyaux en fonte au marché noir.

Depuis plus de contrôles et nous avons aussi perçu une prime spéciale de cent yuans chacun.

Les rues du quartier seront interdites aux voitures, elles ont été retracées et pavées pour que les piétons puissent les arpenter sans craindre de se faire écraser par un vélo, une moto, une auto ou un camion ; les arbres, le gazon et les fleurs replantés, le lac rempli d'eau et de poissons dorés mais il sera interdit d'y pêcher, et à ce propos une anecdote amusante : nous étions en train de grignoter des graines de melon avant le repas du soir sur l'un des bords du lac, moi, Shouzhua, Guo Tai, Min An plus quelques autres, quand ont débarqué les deux camions qui transportaient les poissons dans des bacs ; l'opportunité ne nous a pas échappé, Guo Tai et Shouzhua sont allés faire la causette avec les chauffeurs pour détourner leurs regards tandis que nous grimpions dans l'une des remorques, ensuite on est partis ventre à terre en portant trois bacs pleins pour aller les revendre presto sur le marché au détail de poissons d'aquarium qui se trouve au même endroit que celui aux oiseaux, dans la rue Xizang ; on a marchandé pour la forme parce qu'il ne s'agissait pas de se retrouver avec un stock de poissons invendables et avec l'argent on s'est tous invités au restaurant *Le Vieux Shanghai* au croisement de la rue Sinan et de l'avenue Huaihai, à six minutes à pied du chantier.

Le repas du soir terminé, tandis qu'ils repartaient vers le chantier en remontant la rue Nanchang, moi au contraire j'ai continué sur Sinan et j'ai tourné à gauche dans l'impasse qui mène à l'une des entrées du jardin public Fuxing, je voulais le traverser dans la nuit et respirer le parfum des fleurs endormies, et de l'autre côté je déboucherais de toute façon sur le karaoké *Le Monde de la Fête* car j'avais l'intention d'attendre Aiguo à la sortie de son travail.

J'aime bien la surprendre. Mais quatre fois par semaine, vers minuit, la surprise a fini par perdre de son effet. D'habitude quand on se rejoint ainsi, ensuite on se promène tranquillement main dans la main dans la rue Yandang jusqu'au croisement avec Huaihai et on repart en sens inverse sur l'autre trottoir, celui où se trouve le salon de thé traditionnel *Harmonie Universelle** ; s'il nous reste un peu de temps avant d'aller dormir, moi dans mon dortoir, elle dans sa chambre avec sa mère, on s'assied sur des chaises imitations époque Ming, pas toujours très confortables mais agréables à l'œil, on dirait des œuvres d'art, et elle m'offre un pot de thé rouge ; elle, elle préfère croquer des graines de tournesol ou des pistaches séchées.

Et sans nous en rendre compte nous avons fini par décider, pour de vrai cette fois, de vivre ensemble, et non plus d'en parler depuis plusieurs mois comme d'une possibilité, ce sera quand même plus pratique que mon dortoir surpeuplé ou le lit bas de sa mère. Elle a recommencé les recherches qu'elle avait interrompues et finalement elle a trouvé une chambre dans un *lilongtang* moderne, des années 1970, rue Huijin juste à côté de l'hôpital numéro 2 et presque en face des jardins de l'auberge Huijin où notre président Mao séjournait lorsqu'il venait à Shanghai pour entendre les rapports de travail des camarades de la municipalité. Dans le jargon local on appelle ça un “nouveau ancien village”, le principe est le même, des séries d'immeubles de quatre étages en brique

* *Tian ren he yi*, littéralement “le Ciel et les hommes ne font qu'un”.

rouge mais avec en plus des salles de bains communes et l'électricité dans toutes les pièces.

Pour quatre cents yuans par mois on sera aussi heureux que l'empereur dans son pavillon du Printemps Eternel à la Cité interdite.

Je n'avais pas grand-chose à déménager, une valise avec quelques vêtements, les affaires de mon père, ma couette, ma brosse à dents et un savon.

Avec Aiguo dans un marché de seconde main nous avons acheté un lit pliant deux places et une armoire en plastique avec des cintres et une fermeture éclair pour ranger ses robes et mes deux pantalons. On préférait rester sobres au niveau du budget et de toute façon nous n'avions pas les moyens de faire des excès : ses quatre cents yuans par mois pour les quatre jours par semaine dans le magasin *Génération 2000* et le salaire du karaoké, en moyenne entre huit cents et mille yuans mensuels sans compter les pour boire et moi je contribuais avec mes six cents yuans (j'avais bien déménagé du dortoir mais le contremaître avait imaginé je ne sais plus quel prétexte pour ne pas me verser les cent cinquante yuans mensuels de frais de nuit que je ne lui coûtais plus) notre seule folie a été d'acheter une couette neuve en duvet de canard dans le délicieux magasin *A la Bonne Literie* avenue Huaihai, au croisement avec la rue Huijin, à cinq minutes à pied de notre chambre.

Aiguo voulait aussi qu'on s'achète des vélos ; des vélos des vélos oui naturellement j'étais d'accord comment ne pas l'être mais tout de même des vélos un luxe au-delà de mes moyens : dans quelques mois le chantier de *Xintiandi* se terminerait avec les cérémonies d'inauguration officielle il me faudrait chercher à nouveau un emploi et à Shanghai sans carte de résident je pouvais avoir des difficultés à en trouver un dans la foulée que se passerait-il si du jour au lendemain je ne touchais plus rien pendant des semaines ou des mois ?

Mais elle avait déjà effectué une petite enquête en visitant un magasin de vélos rue Yongjia au croisement avec la rue Xiangyang, qui vendait des marques renommées, Etalon Infatiguable, Coursier Fougeux, Ferghana Volant, indestructibles, bon marché et d'excellente qualité, pour des tarifs compris entre deux cent cinquante et quatre cents yuans. J'ai dit oui oui mais pourquoi ne pas attendre encore un peu par précaution un vélo neuf représente tout de même presque la moitié de mon salaire mensuel ne devions-nous pas jouer la carte de la prudence un vélo de deuxième main peut-être ?

Mais dans un couple l'homme donne son avis, la femme répond le contraire et impose ses vues. Le lendemain nous voilà donc dans le magasin en train de négocier l'achat de deux bicyclettes Etalon Infatiguable noire pour moi, verte foncé pour

Aiguo, pour un total quatre cent quatre-vingts yuans qui comprenait également, après une bonne demi-heure de tractations, deux antivols supplémentaires, amovibles, des klaxons à pompe et un système d'éclairage devant-derrière pour la conduite de nuit. Aiguo a sorti ostensiblement les billets de son sac et elle a commencé à compter, cent, deux cents, trois cents, quatre cents, quatre cent cinquante mais avant de tendre la liasse au marchand elle a exigé en plus pour le même prix deux cirés orange pour nous protéger en cas de pluie, il a refusé tout net quoi quoi comment mais c'est impossible je perds déjà de l'argent, elle a remballé les billets dans son sac en me prenant à témoin, bon on s'en va on ira acheter ailleurs, elle a fait mine de quitter le magasin, une technique infaillible mais que moi je n'utilise jamais car cela m'embarrasse, le marchand l'a rattrapée petite mademoiselle petite mademoiselle ne partez pas si vite et il a confirmé, et deux cirés imperméables deux.

Je suis très content d'avoir un vélo évidemment, je me déplacerai plus rapidement entre notre chambre et le chantier, mais tout de même, la moitié de mon salaire, même si c'est Aiguo qui avait payé pour moi, j'avais un petit pincement au cœur, et à l'avenir comment conserver la tête froide et bien carrée sur les épaules ?

A Shanghai pour survivre ne fallait-il pas garder le bon sens de nos ancêtres et éviter de se laisser piéger par les sirènes de la consommation frénétique et de l'enrichissement rapide à n'importe quelle condition ?

C'est d'ailleurs la mésaventure qui était survenue à deux de nos camarades de dortoir, des gars du village de Jinhe, district de Baoji, dans notre province du Shaanxi, Zhao Jieji et Guo Deying, arrêtés par les agents de la Sécurité publique, à la fin du mois d'août ou début septembre je ne me souviens jamais des dates trop précisément, en tout cas quelques semaines, ou mois, avant l'inauguration de *Xintiandi* et à peu près en même temps que notre déménagement.

Ils avaient imaginé une astuce infaillible pour arnaquer des vieilles personnes et soutirer leurs économies ; leur truc ils nous l'avaient montré et on avait essayé de les dissuader, effarés devant son ineptie, mais nous n'avions réussi qu'à les renforcer dans leur détermination. C'était un projet audacieux dans sa conception mais réellement stupide dans sa réalisation : ils avaient monté un tour de magie pour transformer le papier en billets de banque, il suffisait de laisser mariner une nuit durant dans une solution magique, eau et poudre blanche, des morceaux de papier découpés à la taille de billets de cent yuans, et au petit matin d'en retirer des billets flambant neufs ; leur tour de passe-passe c'était donc une escroquerie toute simple, cousue de câble blanc, un vulgaire bout de papier ne se transforme certainement pas en billet de banque, même trempé dans un liquide ensorcelé, sinon on le saurait depuis longtemps. En plus on s'était aperçus nous-mêmes de la machination quand Jieji faisait le (mauvais) clown pour endormir notre attention et que par-derrière Deying substituait rapidement au papier un billet neuf.

Cette imbécillité les mènerait tout droit à la catastrophe mais ils n'avaient rien voulu entendre.

Aussi quand quelques jours plus tard moi et Shouzhua on a été convoqués au commissariat avec les vêtements des deux magiciens on savait d'avance que l'affaire avait mal tourné.

Par un prodige inexplicable ils avaient réussi à convaincre trois vieilles dames retraitées particulièrement crédules, qui habitaient dans une ancienne maison d'amis étrangers dans la rue Sinan, de leur payer chacune dix mille yuans en espèces, le prix de la poudre magique, et elles avaient fait tremper pendant quarante-huit heures dans un aquarium vidé de ses poissons un tas de papier avec la solution miracle, une vulgaire poudre de lessive.

Quand au bout du délai elles ont fini par s'apercevoir que le papier restait toujours aussi blanc elles ont conçu des doutes sur la réalité de l'opération et l'une d'entre elles est allée porter plainte au commissariat ; les dames du comité de quartier avaient naturellement le signalement des deux lascars et les dénonciations sont arrivées en un rien de temps : la Sécurité publique les a cueillis, comme à l'exercice, pas très loin du lieu de leur forfait en plus, dans un tripot clandestin qui appartenait à un ancien inspecteur. Ils étaient en train de dépenser bruyamment leur butin aux cartes et sur les filles de la maison, elles s'étaient donné le mot, attirées elles aussi par le parfum enivrant de l'argent frais. Un gars avec un peu plus de jugeote se serait précipité sur le premier autobus en direction d'une province éloignée pour y couler des jours paisibles, mais eux non, plutôt que de s'enfuir au triple galop ils avaient préféré rester dans la gueule du loup et passer du bon temps sur les filles, le moyen le plus efficace pour se faire remarquer, un flagrant manque de discernement qui leur coûterait cher.

J'ai toujours dit que pour survivre ici et garder la tête hors de l'eau il fallait savoir être discret et ne jamais attirer les regards sur soi. Comme le cochon qui, lui, le sait d'instinct : s'il grossit trop il attirera immanquablement l'attention du fermier qui le saignera dès les premières pluies et terminer en boudin comme but dans l'existence c'était pas terrible ; pour conserver la vie et la santé il fallait d'abord apprendre à rester maigre.

Pour avoir méconnu cette évidence nos deux malades mentaux allaient être condamnés à huit ans d'internement en camp de rééducation par le travail en plein milieu du Qinghai.

Brillant résultat pour les magiciens. Fallait-il avoir le QI d'une souris pour monter un projet aussi lamentable.

Chez nous la cohabitation avec les locataires de l'appartement ne pose pas de problèmes majeurs, sauf parfois dans la salle de bains où certains se prélassent quand les autres doivent partir travailler ou lorsque la douche coule froide parce que le gars d'avant a vidé le ballon d'eau chaude.

Le seul moment de tension un peu fort c'était deux ou trois semaines après notre arrivée, nous étions tous en train de prendre le frais dans l'allée avant le coucher, ni moi ni Aiguo ne travaillions cette nuit-là, et la dame qui habite la chambre à côté de la nôtre se vantait de sa fille qui lui envoyait chaque mois des sommes importantes afin qu'elle s'achète des produits dont elle n'avait aucun besoin urgent, chaussures en cuir, sacs à main, bijoux et, dans son esprit, sa fille réussissait dans la vie mieux que quiconque depuis qu'elle gagnait plein d'argent dans la ville du Sud, Shenzhen, où elle s'était installée.

Aiguo a répondu en n'ironisant qu'à moitié que ce n'était pas bien difficile elle n'avait qu'à baisser sa culotte, et la mère a très mal pris la remarque, au premier degré et sans noter l'humour, elle a répliqué méchamment par des propos très malveillants sur Aiguo et ses activités d'hôtesse d'accueil dans un karaoké connu pour ses mœurs distendues, là c'est moi qui ai bondi pour protéger Aiguo et sa réputation, elle n'avait jamais rien fait que la morale réprouve et je lui faisais entièrement confiance.

Comme le ton montait entre nous, la responsable du comité de quartier est intervenue nous étions ridicules à nous donner ainsi en spectacle devant des enfants et elle est parvenue à détourner la conversation sur les habitants d'un des immeubles mitoyens, un vieux couple qui vivait avec leur fille et son mari dans une grande pièce mais qui ne se parlaient plus entre eux parce qu'elle avait épousé, contre leur avis formel et définitif, ce brave garçon, mais tétraplégique ou quelque chose et qui ne se déplaçait qu'avec des béquilles ou sur une moto à trois roues, rouge vif, conçue spécialement pour les malades de son espèce, avec une petite banquette et un coffre à l'arrière et un marchepied spécial pour ranger les béquilles.

Comment espérer un petit-fils dans ces conditions ?

En dépit de ses pattes folles le gars possédait un cerveau qui tourniquait à toute allure et il a créé un petit business de moto-taxi très bien pensé qui après une période un peu délicate (il ne peut jamais prendre plus d'un client à la fois sur sa moto) a vite fini par monter en puissance parce que le service était rapide, efficace, surtout en période d'encombrement le matin et le soir à la sortie des bureaux, et bon marché ; en peu de temps il est passé au rouge et avec l'argent qu'il rapportait tous les soirs, du liquide non imposable, les beaux-parents ont tôt fait de réaliser l'urgence d'une réconciliation qui ne pouvait leur être que bénéfique.

Xintiandi : les promoteurs de Hongkong l'appellent le "renouveau du Shanghai cosmopolite des années 1930", celui où la ville était occupée par les amis étrangers et leurs belles voitures et les Chinois, comme les chiens, interdits d'entrée dans les parcs publics.

A *Xintiandi,* pourtant, la civilisation de l'année 2001 est nettement plus avancée : nous les Chinois nous pourrons certes bien nous balader librement dans les rues, nous prendre en photo devant le lac artificiel, le musée de la vie à Shanghai avant la Libération, ou celui du premier site de la fondation du parti communiste, acheter des souvenirs, poupées, babioles et cartes postales, la vraie sélection se fera à l'entrée des restaurants.

La majorité d'entre eux sont maintenant terminés et prêts à ouvrir ; actuellement on peaufine les derniers détails, peintures, lumières, installations diverses et variées. Avec mon équipe nous sommes en charge des livraisons de mobilier et appareillages électriques et on passe de camions en restaurants et de restaurant en camions, avec les tables, les frigos, les fourneaux et tout le tralala indispensable, c'est fastidieux mais l'essentiel n'est-il pas de conserver du travail jusqu'à la dernière seconde ? Par contre nous travaillons pour des prunes, impossible de récupérer quoi que ce soit, d'abord parce que les chauffeurs ont déjà tous plus ou moins prélevé leur part, du petit matériel de cuisine pour l'essentiel, assiettes, verres, un tabouret par-ci par-là et que l'on ne peut plus prendre tout ce qui reste, ce serait suspect ; ensuite où entreposer les chaises et les tables ? Nous manquons de place dans les dortoirs. Nous avons tenté de négocier le problème avec les acheteurs et ceux qui contrôlaient les livraisons de chaque restaurant, se partager ce qui aurait pu disparaître par enchantement mais c'étaient des Taiwanais, impossible de leur faire apprécier l'aubaine dans toute son ampleur.

Alors nous déchargeons dans une ambiance relâchée et sans hâte excessive, même quand les Taiwanais nous hurlent de précipiter le mouvement puisque les patrons leur facturent nos services à l'heure. On les laisse s'époumoner dans le désert.

Les Taiwanais ils se conduisent chez nous comme en pays conquis, le comble de l'absurde ; patientons jusqu'au jour où nos soldats et nos tanks débarqueront sur leurs plages après avoir pilonné

Taipei, ils feront moins les malins quand nous les réunirons à la mère-patrie. Guo Tai, lui, pensait qu'on trouverait l'île vidée de tous ses habitants, émigrés au Canada ou en Amérique, il paraît qu'ils se sont achetés des passeports et des maisons là-bas pour s'enfuir dès qu'on fera bouh, j'ai même lu quelque part que leurs militaires s'étaient fait livrer par des amis étrangers français des bateaux de guerre qui coulent quand on les met dans l'eau, des avions qui ne décollent pas et des bombes remplies de sable.

Ces Taiwanais, rien que des ours noirs*.

* *Gouxiong*, littéralement "ours noirs" : lâches.

Le 1er août, jour de célébration de la fête de l'Armée, était inauguré en grande pompe avec les plus hauts dignitaires militaires et civils de la municipalité un nouveau karaoké, sur l'avenue Huaihai au croisement avec la rue Shaanxi, *Belles Erudites**, un immeuble de huit étages entièrement axé sur le, sur le, sur le, comment dire, sur le divertissement avec comme son nom l'indique clairement, des hôtesses de charme, belles, intelligentes, cultivées, toutes fraîches émoulues des universités de Fudan, Huadong ou Jiaotong**.

Je suis au courant de cette affaire parce que Aiguo avait reçu une proposition de travail alléchante,

* *Cai zi jia ren,* littéralement "des érudits (lettrés) et des beautés". Jeu de mot : les filles qui travaillent dans ce karaoké (en Chine, karaoké est très synonyme de prostitution) sont à la fois belles et intelligentes ; dans la plupart des cas, ce sont des étudiantes d'universités, améliorant leurs fins de mois. Dans la course à l'enrichissement à tout prix qui caractérise la Chine actuelle, après tout, pourquoi pas ?
** Les meilleures universités de Shanghai.

les patrons shanghaiens de *Belles Erudites* connaissaient sa réputation, le bouche à oreille, et ils essayaient de la débaucher du Monde de la Fête ; un salaire de base, un taux de commission révisé à la hausse, des horaires moins contraignants, une clientèle sélectionnée qui devait payer un droit d'inscription annuel et une cotisation mensuelle pour bénéficier d'une carte de membre actif et de la gratuité des boissons gazeuses.

Elle a répondu qu'elle souhaitait prendre le temps de la réflexion.

En un mot elle voulait faire monter ses prix.

Moi j'étais content pour elle évidemment : une promotion pareille signifiait que son travail était estimé à sa juste valeur, ses compétences reconnues, son expérience récompensée. Et je n'ai jamais été effleuré par le moindre doute quant à la nature réelle de ses qualifications.

A *Xintiandi* la fin est proche. Dans quelques jours début septembre ce sera l'inauguration officielle avec les télévisions, la presse et la fine fleur de nos dirigeants. Nous autres bien sûr on aura valsé et décampé ailleurs.

Un soir après notre journée de travail, vers vingt heures ou quelque chose, nous sommes allés tous les quatre, moi, Shouzhua, Guo Tai et Min An, dans un des salons de coiffure qui longe la rue Zizhong, derrière le chantier du lac artificiel, on avait besoin d'une petite détente et de célébrer proprement nos longs mois de labeur et sacrifices, d'autant plus qu'on ne travaillerait pas cette nuit-là parce que les générateurs étaient tombés en panne ; on devait être dimanche, je pense, on avait le droit d'en profiter nous aussi alors Shouzhua avait suggéré le salon de coiffure.

Dans la rue il devait bien y en avoir une dizaine et nous sommes entrés dans le premier, toutes les filles se sont exclamées quand Shouzhua a poussé les portes, on s'est regardés un peu interdits, en voilà un qui avait ses petites habitudes par ici, un client fidèle, le vilain cachottier.

Nous n'étions pas là pour une coupe rafraîchissante naturellement, les filles nous ont conduits à l'arrière-boutique dans un coin un peu sombre et qui donnait sur la cour de l'allée, on entendait les oiseaux et les enfants qui piaillaient ; elles avaient installé des lits de repos pour les massages avec des oreillers en mousse et des draps blancs, Shouzhua a négocié pour nous le prix de la séance et puisqu'il était un habitué de la maison elles nous ont finalement consenti un petit rabais mais la négociation a été assez longue pour l'obtenir ; pour quinze yuans on aurait droit à une heure de massage du corps en entier, plus une gâterie à la fin. Quinze yuans c'était quand même pas donné à tout le monde et je comprenais enfin où Shouzhua dépensait son argent, c'était l'un des seuls dans notre équipe à n'avoir jamais ouvert de compte à la Banque du développement du commerce ; normal, que pouvait-il bien économiser si son salaire s'écoulait entre les mains des camarades du salon de coiffure ?

On s'est installés sur les lits en gigotant comme des gamins le jour où leurs parents les emmenaient pour la première fois au parc d'attraction *Le Grand Monde* sur la place du Peuple ; moi j'étais nerveux, ma première fois que j'entrais dans un salon de coiffure réservé aux hommes et pour tromper mon excitation j'ai engagé la conversation avec la fille qui me massait, la camarade Lin, une paysanne du Hunan originaire du village de Shaoshan, arrivée à Shanghai quelques années plus tôt parce que la terre inculte de ses parents ne pouvait plus nourrir personne, ça alors pour une surprise. Elle envoyait elle aussi un mandat en fin de mois qui permettait à sa famille de ne pas mourir trop vite et de manger de la viande au moins une fois tous les quinze jours, un cas qui n'avait rien d'exemplaire. Quand elle m'a retourné sur le dos il ne me restait que mon slip, et avec ses mains qui me massait le torse, puis les cuisses et enfin une zone plus sensible j'ai fini par me taire je n'avais plus la tête à la conversation et d'ailleurs dans la pièce personne ne parlait, on n'entendait plus que nos halètements d'abord sourds puis de moins en moins discrets et puisque je n'avais qu'une expérience limitée de ce genre d'exercice en public c'est moi qui ai conclu le premier ; la camarade Lin m'a souri en me tendant une serviette très chaude, presque brûlante, pour que je me nettoie et elle est allée se laver les mains dans la pièce principale, j'entendais le robinet qui coulait, je me suis rhabillé le plus silencieusement possible pour ne pas troubler la concentration des trois autres masseuses et j'ai attendu mes copains sur un canapé en lisant le dernier numéro du *Quotidien de Shanghai*.

J'ai lu un article très instructif qui exaltait la toute dernière campagne anti-corruption lancée par le gouvernement de Beijing quelques mois auparavant, comme tous les ans, et qui semblait donner des résultats puisqu'un vice sous-secrétaire du Parti et le procureur général de la ville de Changsha dans la province du Hubei venaient juste d'être condamnés à mort et exécutés pour l'exemple parce que les inspecteurs du bureau contre la propagation de la corruption à Beijing et ceux de la commission d'inspection disciplinaire avaient découvert dans leurs maisons d'importantes sommes en liquide, quelque chose comme près d'un million de *renminbi*, "dont ils avaient été incapables d'expliquer la provenance".

Moi mes quinze yuans j'étais capable d'en expliquer la provenance et je les ai donnés à la caissière quand mes trois copains sont à leur tour sortis de la pièce sombre. Ils avaient de grands sourires de satisfaction sur le visage.

Les filles nous ont raccompagnés jusqu'au seuil avec des formules de politesse, la camarade Lin m'a demandé de revenir la voir dès que j'aurais du temps de libre, j'ai répondu d'accord certainement certainement je n'oublierai pas je n'oublierai pas et nous sommes allés manger un bol de nouilles au bœuf dans le restaurant *Nouilles au Bœuf* sur la rue Shunchang, perpendiculaire à la rue où se trouvait le salon de coiffure, une petite marche apéritive d'à peine deux minutes ; on a commandé des bières Qingdao fraîches, deux chacun, et pour me remettre de mes émotions et de la séance de massage, ça creuse, le bol de nouilles à la viande de bœuf je me suis servi trois fois.

Somme toute je n'étais pas mécontent de la petite séance mais en y réfléchissant je pense que j'aurais préféré que ce soit Aiguo qui s'occupe de moi. Mes trois copains n'ont pas la même rectitude morale, surtout Shouzhua qui change de bonne amie avec une facilité déconcertante. Souvent pendant la nuit et si on ne travaille pas, il file en douce du dortoir pour ne revenir qu'au petit matin les yeux rouges ; un jour je l'avais mis en garde il a parfois tendance à fermer les yeux de sommeil sur le chantier et je ne voulais pas qu'un des gardes s'en aperçoive et le dénonce aux contremaîtres, c'en serait fini de lui, renvoyé dans le centième de seconde et je n'aimerais certes pas perdre mon meilleur ami. Min An lui est marié, bien sûr, mais avec sa femme restée au pays et probablement enceinte, quand les besoins pressent la nature reprend le dessus, le thé à peine refroidi*.

Depuis le début de la semaine nous procédons au nettoyage du chantier de fond en comble, dans l'attente de l'inauguration officielle qui aura lieu samedi.

Les derniers échafaudages ont disparu les uns après les autres, les allées piétonnes et pavées sont balayées deux fois par jour par une équipe de nettoyage envoyée spécialement par la municipalité ; sur les murs des restaurants et des boutiques de luxe, la peinture n'est pas encore totalement sèche, de même que le goudron des rues qui ceinturent le quartier, Taicang, Xingye, Zizhong, Huangpi et Madang ; les trottoirs sont bordés d'arbres tout neufs et déjà hauts et bien feuillus, une prouesse technique selon Guo Tai, le seul à toujours avoir des révélations de première main.

D'après ses informations de source sûre les arbres sont précautionneusement déracinés dans les provinces du Yunnan ou du Sichuan et replantés

* *Ren zou le cha jiu liang*, littéralement "quand l'invité est reparti le thé refroidit" : loin des yeux, loin du cœur.

temporairement quelque part dans la province du Jiangsu dont la terre est similaire au terreau shanghaien, gris et argileux, pour une acclimatation de plusieurs mois, voire plusieurs années avant d'être finalement replantés dans les jardins publics de Shanghai ou le long des trottoirs de *Xintiandi* ; c'est ainsi que du jour au lendemain des arbres adultes surgissaient subitement, non pas grâce à une formule magique, mais par une décision longuement mûrie en amont, les camarades jardiniers de la municipalité ne sont pas des handicapés de la tête et depuis je ne m'étonne plus de voir un nouvel espace vert, comprenant gazons, sapins, peupliers, cyprès et autres arbres de toutes espèces, là où la veille il n'y avait encore que de la terre boueuse ou de la rocaille. Comme autour du lac artificiel de *Xintiandi,* flambant neuf avec son gazon fraîchement tondu, le petit bosquet de peupliers et de buissons odorants, les fleurs à peine écloses et les immenses platanes qui le ceinturent.

Xintiandi resplendit comme une pépite d'or. Hier nous avons passé la journée et la nuit entière à démonter une partie des dortoirs pour les remonter un peu plus loin, au croisement des rues Danshui et Xingye en prévision du chantier de construction d'une résidence de luxe avec boutiques, piscine et centre sportif réservés pour les amis étrangers et les Chinois fraîchement enrichis. Le début des travaux était prévu dans la semaine suivant l'inauguration de *Xintiandi,* avec une première phase sans grande surprise qui consisterait à détruire totalement un ancien quartier d'habitations traditionnelles mais avec une différence notable, on ne garderait ni les frontons sculptés, ni les briques et les poutres en bois ou les façades, tout devait être rasé de haut en bas et de bas en haut pour disparaître au grand jamais, comme les habitants expulsés en groupe et probablement relogés dans une banlieue pourrie quelconque, du style de celles que les promoteurs avisés appellent les "nouveaux villages".

La plupart de nos équipes avaient été réembauchées sur ce chantier pour une période d'environ dix-huit mois et c'est la raison pour laquelle nous avions déménagé les dortoirs, à proximité immédiate, dans un terrain vague en face de l'hôpital Xinhua.

Moi et Shouzhua on avait rempilé comme les copains mais nous n'étions pas vraiment enthousiastes ; on se demandait s'il ne fallait pas trouver d'autres opportunités ailleurs, le bâtiment pourquoi pas, mais on avait peut-être le droit de réfléchir posément avant de signer un nouvel arrêt de mort.

Mais pour l'heure nous avions des chats autrement plus importants à fouetter avec les dernières finitions et le nettoyage impeccable de *Xintiandi*. Il ne fallait surtout pas baisser les bras à la dernière minute avant d'avoir franchi la ligne d'arrivée et pour une seconde de déconcentration se faire balayer comme une chiure de mouche par les contremaîtres shanghaiens.

Voilà aujourd'hui c'est terminé. Le quartier a été inauguré en grande pompe et sans nous. La veille nous avions donc fait disparaître toute trace de notre présence. Plus d'outils, plus de dortoirs, plus de *mingong*, *Xintiandi* brille comme le jade. Les peintures n'ont pas encore eu le temps de sécher complètement, nous avons balayé, nettoyé, astiqué les rues pendant des heures et les boutiques de souvenirs, les restaurants, au moins ceux qui ont été terminés dans les délais, n'attendent plus que les premiers clients.

Partout des banderoles commémoratives de l'événement, à la gloire du Parti, de la municipalité, des promoteurs de Hongkong, du socialisme aux caractéristiques chinoises, du peuple de Shanghai, de la "fusion Orient-Occident "de "l'entrée de la Chine dans le XXIe siècle".

C'est Aiguo qui nous a raconté les détails de la journée puisque aucun d'entre nous n'avait été convié aux festivités et que la Sécurité publique, pour bien s'en assurer, avait bouclé tout le quartier qui n'était plus accessible qu'aux invités officiels et aux personnels d'accompagnement, serveurs, danseuses, mannequins, hôtesses d'accueil.

Parmi les mannequins, ma belle Aiguo qui devait défiler dans les rues habillée du costume traditionnel des femmes de la cour des Qing sous le règne de l'impératrice Cixi, avec les chaussures surélevées en bois blanc qui les grandissaient d'au moins quinze centimètres. Parader dans les rues pavées inégalement avait été pour elle un vrai cauchemar et à chaque pas elle devait faire attention de ne pas glisser sur la chaussée et se retrouver sur le derrière la risée du jour.

Un repas du midi avait été organisé sur la place et le long de l'allée centrale de *Xintiandi,* au sud, devant l'hôtel et les cinémas, au pied de la scène du concert ; des dizaines de tables rondes de douze convives dressées de nappes rouges et de vaisselle en porcelaine, c'est nous qui avions fait les installations la veille mais personne n'avait pu récupérer quoi que ce soit, ni couverts, ni assiettes, ni verres, ni rien du tout, nous étions surveillés en permanence par la milice du Parti, une sage précaution, en raison de tout ce qui avait été égaré lors de la visite d'inspection du vice-maire de Shanghai quelques mois plus tôt.

La plupart des mannequins avaient également été désignés comme hôtes et hôtesses d'accueil pour s'occuper plus confidentiellement d'amis étrangers d'importance lors du repas ; et après, pour celles qui savaient se débrouiller.

Aiguo nous racontera le repas, interminable, le menu, incompréhensible même en chinois, et les plats, viandes, poissons, légumes qui mettaient des heures à arriver sous le soleil de septembre, les vins et les invités enivrés peu à peu. Avec le concert de musique moderne, celui de Jian Minbing et les Bombardiers, les pétards, le feu d'artifice et le spectacle dansant, en fin d'après-midi ils étaient encore à table dans un état d'ébriété plus ou moins avancé, entre les toasts de bienvenue, de bonne santé, de remerciements, de félicitations, d'avenir prospère et glorieux, les crampes finissaient par les immobiliser les uns après les autres, même Aiguo qui était pourtant rompue à ce genre d'exercice dans son karaoké.

Elle était assise à côté de celui dont elle avait la garde intime, un ami étranger français, de leur ambassade ou quelque chose à Beijing, et qui ne parlait pas un mot de chinois naturellement ni même d'anglais mais qui par contre connaissait par cœur le langage des mains, en permanence à se promener quelque part sur le corps d'Aiguo, elle avait été rapidement excédée mais par politesse, et surtout sur ordre, elle ne pouvait pas se plaindre ni exprimer son désaccord en le giflant. Alors pour se venger, elle avait réussi à lui prélever cinq cents yuans en liquide, un pré-paiement pour services à rendre au cours de la nuit dans la chambre de son hôtel ; on en rit encore, moi et elle, tendrement enlacés dans notre lit pliant, le goret téméraire doit encore se demander ce qu'elle fabrique pour tant tarder à le rejoindre.

Voilà qui lui apprendra à garder les mains au fond des poches de son pantalon.

Devant ce public haut de gamme Jian Minbing et ses Bombardiers avaient joué tout en finesse un pot-pourri de musique “d’ascenseur”, Aiguo a bien précisé “d’ascenseur”, un commentaire d’un voisin de table, le camarade patron d’un des restaurants de *Xintiandi*. Elle avait beaucoup sympathisé avec lui, ce qui a eu le don d’énerver l’obsédé de Beijing qui pensait qu’Aiguo lui était réservée pour son usage exclusif.

Le camarade patron lui avait même proposé une rencontre le lendemain pour discuter d’une proposition de travail dans son restaurant et elle avait dit oui bien sûr comment donc.

Nous autres, les misérables, les ventre-creux que l’on prend toujours grand soin de cacher pour ne pas offenser la vue et l’odorat des amis étrangers et leur donner ainsi une fausse impression de Shanghai et de sa prospérité, on attendait patiemment que les festivités se terminent pour écouter les rapports d’Aiguo et de ses copines.

Comme la fête s’éternisait et que de toute façon on ne pouvait rien voir ni entendre, j’ai préféré retourner à pied dans notre chambre rue Huijin, Aiguo rentrerait bien tôt ou tard.

Vers six heures du soir elle est arrivée complètement exténuée, la longueur du repas, l'alcool et les efforts qu'elle avait dû consentir pour divertir en tout bien tout honneur l'ami étranger français aux mains lestes. Je l'ai laissée se reposer un moment et changer de tenue, pantalon de coton bleu et tee-shirt, la *qipao* c'est beau mais pas toujours pratique ; allongée sur notre lit pliant elle m'a raconté son après-midi, le défilé de mode, le déjeuner, les boissons, le patron du restaurant et elle m'a invité au repas du soir pour fêter les cinq cents yuans qu'elle avait subtilement délestés du chimpanzé en habit.

Même fatiguée elle tenait à fêter dignement son exploit.

Nous nous sommes invités, avenue Huaihai, au restaurant de la chaîne *Quan Ju De* célèbre dans toute la Chine pour ses canards laqués à la mode de Beijing mais nous n'avions pas réservé de table et il a donc fallu patienter dans le couloir en sortant de l'ascenseur. Les serveuses y sont aussi habillées selon le modèle à la cour des Qing, robes jaunes ou rouges et brodées de motifs délicats, coiffures alambiquées, chaussures incroyablement surélevées, comme Aiguo et les autres mannequins au cours du défilé d'inauguration de *Xintiandi*.

C'est l'imagination qui domine, avec une civilisation et un passé aussi riches que les nôtres les camarades patrons auraient pu investir dans des costumes plus originaux, ceux des danseuses à la mode sous les Han ou des dames de cour chez les Tang par exemple.

En tout cas dans le restaurant de canard les serveuses ne trébuchaient pas sans cesse sur le pavé inégal, le parquet y était peu sournois.

Nous avons obtenu une table dans le fond, près de la vitre d'où l'on pouvait voir les cuisiniers enfourner les bêtes surgonflées dans un brasier, et pour cent yuans nous avons dégusté un canard entier, avec des petites crêpes de riz et une sauce marron, un régal absolu, chair, peau, langue, cervelle, et même les pattes et les ailes qui flottaient dans une soupe aromatisée, avec six bières fraîches, de la marque Pays de Yan, la bière des élites à Beijing, et des quartiers d'orange au dessert. Nous avons parlé et ri pendant tout le repas, gracieusement offert par l'ami étranger français qui devait toujours poireauter dans sa chambre d'hôtel avec son savon et sa serviette en maudissant Aiguo.

En sortant Aiguo a dit il me reste quatre cents yuans si on allait au cinéma ; l'idée n'était pas foncièrement mauvaise mais je me demandais s'il ne valait pas mieux économiser cette somme pour des achats ultérieurs plus indispensables ; comme quoi par exemple ; je n'ai pas su répondre. Mais le cinéma j'ai dit la prochaine fois ce soir je suis las fourbu fatigué.

Un soir du mois vers la fin du chantier de *Xintiandi* ou juste après je ne me souviens pas précisément, à moins que ce ne soit bien des semaines plus tard, moi et la notion du temps, nous avions rendez-vous avec Gongxin et Yao Qian dans leur magasin, nous avions promis de les inviter au repas du soir pour les remercier de je ne sais plus quoi.

Dans le magasin ils étaient en grande discussion avec un professeur de violon au conservatoire, un type assez âgé, probablement du Nord à cause de son accent, qui cherchait à leur revendre un violon de qualité pour en acheter un autre encore plus cher. Nos deux larrons ne sont pas nés de la dernière pluie et en suivant la conversation on a vite compris qu'ils essayaient de lui fourguer un nouveau violon sans avoir à déduire du prix le coût du rachat de l'ancien. Je les écoutais marchander avec admiration mais Aiguo avait l'air de trouver cela assez insignifiant ; moi j'étais comme à l'école, l'élève fasciné qui écoute son maître en essayant de ne pas perdre une miette de ce qu'il entend ; le professeur en voulait six mille yuans de son antiquité sous peine de ne pas acheter l'autre en échange, Gongxin est parvenu à ne rien consentir ni lâcher prise et, dans un ballet bien réglé, il a fait entrer Yao Qian dans la négociation ; dès lors la cause était entendue et la bataille gagnée avant même d'avoir été engagée, comment lutter contre une Shanghaienne, et sans que je comprenne vraiment comment elle en était arrivée là, en quelques minutes elle a réussi à concilier l'inconciliable : lui faire signer un bon de dépôt-vente d'une valeur de quatre mille yuans, le gars ne recevrait le prix de la vente de son violon que le jour où celui-ci serait effectivement vendu, tout en lui facturant le nouveau à son prix normal, un triomphe.

Le professeur a signé le bon avec un soupir plus long que la Grande Muraille et qui en disait des kilomètres sur l'habileté de Yao Qian, celle-ci lui a tendu la copie rose, il a payé en liquide son nouvel instrument, dix-huit mille yuans tout de même, où avait-il donc pu dénicher autant d'argent, il a fini par sortir du magasin et nous avons invité les deux rapaces à manger au restaurant *Mon Petit Village à la Campagne* rue Shaanxi, un restaurant de spécialités shanghaiennes comme son nom ne l'indiquait pas.

Aiguo avait réservé pour six heures trente une table de quatre, dans le fond du restaurant loin des cuisines, à cause des odeurs, et de la rue, en raison du bruit des klaxons et des bœufs jaunes qui vendaient des faussetés sur le trottoir. Avec cette réservation nous n'avons pas attendu plus que de déraison, à peine dix minutes, mais nos deux femmes ont quand même eu le temps d'injurier copieusement en dialecte de Shanghai la malheureuse camarade en charge des réservations puis toutes les serveuses dans les parages immédiats, à quoi cela servait-il de réserver une table s'il fallait attendre comme tout le monde, si bien que le patron a fini par sortir de son bureau pour mettre un terme aux injures et à la confusion. Il s'est excusé platement et pour le prouver il nous a mis dans une des pièces privées, à l'étage, normalement réservées aux groupes ou aux personnages importants ; dans la foulée Yao Qian a exigé, et obtenu, quatre bouteilles de bière offertes par la maison. Nous nous sommes installés autour d'une table pour huit convives avec des baguettes en bois sculpté et des bols en porcelaine, les serveuses sont arrivées en silence avec les cartes de menus, le pot de thé fumant et les quatre bières.

Aiguo a commandé sans que nous ayons eu le temps d'ouvrir la bouche (assortiment de raviolis à la vapeur, lard caramélisé, blancs d'œuf petits pois crevettes, bœuf braisé et carottes, boulettes de porc, épinards au gingembre) et dès que les serveuses sont sorties de la pièce, Yao Qian a commencé à la questionner sur ses activités exactes comme hôtesse d'accueil nouvellement embauchée au karaoké *Belles Erudites*.

Elle semblait particulièrement fascinée et l'idée de gagner des dizaines voire des centaines de yuans pour boire tous les soirs devait la travailler depuis un certain temps. Aiguo lui a expliqué que ce n'était pas bien compliqué mais qu'il fallait suivre scrupuleusement les règles principes et disciplines indispensables pour réussir dans la profession.

Si le rôle d'une hôtesse d'accueil semble d'une grande simplicité, l'essentiel n'était pas de s'égosiller dans un microphone devant un écran de télévision avec un répertoire de cassettes vidéo mais de pousser les clients à la consommation d'alcool, bières et autres *maotai* en les faisant chanter et en portant des toasts sans interruption ; sur cette consommation les hôtesses touchaient également un petit pourcentage.

Naturellement avec les boissons alcoolisées et l'ivresse progressive les clients finissaient toujours par exiger certains services non prévus dans le catalogue officiel, mais naturellement payants, et le rôle de l'hôtesse prenait fin, habituellement, à ce stade, Aiguo a tenu à préciser qu'elle n'accordait jamais rien au-dessus de quelques caresses sur sa cuisse ou de bisous dans le cou, et je lui faisais confiance.

Pour les prestations plus personnalisées intervenaient les spécialistes, des étudiantes de Fudan ou de Jiaotong qui trouvaient là un moyen simple et efficace d'améliorer leurs fins de mois, la condition étudiante n'est-ce pas, elles attendaient dans des pièces attenantes et investissaient le théâtre des opérations sur un signal d'Aiguo (elle appuyait sur un bouton rouge) qui en profitait pour s'éclipser discrètement, en ayant eu soin de bien récupérer toutes les additions, au moment où les étudiantes commençaient à se déshabiller.

Une bonne étudiante pouvait gagner entre quatre cents et six cents yuans, en sachant qu'elles ne travaillent jamais plus de deux ou trois soirées par semaine parce qu'il faut donner le temps aux organismes pour se reconstituer ; les meilleures, celles de l'Académie de théâtre de Shanghai, dépassaient parfois les mille yuans pour quelques heures de présence mais elles ne se déplaçaient que dans les cas spéciaux, et à la demande, personnalités gouvernementales, leaders de province, amis étrangers d'importance, dirigeants de grandes entreprises.

Yao Qian applaudissait des deux mains ; d'après elle rien ne l'empêcherait d'exceller dans la profession, Gongxin se demandait bien laquelle et il ne se réjouissait qu'à moitié à l'idée que sa copine devienne hôtesse d'accueil le soir dans un karaoké, il craignait qu'avec les sommes en jeu, des centaines de yuans par soirée, elle finisse par ne plus distinguer très clairement la ligne jaune qui sépare l'hôtesse de l'étudiante.

J'ai entrepris de le raisonner, il n'y avait aucune raison de s'inquiéter outre mesure, d'abord parce que Yao Qian devrait passer les entretiens d'embauche et rien n'était moins sûr qu'elle les réussisse, les Shanghaiens propriétaires du karaoké *Belles Erudites* avaient des critères de sélection extrêmement rigoureux pour maintenir un niveau de service irréprochable, Aiguo a confirmé il ne suffisait pas de savoir chanter et tenir l'alcool pour être acceptée et elle a renchéri beaucoup d'appelées peu d'élues des conditions d'admission plus difficiles qu'à l'université et ensuite il ne faudrait pas que ses activités éventuelles entrent en conflit avec ses horaires dans leur magasin *Au Royaume des Cordes* ses élèves de violoncelle ses cours au conservatoire.

Mais notre argumentation semblait glisser sur la volonté de Yao Qian à passer un test le plus tôt possible, Aiguo a tout tenté pour la dissuader, des horaires éprouvants, l'alcool, les maux de tête, les kilos en plus, la gorge enrouée, la fumée des cigarettes, le comportement des consommateurs qui, une fois ivres, pouvaient avoir tendance à oublier leurs bonnes manières, rien à faire, elle a tenté une ultime pirouette, violoncelliste, hôtesse d'accueil, deux métiers complètement différents, peine perdue, rien n'entamerait la détermination de Yao Qian, pas même le départ de Gongxin avant la fin du repas, furieux d'avoir à se disputer avec sa copine pour une histoire de gros sous.

A la maison au moment de nous coucher Aiguo s'est mise à rire, Yao Qian celle-là avec son caractère dans le karaoké après quelques caresses sur le bras et deux ou trois salades susurrées à l'oreille les claques allaient voler comme nos missiles sur la province de Taiwan, moi j'ai dit oui c'est joué couru perdu elle se fera virer en moins de temps qu'il ne le faut à une étudiante de Fudan pour dénouer les cordons de son pantalon.

Depuis l'inauguration de *Xintiandi,* nous avons tous été réengagés sur le chantier de Madang sauf Shouzhua, ce lâcheur, qui a trouvé par un miracle inexplicable, probablement sur recommandation d'une de ses camarades de nuit, un emploi de gardien à l'entrée d'une résidence réservée aux amis étrangers, dans la rue Chongde, à cinq minutes à pied de nos nouveaux dortoirs de tôle et à proximité du *lilongtang* et de la chambre où habite encore la mère d'Aiguo. Le nom de cette résidence est incompréhensible en chinois, une traduction phonétique de mots dans une langue qui n'est pas la mienne.

Le drôle ne travaille que neuf heures par jour pour un salaire à peu près identique aux nôtres qui abattons des journées de quatorze ou seize heures ; avec un peu de chance il pourra se dégoter un second emploi à mi-temps dans un restaurant du quartier, à la plonge ou quelque chose. En attendant il a été expulsé du dortoir puisqu'il ne travaillait plus sur le chantier, quoique après avoir couché trois nuits dehors sous le pont de la voie autoroutière nord-sud il s'est finalement débrouillé pour louer un lit de nuit dans un dortoir pour handicapés de la tête rue Zhonghua, juste en face des restes des remparts de la vieille ville.

Moi le travailleur manuel, le démolisseur aux bras d'acier, je continue à casser des murs et à taper avec les masses sur du ciment ou de la brique. La routine mais Aiguo n'est plus satisfaite, elle voudrait me voir progresser sur l'échelle sociale et moi je veux bien mais comment ? J'essaierai d'en toucher un mot à Shouzhua à l'occasion, peut-être que dans sa résidence au nom imprononçable m'attendrait moi aussi un emploi de larbin.

Un soir de la semaine, je ne sais pas laquelle, il est venu nous dire bonsoir sur le chantier ; on finissait nos bières sur le trottoir et le voilà qui se pointe avec une jeune demoiselle rosissante, toute fraîche débarquée de son bourbier et qui sentait encore fort la paille et le crottin ; dans ses yeux se lisaient comme au tableau noir l'incompréhension et la muette angoisse habituelles chez la fermière lâchée en pleine sauvagerie sans mode d'emploi, mais elle trouverait sans doute entre les bras de Shouzhua le réconfort moral et les quelques conseils avisés lui permettant de ne pas se faire dévorer crue trop rapidement. Le rat diabolique a le génie pour dénicher ce genre d'oisillons projetés hors du nid par la tempête du développement économique.

Je lui ai fait part de mes pensées secrètes, y aurait-il un poste supplémentaire à pourvoir dans sa résidence discriminatoire, et il a promis d'en toucher un mot à son supérieur h-i-é-r-a-r-c-h-i-q-u-e.

Et quelques jours plus tard, sous son haut patronage, j'obtenais un rendez-vous avec le chef responsable des tours 1 et 2 dans la résidence-au-nom- imprononçable, un certain Lam Fok Wu, directeur général comme l'indiquait la carte de visite qu'il m'a tendue à l'instant où je suis entré dans son bureau. Une banane, jaune à l'extérieur et blanche à l'intérieur, un de ces Chinois d'outre-mer qui s'étaient enfuis comme des pleutres à l'étranger quand tout allait mal et que la Chine sombrait dans la désolation et qui revenaient maintenant dans la mère-patrie pour s'enrichir aux dépens de ceux qui n'avaient jamais pu s'échapper.

Il m'a proposé le poste de gardien de la tour 2, un poste "très attractif "où pour un salaire mensuel de six cents yuans et un travail à mi-temps de neuf heures par jour, du matin six heures à trois heures l'après-midi, sept jours sur sept, je serais "l'interface", un mot nouveau dont je ne comprenais pas la signification, entre les habitants de l'immeuble, des amis étrangers exclusivement, et les visiteurs extérieurs : chauffeurs de taxi, livreurs divers et variés, postiers, masseuses, *ayi*... Je devrais noter sur un registre des allées et venues les nom et fonction de chacun ainsi que leur heure d'arrivée avant de les autoriser, ou non, à pénétrer dans la propriété, afin d'éviter que des trublions éventuels ne viennent déranger la paix et le luxe discret de la résidence.

Les amis étrangers exigent de la sérénité avant toute chose et pour le prix des loyers que leur assénait la société immobilière, on pouvait bien faire un petit effort pour les tranquilliser et éliminer à leurs regards, à leurs oreilles et à leur nez, la vue, les bruits et les miasmes de la colonie chinoise qui vivait autour dans les taudis du vieux Shanghai et il avait donc besoin d'un gars grand et costaud qui puisse intimider et éloigner les rôdeurs et je faisais l'affaire, mon mètre quatre-vingt-huit et mes muscles impressionnent toujours. Pour la forme j'ai essayé de négocier le salaire en faisant remarquer que neuf heures de travail correspondaient plutôt à une journée complète qui devrait être payée au moins le double ; la banane a répondu avec le sempiternel couplet que les chefs entonnent systématiquement dès qu'un *mingong* fait mine de protester : il y avait un million d'autres culs-terreux comme moi qui piaffaient devant sa porte prêts à accepter n'importe quoi à n'importe quel prix et dans n'importe quelle condition et c'était à prendre ou à laisser.

Présentée ainsi dans un emballage aussi séduisant, comme aurais-je osé refuser une telle opportunité ?

J'ai pris.

Il a noté mes nom, prénom, date et lieu de naissance, je lui ai montré ma fausse carte de résidence, il n'a pas bronché et j'ai signé le contrat en bas de page. Avec la copie je devais me présenter sur l'heure chez un tailleur dans la rue voisine, Puan, pour qu'il m'ajuste une tenue de gardien, pantalon, veste et cravate bleu marine, chemise blanche, casquette d'officier.

Pour un peu j'aurais sûrement droit à un slip aux couleurs de Singapour.

C'est Aiguo qui rirait en me voyant avec ce déguisement.

En partant je suis passé devant la guérite où Shouzhua se tenait en sentinelle, raide comme un piquet, il m'a fait un signe de la main, chut, je ne devais pas lui parler sans raison, j'ai levé le sourcil, quel était donc ce poste où on ne pouvait pas parler pendant les heures de sévices, pardon de service ? Je suis quand même arrivé à lui faire comprendre par gestes que je voulais l'inviter pour le repas du soir ou n'importe quand pour le remercier de son intercession.

Ensuite je suis retourné à *Xintiandi* à vélo, où Aiguo devait probablement être en discussion avec le patron du restaurant dont elle avait fait la connaissance au cours du banquet d'inauguration officielle ; le gars lui avait demandé de passer le voir pour un entretien d'embauche éventuel, elle avait oublié, et puis elle s'en était souvenue et elle avait repris contact avec lui, il avait dû être inspiré par ses facultés de séduction.

Ils étaient attablés sous un parasol, dehors sur la terrasse de plain-pied avec la rue piétonne, Aiguo avec un bol de thé et le camarade patron un verre de bière ; elle m'a présenté en anglais et j'ai pu exprimer sans le moindre balbutiement les quelques mots de bienvenue que j'avais appris avec elle, je n'ai pas vraiment compris son nom, aussi imprononçable que celui de la résidence du gars Lam, c'était un ami étranger français et le nom sonnait quelque chose comme *necklace** en anglais et pour plaisanter j'ai dit à Aiguo *necklace* c'est *Xiang Lian* en chinois, elle a souri à ma fine remarque.

Elle venait juste d'être embauchée comme responsable du vestiaire, tous les soirs de la semaine de huit heures à la fermeture du restaurant, que Xiang Lian prévoyait aux alentours de deux heures le matin. Les responsabilités en question semblaient à la portée du premier paysan déraciné venu, ou plus exactement de la première Shanghaienne sans

* Le patron français du restaurant se prénomme Nicolas, prononcé en anglais cela donne Nikeules, qui ressemble à *necklace* (collier), et collier en chinois, c'est *xiang lian*.

éducation venue : ranger les manteaux et les vestes sur des cintres numérotés et de couleurs différentes, rouge pour le restaurant-cabaret, jaune pour le club de danse, ou l'inverse, quelle serait la couleur la plus appropriée, tendre un ticket avec un large sourire et rendre en fin de soirée à son propriétaire légitime le vêtement qui correspondrait exactement avec le numéro du ticket et celui du cintre.

Pourquoi au nom du Ciel une fille aussi maligne qu'Aiguo acceptait-elle un emploi aussi dénué d'intérêt pour, pour, pour combien au fait ?

Pour sept cents yuans par mois.

Il allait inaugurer dans trois semaines et il était très occupé par une multitude de problèmes à régler, comme l'embauche du personnel adéquat, et dans le fil de la conversation il m'a demandé si le poste de barman pouvait m'intéresser. C'est sa camarade de lit, une demoiselle Qi, Hongkongaise ou quelque chose d'après son accent, qui traduisait pour nous, elle parlait sa langue et c'était plus facile pour se comprendre sans trop d'erreurs, le patron ne parlait l'anglais qu'avec des gestes et nous on faisait oui de la tête sans bien saisir les détails de sa pensée ; mais quand sa demoiselle Qi est arrivée pour faciliter les communications, après, bon on a pu continuer dans un chinglish de basse-cour : le patron ne parle pas un mot de chinois non plus alors avec les bras, les yeux et le chinglish, un mélange de quelques mots d'anglais de base et de chinois pour nouveau-nés, on pouvait tenir une conversation simpliste. Et la demoiselle Qi arrondissait les angles, pour limiter les malentendus.

Barman ? De quoi voulait-il parler ?

C'est le serviteur qui prépare les boissons et la panoplie des queues de poule* (Mlle Qi m'a traduit approximativement, un mot que j'entendais pour la première fois dans ma vie), sert les consommations avec des cacahuètes ou des olives, lave les verres et l'outillage, tape les additions, encaisse la monnaie et la rend au plus juste. Rien de bien sorcier mais je ne savais pas ce qu'était une queue de poule, il m'a dit que c'était simplement un mélange d'alcools ou de sirops divers avec de la glace. Il possédait un livre que je pourrais utiliser pour me familiariser avec les techniques de base et le tour de main.

Moi j'ai répondu bon mais le salaire et les horaires de travail. Les horaires étaient les mêmes que ceux d'Aiguo mais je gagnerais plus, mille

* *Jiweijiu :* cocktail. Copie exacte d'un mot traduit littéralement de l'anglais : cock tail : queue de la poule *ji wei* auquel on ajoute *jiu* (boisson alcoolisée). En chinois, on appelle ce genre de traductions des *fangci,* par exemple : hot dog, *regou* : chien chaud.

yuans par mois. Dimanche compris ? Dimanche compris bien sûr je plaisantais ou quoi ?

Je plaisantais.

Moi le terrassier, le briseur de pierres, chez moi dans mon pays à jouer au domestique pour les amis étrangers, le contraire n'eût-il pas été plus normal ? J'ai interrogé Aiguo du regard pour déterminer ce qu'elle pensait de toute cette affaire, en chinois elle a dit c'est ça ou le chantier de Madang, j'ai réalisé la scène dans toute son ignominie alors j'ai acquiescé avec les yeux et elle a répondu en anglais *go for it,* je me suis tourné vers Xiang Lian, en souriant j'ai fait *ok ok I like I like* et j'ai déclaré pour la deuxième fois en l'espace de vraiment peu de temps, je prends.

De peur que Xiang Lian ne revienne dès le lendemain sur d'aussi bienveillantes dispositions, nous lui avons suggéré, via la traduction de Mlle Qi, de signer les contrats d'embauche TOUTE DE SUITE afin qu'il puisse se concentrer sur des problèmes plus importants. Il a répondu bonne idée et nous sommes montés au troisième étage, dans son bureau au fin fond du restaurant.

Il a demandé nos nom, prénom, date et lieu de naissance, Aiguo lui a montré sa vraie carte de résidente, moi ma fausse, il n'a pas bronché et nous avons signé nos deux contrats en bas de page.

Dehors dans la rue j'ai regardé Aiguo avec un air un peu ahuri, comment allait-on faire pour jongler avec les horaires de travail et nos multiples activités, elle de vendeuse à *Génération 2000* et hôtesse d'accueil quatre soirées par semaine au Monde de la Fête puis dans quelques jours l'après-midi à *Belles Erudites,* moi comme sentinelle et domestique de restaurant et puis pourquoi avait-elle accepté un travail pareil, coincé dans un placard à ranger des vêtements et à distribuer des numéros, en quelques soirées au karaoké elle gagnait plus qu'en un mois dans sa penderie elle m'a répondu qu'elle avait une raison magistrale mais qu'elle ne pouvait m'en parler pour l'instant elle avait besoin de mettre sa théorie à l'épreuve.

De quelle théorie peut-on avoir besoin dans un vestiaire ?

Elle avait l'intention de “nouer des relations stratégiques “avec la clientèle mais à ce stade elle ne souhaitait pas m'en dire plus.

Que pouvait-il bien avoir de stratégique à rester enfermée dans un placard à balai de vingt heures à deux heures du matin ?

Tu verras paysan déraciné tu verras.

Pour l'heure il devenait urgent de faire nos comptes, avec tous ces salaires et ces emplois qui tombaient du Ciel il fallait s'organiser rigoureusement si on voulait s'y retrouver, entre la valse des horaires et des responsabilités. Aiguo a proposé un repas du midi dans un restaurant inauguré depuis peu, *L'Homme du Nord-Est,* au croisement entre la rue Shaanxi et l'avenue Yan'an, à peine dix minutes en vélo. C'était un restaurant de spécialités des provinces du Nord-Est avec du personnel importé de là-haut par autobus ; la patronne de *Génération 2000* y avait mangé avec son mari et sa fille quelques jours auparavant et elle en avait parlé à Aiguo avec des tremblements dans la gorge.

Quand nous sommes arrivés les serveurs habillés du costume de leur province, du tissu très coloré, les filles avec des tresses et de bonnes bouilles bien rouges, nous ont hurlé la bienvenue en chantant ou en criant, je n'ai pas su faire la différence ; il a fallu grimper un escalier très escarpé et en haut, dans la salle du restaurant plein à craquer, on n'entendait que les hurlements, pardon les chants, des serveuses qui prenaient les commandes et passaient les plats dans un bruit d'enfer, très couleur locale, tous ces gars qui vociféraient avec leur accent du Nord.

Nous n'avions pas de réservations et il a donc fallu patienter en mangeant des cacahuètes. Un petit groupe d'amis étrangers est arrivé avec chacun sa fiancée pour la nuit ou l'après-midi ; l'un d'entre eux a commencé à crier après une serveuse, ils avaient une réservation pour une heure précise et pourquoi devaient-ils poireauter comme les autres en attendant leur table, la pauvre ne savait pas quoi ni comment répondre, elle ne parlait pas anglais et avec le monde qui se bousculait ce midi comment aurait-elle pu leur en dégager une ? Le ton montait, les autres amis étrangers se sont mis eux aussi à rouspéter en termes assez secs en gonflant le poitrail comme des dindons, la serveuse a éclaté en sanglots, les serveurs ont fait bloc autour d'elle, le patron est arrivé pour essayer de négocier un arrangement mais il n'y avait vraiment aucune table de libre, tout ce qu'il proposait c'était de patienter quelques instants et de passer devant ceux qui attendaient, c'est-à-dire nous et plein d'autres, dès que la première table se libérerait, moi j'ai trouvé cette solution un peu gonflée, tout de même, pourquoi ces gens bénéficieraient-ils de passe-droits et de priorités devant nous ; pour qui se prenaient-ils, l'époque où ils nous humiliaient était révolue, terminée, finie, disparue, enterrée ; quelle honte, les voilà qui recommençaient à nouveau à se croire en pays vaincu ; je me suis levé et j'ai mugi en chinois, ici c'est la Chine nouvelle vous pouvez remballer vos attitudes de chiens errants et clouer vos langues de vipère colonialistes on ne se laisse plus marcher sur les pieds impunément ; tout le monde a éclaté de rire quand j'ai eu fini de parler, j'ai même entendu des applaudissements, Aiguo m'a fait un grand sourire : nous autres les Chinois nous nous sommes relevés. Elle a fait un signe au patron, je suis enceinte j'aimerais pouvoir m'asseoir rapidement, il a compris avec un clin d'œil et la table suivante était pour nous, je me suis assis avec un regard de triomphe et quand les amis étrangers ont finalement quitté le restaurant sans avoir eu leur table nous n'étions pas peu fiers.

On a commandé des raviolis de toutes les couleurs, des jambes de mouton grillées, des épinards frits et quatre bouteilles de bière Mandchourie Eternelle ; à la fin du repas j'ai demandé à l'une des serveuses un stylo et nous avons fait nos petits calculs sur la nappe en papier.

Aiguo travaillait cet après-midi-là à trois heures au magasin *Génération 2000* et elle avait finalement accepté l'offre de *Belles Erudites* mais en attendant sa prise de fonctions la semaine après les vacances de la Fête nationale, elle continuait toujours ses activités au Monde de la Fête ; moi j'avais mon après-midi et ma soirée de libres, je ne commençais mon poste de garde d'immeuble qu'à partir du lendemain matin six heures.

Je suis reparti sur le chantier pour donner ma démission, j'avais déjà été remplacé puisque je ne m'étais pas présenté à l'heure au retour du repas du midi, le contremaître a refusé de me payer les dix-sept premiers jours de travail, j'ai fait semblant de devenir menaçant, les gardes sont arrivés avec leurs matraques, j'ai crié je vais me plaindre au bureau des travailleurs auprès de la municipalité, le patron a piqué un fou rire, les gardes en avaient des larmes dans les yeux, moi aussi et je suis sorti.

Je suis allé récupérer mon uniforme d'épouvantail chez le tailleur de la rue Puan et comme je repassais par *Xintiandi* j'en ai profité pour aller voir Xiang Lian et surtout Mlle Qi pour leur poser deux trois questions sur nos nouveaux emplois. Il voulait qu'on commence dès le lendemain afin de s'entraîner à nos postes respectifs avant la date officielle de l'inauguration de son restaurant-cabaret-dancing, dans trois semaines environ. Pour lui il était impératif que je me familiarise avec le bar, la préparation des queues de poule, la caisse enregistreuse pour être “totalement opérationnel “dès l'ouverture.

Moi j'ai réfléchi et j'ai fait traduire d'accord mais je serai payé n'est-ce pas. Il a répondu qu'il aimait bien mon sens de l'humour.

Etait-il indispensable qu'Aiguo ait besoin de trois semaines pour comprendre le mode d'emploi de son vestiaire, il a dit non mais il faudra qu'elle soit là pour la répétition générale qui aura lieu dans une quinzaine de jours.

Répétition générale ? On n'était pourtant pas à l'opéra.

Il avait l'intention d'inviter des amis à lui et de simuler l'ouverture effective, une opération vérification qui lui permettrait de contrôler si tout fonctionnait bien entre les cuisines, les serveurs, les danseurs, bref le personnel dans son ensemble et s'il s'avérait nécessaire et indispensable de procéder à des ajustements, il aurait le temps de les mettre en place avant le jour fatidique.

C'était pensé comme un pur leader.

Je devais commencer mon entraînement le lendemain à l'heure prévue, c'est-à-dire vers dix-neuf heures trente.

Après ma première journée comme garde-chiourme dans la résidence-au-nom-imprononçable, sur laquelle je n'aurai rien à dire sinon qu'il s'agissait d'une tâche parfaitement insipide, faire signer le registre aux visiteurs, trouver un taxi aux amis étrangers qui en font la demande et le reste du temps rester debout devant le portail dans la posture martiale exigée par le directeur Lam, je suis retourné dans notre chambre pour une courte sieste précédée d'un repas avalé en deux coups de baguettes, neuf pains fourrés à la vapeur et une pomme ; vers sept heures je me suis réveillé, juste le temps de sauter sur mon Etalon Infatiguable et j'arrivais devant l'entrée du restaurant-cabaret-dancing de Xiang Lian.

Des ouvriers étaient en train d'accrocher une immense banderole lumineuse avec des caractères horizontaux en anglais et leur traduction en chinois ; j'ai levé les yeux, je pouvais lire les lettres suivantes À T.A.B.L.E ! je n'en comprenais évidemment pas le sens mais en chinois *chi fan lou* !* ça je savais ce que c'était.

Le bar se trouve au deuxième étage auquel on accède par un escalier encore en finition, dans la même salle où seront installées les tables du restaurant et la scène pour les danseuses. Le bar est long avec des tabourets haut perchés devant et moi derrière avec tout l'attirail, les bouteilles, les verres, les éviers, les frigidaires et la machinerie indispensable.

Xiang Lian a été très patient avec moi et je lui en suis particulièrement reconnaissant ; tout au long de cette quinzaine qui a précédé l'inauguration officielle, il a fait preuve d'une gentillesse et d'un calme que je n'attendais certes pas d'un ami étranger et grâce à lui je me suis coulé dans ce rôle de laquais avec une relative aisance.

J'ai appris à déboucher les bouteilles de vin blanc ou rouge sans y laisser de trop gros morceaux de bouchon à l'intérieur, la préparation des queues de poule n'a presque plus de secrets pour moi, des dosages exacts en passant par la quantité de glace pilée, d'olives et même comment les agiter selon

* *Chi fan lou :* A table ! ; le repas est prêt !

les règles avec l'instrument de base, le fameux shaker ; Xiang Lian m'avait prêté son livre de recettes de queues de poule avec leur mode d'emploi que me traduisait Mlle Qi et c'est ainsi que j'ai passé une grande partie de la période à m'entraîner pour devenir un vrai expert : rapide, précis et surtout consistant. Je pense que lors de la simulation Xiang Lian et ses invités n'auront rien à critiquer. Pour le reste il n'y aura pas l'ombre d'une difficulté : prendre les commandes, les préparer, ne pas oublier les petites assiettes de cacahuètes extra-salées (une idée de Xiang Lian pour pousser la clientèle à boire davantage), servir les vins, la bière ou les queues de poule dans les verres appropriés, les nettoyer proprement avec de l'eau, un produit de rinçage et une sorte de peau de bête, Mlle Qi prétend que c'est du chameau, pour qu'ils brillent une fois secs, taper les additions en se trompant le moins possible, encaisser et rendre la monnaie sans erreurs trop manifestes au détriment du consommateur (encore un conseil de Xiang Lian) ; le plus délicat c'est les cafés, nous avons une machine spéciale compliquée à mettre en marche et je me trompe régulièrement sur les dosages ou les compositions, je ne sais pas par quel hasard, cette machine doit faire de la discrimination anti-Chinois.

Quand les tables et les chaises du restaurant ont été enfin disposées dans la grande salle, Xiang Lian a embauché un premier lot de quatre serveuses et nous nous sommes exercés ensemble pour régler le ballet du service, entre la prise des commandes, leur transmission à moi et aux cuisines, le service proprement dit, comment organiser le regroupement des additions (repas et boissons), qui en serait responsable (ce sera moi) ; mais Xiang Lian a eu du mal à trouver les serveuses adaptées ; il en a bien embauché et licencié une quinzaine et ça me posait des problèmes dans la mesure où chaque fois il fallait recommencer les répétitions à zéro, finalement peu avant l'ouverture officielle il a trouvé le lot qui correspondait le mieux à ses exigences et nous avons passé deux jours d'entraînement intensif à coordonner nos activités.

Aiguo est arrivée la veille de la répétition générale pour prendre possession de son vestiaire au rez-de-chaussée, à l'entrée du long couloir un peu sombre qui donne sur les téléphones publics et les toilettes hommes-femmes ; Xiang Lian ne lui avait pas demandé d'entraînement particulier puisque ce n'est pas très compliqué de prendre un manteau et de le poser sur un cintre en échange d'un ticket. Je ne comprenais toujours pas pourquoi elle était si excitée par le poste, à chacune de mes pressantes questions elle répondait systématiquement par un sourire un peu moqueur.

Le soir de la répétition générale nous étions un peu nerveux, aussi bien moi derrière le bar, que les serveuses, les danseuses et tous les gars dans les cuisines et ailleurs, Xiang Lian nous a réunis pour les dernières consignes et il est allé ouvrir les portes d'entrée avec sa femme ou quelque chose, je ne suis toujours pas pleinement renseigné à ce sujet, Mlle Qi, presque aussi grande que moi quand elle porte ses chaussures surélevées avec des talons encore plus fins que mon doigt, comment fait-elle pour ne pas s'affaler par terre.

Plus tard j'apprendrais que c'était une ancienne vedette de la télévision hongkongaise. Elle avait sans doute acquis là-bas les compétences pour marcher avec ses chaussures de foire sans s'étaler sur le trottoir.

Les invités ne sont pas tous arrivés en même temps et heureusement sinon je pense sincèrement que nous aurions été dépassés par les événements ; la plupart des invités personnels de Xiang Lian c'étaient des amis étrangers français, je n'en avais jamais vu autant.

Au début je perdais un peu la tête lorsqu'ils me demandaient un vin de ceci un vin de cela, une queue de poule sans glace une queue de poule avec sa tige de paille, les bières en vrac ou à la bouteille, ils parlaient dans leur langue d'origine, je n'y entendais naturellement rien même quand ils agitaient leurs bras et leurs mains dans des gestes censés me faire comprendre ce qu'ils commandaient à boire ; et je ne pouvais m'empêcher d'éclater de rire quand j'en écoutais un balbutier trois mots dans un chinois à se rouler par terre, c'est normal ça surprend et j'avais d'énormes difficultés pour conjurer mon hilarité.

A un moment Mlle Qi l'avait remarqué et elle m'avait discrètement recommandé d'être plus poli et de faire un effort pour les écouter, alors je me baissais pour faire semblant de prendre quelque chose dans le frigidaire et je mordais les dents dans un torchon pour étouffer mon fou rire ; ensuite j'ai eu beaucoup de mal à les reconnaître, si l'un me demandait la queue de poule Paris-Moscou-Shanghai (un tiers de vin blanc, un tiers de vodka, un tiers de *maotai,* servir glacé) il me fallait environ vingt secondes pour la préparer et quand j'allais la poser devant lui sur le bar, voilà que je ne me souvenais plus de sa tête, ils étaient une quinzaine à vrombir autour de moi mais j'avais l'impression qu'ils étaient en tout point identiques, des cheveux noirs, du poil partout et des costumes de pingouin, comment faire pour les distinguer sans erreur ?

Pour être franc la coordination entre moi et les serveuses n'a pas été, comment dire, à la hauteur des espérances de Xiang Lian, notamment au moment des additions comme j'étais toujours les mains occupées à préparer, servir ou nettoyer, et je ne parle pas de la monnaie à rendre, un vrai casse-tête.

Il faudrait trouver un système plus efficace ou s'organiser autrement. En rentrant chez nous j'en ai parlé à Aiguo, qui avait eu zéro problème dans son placard, mais elle m'a seulement conseillé de tout faire pour garder la haute main sur les additions et la monnaie, je n'en voyais pas l'utilité avec toute l'agitation devant et derrière le bar je n'avais vraiment pas besoin d'une corvée supplémentaire, elle m'a dit que c'était le poste le plus stratégique dans un restaurant et qu'elle m'en apprendrait plus dans quelques jours il fallait simplement que je lui fasse confiance ; après tout elle avait déjà été serveuse dans sa première jeunesse et elle avait manifestement un point de vue sur la question plus professionnel que le mien.

Aiguo avec son obsession des questions de stratégie dans les vestiaires ou derrière les bars je me demande sérieusement où elle veut en venir. Elle m'a aussi parlé de son travail au karaoké : elle avait fini par se rendre compte que les clients apprécient particulièrement la qualité du service c'est d'ailleurs ce qui différencie les employés entre eux ainsi que le montant du pour boire ; la qualité du service la qualité du service en voilà encore une de bien bonne on fait notre travail on est payé pour parfois alors pourquoi se démener en plus ? Aiguo dit que c'est le secret de la réussite donner l'impression de prendre cœur à son ouvrage un comportement que les clients et les patrons récompensent toujours d'une manière ou d'une autre.

Moi j'avais bien vu que ce n'était surtout jamais le cas : sur le chantier de *Xintiandi,* qui croyait qu'en démolissant plus vite que les copains ou en s'échinant davantage avec la masse la paie se distinguait à la fin du mois, la bonne blague.

Mais Aiguo voulait que je garde les yeux grands ouverts et que j'observe ce qui se passerait autour de moi dans le bar et la salle de restaurant on analyserait mon rapport plus tard dans quelques jours à tête reposée. J'étais de plus en plus perplexe.

Le lendemain Xiang Lian et sa demoiselle Qi ont organisé une réunion générale dans la salle du restaurant avec le personnel au grand complet. Ils prévoyaient une discussion sur les résultats de la répétition de la veille ; ce ne sont pas des amateurs, ils avaient distribué à chacun de leurs invités un questionnaire très détaillé sur tous les aspects du restaurant, de leur arrivée à l'entrée jusqu'à leur départ, et qui incluait des questions sur l'ambiance, les lumières, la musique, la qualité de la nourriture, du spectacle, du service, les prix, l'amabilité du personnel, il y en avait trois pages ; Xiang Lian et sa camarade de nuit avaient analysé les résultats et les commentaires et nous allions en discuter ensemble ; nous on avait froid dans le dos, évidemment, les critiques les autocritiques les dénonciations publiques ne nous rappelaient que des mauvais souvenirs, les parents ou les grands-parents victimes de la Grande Révolution culturelle, et ce type de réunions en commun pour pointer les doigts et désigner les coupables c'était pas trop charitable pour le moral ni pour "prendre cœur à son ouvrage".

L'exercice a duré quatre bonnes heures, le genre d'expérience que nous préférerions éviter dans le futur. Xiang Lian a pris le cas de chacun d'entre nous, personnellement, un par un, et devant tout le monde, les points positifs, les points négatifs ; on transpirait toute la sueur de nos corps. Xiang Lian voulait aussi notre avis sur nos prestations individuelles, naturellement personne n'a ouvert la bouche, on n'allait tout de même pas reconnaître nos erreurs et nos torts, surtout en public, cela sentait trop l'exécution programmée.

Moi j'avais demandé à Mlle Qi, à un moment où la réunion a été interrompue pour que nous puissions nous rafraîchir et bouger nos jambes, comment communiquer avec des gens qui parlent l'anglais comme des soupières et le chinois avec des fautes de tons tellement énormes que j'en ai les oreilles qui sifflent ; et la mémoire des visages ces gens-là se ressemblent comme deux grains de riz on en a vu un on les a tous vus comment les reconnaître avec certitude je ne vais pas leur coller des étiquettes avec leur nom dessus ; et les erreurs de calcul sur les additions et la monnaie que m'a reprochées Xiang Lian alors celui-là quel hypocrite c'est lui qui m'avait demandé de les faire en espérant que ses clients ne s'en apercevraient pas.

De retour à la maison, dans notre chambre indépendante, Aiguo m'a conseillé de ne pas m'énerver pour si peu on relirait ensemble le problème pour trouver des solutions adaptées. Moi je voulais presque démissionner, elle m'a fermement prié d'éviter de raconter des âneries semblables à l'avenir, c'était *A Table !* ou Madang.

Assurément c'était commode pour elle, au fond de son placard à balais comment pouvait-elle apprécier l'étendue de mes difficultés ?

Sur la question de la mémoire des visages elle avait une astuce simple : noter la commande sur un carnet en y relevant un élément caractéristique de la figure de l'allure ou des vêtements de l'ami étranger par exemple un gars avec une moustache sur la commande écrire bière Qingdao moustachu ou verre de rouge boutonneux ou Shangri-la cravate jaune ce serait plus facile ensuite pour servir la bonne boisson au bon client il suffisait de relire la commande trouver dans le groupe le moustachu le boutonneux ou la cravate jaune et poser devant lui avec un large sourire la bière le vin la queue de poule.

Et pour l'anglais et le chinois, je n'allais quand même pas embaucher un traducteur. Elle avait réponse à tout, grâce à l'étendue de ses expériences au Monde de la Fête ; le point fondamental quand un ami étranger écorche notre belle langue c'est de ne surtout jamais lui répondre en anglais il en est terriblement vexé il s'échauffe et s'irrite pire qu'une insulte sur ses capacités sexuelles ou le physique de sa femme il a le sentiment que la faiblesse de son niveau interdit toute communication avec nous et il faut lui éviter cette sensation à n'importe quel prix. J'ai répondu Aiguo soyons sérieux tout de même ces gens viennent chez nous c'est à eux de s'adapter à nous et non pas nous à eux et à leur culture impérialiste ; elle a soupiré que j'étais plus sot que tout mon village et que je n'avais pas la moindre vision stratégique de la situation ni des changements dans notre environnement quand les amis étrangers sont satisfaits de la qualité du service ils consomment davantage les pour boire gonflent ils reviennent plus souvent et avec d'autres amis étrangers le bouche à oreille la réputation rien de plus fondamental dans notre métier.

Celui d'hôtesse ou celui de barman ?

Quant à l'anglais elle pensait que le pratiquer me serait très utile pour progresser et que de toute façon l'essentiel était seulement de donner l'impression de pouvoir converser normalement même si personne ne se comprenait et puis derrière mon bar nous n'allions pas discuter de la corruption des troubles sociaux de l'appauvrissement des campagnes ou de la guerre de libération de la province de Taiwan ce sera toujours centré autour du temps de leur pays de ce qu'ils aiment à Shanghai et comment et où leur trouver des camarades pour la nuit.

Avec Aiguo même le tordu devient d'une simplicité enfantine.

Au cours des semaines et des mois qui suivront ce sera surtout grâce à Mlle Qi que j'apprendrais à reconnaître les amis étrangers français invités par Xiang Lian, qui doit avoir une bonne raison : il espère sûrement quelque chose en échange de ses largesses.

Mlle Qi m'a même enseigné un mot nouveau pour les caractériser : pique-assiette, une expression symbolique mais qu'il ne faut pas prendre au premier degré, ils ne volent pas des assiettes, comme le font les serveuses ou les filles de salle, non, ils profitent simplement de l'hospitalité de Xiang Lian pour boire et se nourrir sans débourser un yuan, pour la plupart au moins une fois par semaine ; celui qui en abuse le plus, c'est l'attache-cul avec son petit poulet, le vendredi soir et le samedi soir, on les voit arriver vers neuf heures trente juste à la fin du premier spectacle, un arrêt au bar, où il ne manque jamais de me faire des insinuations écœurantes, un verre de vin, quelques queues de poule, un bol de cacahuètes et hop les voilà assis à la table 2, juste en face de la scène.

Au début je n'étais pas au courant des accords de ces coqs en fer* avec Xiang Lian et naïvement je présentais les additions pour entendre à chaque fois "je ne paie pas c'est le patron qui m'invite". Une fois, deux fois, trois fois d'accord mais à la longue ces repas et les boissons gratuites, pour les affaires de Xiang Lian et par conséquent notre avenir dans le restaurant, je n'étais pas convaincu de la pertinence de cette politique.

Ils viennent, boivent, mangent et partent sans payer, la vie est belle à Shanghai pour les amis étrangers ; le seul correct c'est Zhage** l'interprète qui est devenu mon ami, il parle chinois couramment et paie ses repas, un cas exceptionnel ; la première fois il était venu au bar avec l'addition dans les mains, je m'attendais à la phrase rituelle et magique "c'est Xiang Lian qui m'invite "mais non pas du tout, dans un chinois impeccable, et avec l'accent de Beijing je vous prie, il m'avait demandé si je pouvais lui faire une facture, j'en étais resté tout ébahi.

En attendant il fallait composer et Mlle Qi m'a été d'une grande utilité pour apprendre à les reconnaître, elle me décrivait en détail les personnalités de chacun, leur profession, leurs petites habitudes et toutes les rumeurs qui leur couraient

* *Tie gong ji :* coq en fer ; avare, pingre, ladre.
** Jacques.

après ; au fil des mois j'en ai appris de toutes les couleurs, et si ma mémoire ne me joue plus ses tours habituels je devrais pouvoir me souvenir.

Je ne me souviens plus précisément que d'un gars très déplaisant, un nabot plus large que haut, celui qu'Aiguo surnomme malicieusement l'attache-cul parce qu'il vient toujours accompagné par son amant chinois, une sorte de rabatteur aussi grand que moi mais maigre comme un haricot et plus arrogant qu'un fils de haut dignitaire. L'attache-cul avait parfois à mon égard des manières particulièrement choquantes.

Mais peu importe ; Mlle Qi insistait pour que nous appelions les amis étrangers français par leur prénom quand, assis ou debout devant le bar, queues de poule entre les mains, ils attendent que leur table se libèrent ; j'avais dit non non impensable impensable j'ai déjà des douleurs dans les oreilles quand il faut faire semblant de comprendre leur chinois et leur répondre poliment sans éclater de rire je ne veux pas me soumettre à cette exigence moi je reste fidèle à la suggestion d'Aiguo je fais dans la simplicité, une commande un trait caractéristique, ma technique à moi pour me souvenir de leur apparence et encore merci à Mlle Qi pour ses commentaires si spirituels.

Par bonheur la clientèle de Xiang Lian ne se limite pas aux amis étrangers français installés ou de passage à Shanghai, sinon son restaurant aurait déjà fait faillite ; il y vient beaucoup d'autres nationalités, des amis étrangers américains, anglais, australiens, même des Allemands, quelques fois des Italiens, un troupeau de *wokou** par-ci par-là ; quant aux Chinois, à part les Hongkongais en voyage d'affaires, les Taiwanais qui viennent se prendre dans nos filets et les touristes de l'intérieur égarés dans *Xintiandi,* on reçoit surtout des Shanghaiens, fonctionnaires ou directeurs d'entreprises d'Etat avec leur personnel méritant ou les fournisseurs qu'il faut remercier.

Les Shanghaiens, on les reconnaît toujours à la fin du repas : il n'y a qu'eux pour constamment négocier les additions dans l'espoir d'obtenir une remise, parce que le vin est un peu rouge, trop blanc, avec pas assez de glace, la viande surcuite, pas cuite, mal cuite, le poisson malade, de la veille, les légumes encore congelés, la soupe tiède, chaude, froide, les serveuses lentes, le barman malhabile, la musique trop forte, le spectacle nullissime.

Un soir nous avons eu droit au chef-d'œuvre absolu, le nouveau riche avec sa camarade de la nuit, qui exigeaient la gratuité du repas et des boissons et même une compensation financière parce qu'ils n'avaient rien pu voir du spectacle à

* Terme insultant, littéralement “les nains ennemis” : les Japonais.

cause de deux personnes assises devant leur table qui les avaient gênés, tout ce qu'ils en avaient récolté c'étaient leurs pets. Un mensonge encore plus long que le Grand Canal quand on sait que Xiang Lian a fait spécialement étudier le placement des tables pour que tout le monde puisse profiter du spectacle quels que soient son orientation et sa place dans la salle. Le camarade architecte avait aussi surélevé la scène.

Chaque fois en dernier ressort c'est moi qui prenais en charge les négociations, les serveuses s'emportant immédiatement, le responsable de la salle me désignant du doigt, Xiang Lian s'enfuyant à grands pas vers le dancing et Mlle Qi incapable de dire non ; j'étais le seul à pouvoir faire front et sortir indemne et vainqueur de la confrontation. C'est l'une des raisons pour lesquelles Xiang Lian et Mlle Qi m'aimaient bien, je leur inspirais confiance et ils n'avaient pas entièrement tort.

Je ne lâchais jamais rien, pas le moindre yuan, le plus petit *mao,* sur le total de l'addition ; je suis aujourd'hui incapable de me rappeler mes arguments dans le feu de l'action, mais je ne dois pas être très loin de la vérité avec des "ici c'est un restaurant pas le marché de la contrefaçon ""si la soupe était froide c'est parce que vous parliez trop", tiède "c'est ainsi qu'elle se boit dans leur pays", le pain n'était pas rassis il fallait seulement "l'amollir en le trempant dans la soupe une tradition culinaire chez les amis étrangers français vous ne le saviez pas ?", le poisson a été "pêché le matin même dans le lac de l'Ouest", les grenouilles "encore vivantes et en pleine santé il y a dix minutes à peine "et si le vin est rouge c'est "sa couleur naturelle", quant aux vers dans la salade "vous les avez sans doute ramenés de votre *danwei*". Mais je n'arrive pas à me rappeler ma réponse aux pets et à la vue bouchée, probablement un truc du genre "la nature ne vous a pas gâté mais ce n'est pas une raison pour s'en prendre à la terre entière "ou "le cabaret de *A Table !* c'est comme à l'opéra, les riches devant, les pauvres derrière*".

Une seule ligne directrice, bien décrite par Aiguo : la mauvaise foi. Tout nier en bloc dans un premier temps, asséner des contre-vérités et des mensonges énormes avec un aplomb imperturbable et ensuite s'en prendre directement au plaignant en se moquant de lui ou en ironisant sur son physique, sa tenue, ses manières.

Cependant, au bout de quelques mois, Xiang Lian finira par effectuer un virement à trois cents degrés : il fallait au contraire dorénavant lâcher du lest quand un client se plaignait de la qualité de la

* *Changzi kan xi aizi chi pi,* littéralement, "à l'opéra les grands peuvent voir le spectacle, les petits mangent leurs pets" : les riches devant, les pauvres derrière.

nourriture ou du service, et depuis il a poussé sa demoiselle Qi au poste de responsable du Bureau des Lamentables Récriminations.

Moi je reste persuadé qu'il avait tort. Elle baisse les bras trop rapidement et à la moindre contradiction ; dès qu'un Shanghaien lui fait un signe de la main au moment où il reçoit son addition, elle se précipite vers lui toute minaudante et il finit à peine son "je ne paierai pas cette addition car le vin était trop rouge "qu'elle lui ristourne dix pour cent, un cadeau de *A Table !* pour sa fidèle clientèle.

Comme un soir je lui avais fait comprendre que j'étais fatigué de taper les additions pour les réécrire ensuite ou procéder à des ajustements continuels sur les recettes journalières chaque fois qu'elle se mettait à genoux devant un client capricieux, Xiang Lian a décidé qu'elle s'occuperait également de la caisse.

Et depuis le bouche à oreille fonctionne à plein régime, "la qualité du service", les clients shanghaiens débarquent chaque soir plus nombreux ; c'est humain, ils vont assister au spectacle de cabaret, s'offrir un luxueux repas du soir et moyennant l'ébauche de l'esquisse de l'ombre d'un signe de mécontentement hop réduire la facture totale d'un bon dix pour cent.

Mais je récupérerais le poste plus tard parce que Mlle Qi ne comprend rien aux chiffres et son

Xiang Lian a jeté l'éponge lorsqu'il s'est aperçu qu'il manquait parfois des zéros aux additions ; c'est alors qu'il m'a refilé le bébé.

Aiguo m'avait donc ordonné, mais comment lui refuser quoi que ce soit avec ce si beau sourire et ce corps de princesse, de garder les yeux largement ouverts sur l'activité interne du bar et du restaurant, mais sans préciser sur quoi je devais concentrer mon attention. C'était sibyllin comme consigne mais la connaissant comme je croyais alors la connaître, elle avait probablement un plan de bataille en ordre d'attaque, ou un plan d'attaque en ordre de bataille, sous le coude. Au début je regardais sans voir ni comprendre ; pour ma défense j'avouerai que j'étais en permanence sur la brèche, seul derrière mon bar, les jours qui ont suivi l'inauguration ont été particulièrement pénibles, le rythme infernal d'un restaurant-cabaret, pas une seconde de repos pour souffler, le débouchage d'une bouteille, le lavage des verres, la préparation d'une queue de poule, l'encaissement de la monnaie, l'ouverture d'un paquet de cacahuètes avec les dents, le compte d'une addition, la réponse à la question d'un client, comment garder les yeux grands ouverts ?

Mais petit à petit pourtant l'expérience rentrait et avec elle l'efficacité et la rapidité accrue des gestes et du service.

La première chose qui m'ait réellement frappé, dans le sens constaté, et non dans le sens coup de gourdin sur le genou, c'était le rôle des danseuses. Xiang Lian en avait embauché six, deux Françaises avec lesquelles il était difficile de communiquer puisqu'elles ne parlaient ni l'anglais ni le chinois, les deux Russes avec des jambes interminables *Yi Li Na* et *Ma Li Ya**, drôles, enjouées, et qui parlaient le chinois aussi bien que nous, l'envoûtante Pékinoise Ming Mei avec un visage d'une beauté irréelle et un corps à faire chanter les morts et leurs fantômes, et la Shanghaienne Xin Qin, une fille qui avait dû être jolie mais qui avait jugé plus commercial de se faire rénover pour avoir les yeux ronds des amies étrangères, leur nez en forme de trompe, leur peau blanchie et leurs mamelles en caoutchouc, la mode de l'époque, mais elle n'était plus chinoise sans être vraiment devenue une amie étrangère, un massacre pour notre bon goût et la perfection de nos beautés traditionnelles, mais peu importe c'était le genre de Shanghaienne moderne qui attirait les amis étrangers comme la lumière d'un lampadaire attire les moustiques.

Ou comme une bouse de buffle attire les mouches bleuies.

J'ai fini par m'apercevoir un peu par hasard qu'à la fin du second spectacle, vers vingt-trois

* Traductions phonétiques : Irina et Maria.

heures trente minuit, après un rapide passage au bar pour une boisson chaude suivie d'une conversation bien réglée avec un ami étranger, la plupart d'entre elles ne repartaient pas seules.

La nuit les rues à Shanghai sont parfois peu sûres.

Un soir alors que nous remontions exceptionnellement la rue Xingye avant d'arriver à *A Table !* j'ai entendu crier mon nom à plusieurs reprises ; avec Aiguo nous avons freiné et mis pied à terre : sur le trottoir j'ai remarqué quelques gars en train de prendre le frais qui me faisaient des grands signes, en m'approchant j'ai reconnu mon ancienne équipe du chantier avec Min An qui jouait aux échecs contre un vieillard et Guo Tai au mahjong avec trois gars que je ne connaissais pas ; j'ai posé mon vélo contre un arbre avec celui d'Aiguo et nous sommes allés aux nouvelles ; on travaille presque côte à côte mais on ne se voyait plus et c'était normal le soir quand on rentre chez nous à deux heures du matin ils ronflent dans leurs dortoirs et on emprunte habituellement la rue Fuxing dans les deux sens, soit pour retourner dans notre chambre rue Huijin soit pour arriver sur *Xintiandi* le soir vers dix-neuf heures trente.

Nous avions donc rarement l'occasion de passer devant leur chantier.

Ça me faisait un sacré plaisir de les revoir. Depuis le jour de ma démission ils avaient déjà bien entamé la phase numéro un du chantier, celle qui consistait à détruire à la masse et à la pioche les vieilles maisons traditionnelles promises à l'anéantissement. Comme d'habitude la plupart des habitants avaient été expulsés sans que l'on fasse même semblant de leur demander leur avis.

Ce chantier-ci ne faisait donc pas exception à la règle expulsion/destruction, sauf pour un vieux couple de révolutionnaires qui résistait tant bien que mal et refusait de quitter leur chambre désormais sans eau, gaz ni électricité, tandis qu'autour disparaissaient inexorablement les maisons, les toits, les escaliers, les murs, les allées. Ils étaient allés porter plainte devant l'organisme en charge de la relocation des expulsés pour demander à être relogés à proximité de leur ancien domicile, en raison de leurs états de service pour la cause de la révolution et la construction de la Chine nouvelle mais sans aucun succès, les fonctionnaires les renvoyaient de bureau en bureau en rejetant les responsabilités sur leurs supérieurs ou les intermédiaires ; la réalité était plus simple, le montant de l'aide financière à la relocation ne couvrait aucunement le prix d'un loyer dans le Shanghai intra-muros, surtout dans un quartier comme *Xintiandi*.

Avoir participés à la Longue Marche et en être réduits en fin de vie à se faire expulser par une bande de promoteurs sans scrupules au nom du profit et de l'enrichissement personnel à toute vapeur c'était plutôt cruel et dérisoire comme destin.

Ce n'est pas moi qui le raconte, c'est Guo Tai, ce vieil érudit.

Je lui avais demandé pourquoi continuait-il à jouer les manœuvres de catégorie sous-zéro et il avait répondu toujours malicieux qu'il aimait le travail en plein air.

Curieux non, alors qu'avec son intelligence et ses connaissances il pouvait très bien se faire embaucher dans une *danwei* d'amis étrangers comme sous-chef ou quelque chose et gagner mille cinq cents ou deux mille yuans par mois, une somme plus qu'appropriée pour survivre à peu près correctement à Shanghai ; qui sait, il finirait sûrement lui aussi par rêver de la Santana noire aux vitres fumées, le symbole de la richesse toute fraîche.

En fait je suspectais plutôt les conditions de sa fuite de Xi'an, avec la caisse du restaurant de son beau-père dans les poches ; le beau-père avait dû porter plainte et Guo Tai pouvait être recherché pour vol à travers tout le pays. En continuant à travailler comme *mingong* avec des faux papiers il gardait profil bas et diminuait les chances de se faire appréhender par la Sécurité publique au cours d'une rafle. A moins qu'il ne ressemble, volontairement ou inconsciemment, à un lettré de la société féodale, taoïste qui préfère se retirer loin du bruit et des agitations vaines en signe de protestation contre la politique de l'empereur ou les évolutions d'un monde dans lequel il ne se reconnaît plus. Mon Guo Tai dans cette hypothèse, qui n'est pas forcément totalement sotte, se dissimulerait dans la peau d'un anonyme parmi les anonymes, isolé, perdu dans la foultitude de la masse des traîne-misère, ouvrier clandestin sur un chantier d'exploitation, esclave-terrassier sans avenir ni famille, plus proche des morts et des esprits que des vivants, parce que les développements récents de notre Chine contemporaine le consternent ou le hérissent.

Pour en revenir au chantier lui-même Min An et les équipes n'osaient pas encore par respect toucher à ce qui restait de l'ancienne demeure des vieux révolutionnaires, un bout de chambre en plein vent. Le moment viendrait bien pourtant où le contremaître ordonnerait le premier coup de masse.

J'aurais bien aimé rester discuter avec eux plus longtemps mais l'heure avançait et par précaution et expérience il valait mieux arriver au travail dans les délais impartis, de peur que dans un accès de colère toujours possible les patrons ne nous rejettent dans les égouts de la ville.

Moi après seulement quelques semaines à jouer les sentinelles, je devenais très insatisfait de mon travail au poste de gardien de la tour 2 dans la résidence-au-nom-imprononçable. Seul au fond de ma guérite je m'ennuie à mourir ; rien à gagner sinon les maigres pour boire que les amis étrangers m'offrent parfois quand je dois me précipiter pour aller chercher le taxi qui devra les emmener à l'aéroport de Hong Qiao ou ailleurs ; pour six cents yuans par mois le jeu n'en vaut pas la chandelle. J'en ai parlé à Aiguo-la-voix-de-la-raison, un soir où nous n'étions pas rentrés trop tard à la maison, elle m'a ordonné de tenir jusqu'à ce que se présente une meilleure opportunité, elle ne voulait pas que je démissionne avant d'avoir trouvé un nouvel emploi ailleurs ; j'ai grommelé pour manifester mon semblant d'acquiescement, avait-on vraiment besoin de ce salaire elle gagne presque autant en une seule soirée à son karaoké à distraire les clients en les divertissant, à moins qu'elle ne les divertisse en les distrayant ; elle a répondu que mes six cents yuans couvraient l'essentiel c'est-à-dire notre loyer mensuel c'était toujours cela de pris et quant au reste souvenons-nous épargnons épargnons.

Donc dans ma guérite de la résidence-au-nom-imprononçable je dors debout, et ce n'est pas la fatigue. Parfois je me relève pour dégourdir mes jambes ankylosées par l'inaction, je fais les cent pas sur le trottoir ou je vais discrètement rejoindre

Shou Zhua qui n'en peut plus de bâiller, lui aussi coincé dans son placard. Quand un ami étranger sort de l'immeuble on rectifie immédiatement la position, on exécute un salut militaire et on lui crie Hello avec un large sourire, comme s'il s'agissait d'une personnalité de tout premier plan. C'étaient les ordres de la direction générale, que nous avait répétés le directeur Lam, ce bon vieux traître à sa patrie.

Un midi Aiguo est passée me voir avec quelques-unes de ses copines, elles allaient manger des raviolis aux six viandes au restaurant *Aux Six Viandes** un peu plus haut à l'angle avec la rue Xizang ; elles se sont toutes esclaffées en me voyant avec mon costume de macaque et ma casquette de faux policier, je me suis soudain senti bien pataud avec le rouge de la confusion qui refluait brusquement au visage, j'ai ricané bêtement une sorte de il-n'y-a-pas-de-quoi-rire-je-suis-en-service-commandé, mais Xun Shun, cette peste, a répliqué que j'étais beau comme un buffle de foire, et des commentaires peu flatteurs ont fusé des cinq directions** j'ai haussé les épaules d'un geste las mais lorsque Shouzhua est accouru en souriant pour les saluer, elles ont été prises d'un fou rire inextinguible et on a entendu un très

* *Liu chu,* les six animaux domestiques : cochon, bœuf, chèvre, cheval, chien, volaille.

** *Wu fang :* nord, sud, est, ouest, centre : dans tous les sens.

vilain “les diables étrangers vous balancent des bananes ou des cacahuètes”, nous n’avons pas réussi à rire, Shouzhua était furieux et moi vert de rage, le prestige de l’uniforme en prenait un sale coup.

Une semaine après cet incident déplorable je démissionnais. Inutile de continuer à se ridiculiser pour trois sapèques.

Il faut néanmoins préciser que j’avais eu une opportunité phénoménale, un cadeau en direct du Ciel, lorsque quelques jours plus tard je passais devant le club de sport *César* au sud de *Xintiandi,* je n’avais aucune intention de m’y inscrire, avec quel argent, mais j’étais allé acheter des œufs durs à l’épicerie *Jialian* qui fait l’angle avec la rue Zizhong et la rue Madang et je repartais vers *A Table !* ; en passant devant le club j’ai lu une offre d’emploi affichée en grands caractères sur le mur d’entrée : on recherchait maîtres nageurs et surveillants pour la piscine qui venait d’être construite, il fallait se présenter dès que possible aux seules conditions de savoir nager et de mesurer plus de un mètre quatre-vingts, ce qui était mon cas, une condition qui éliminait d’office quasiment toute la concurrence, je ne savais pas nager mais ce genre de détail ne risquait plus de m’importuner.

Je suis monté pour voir le responsable des embauches qui m’a reçu dans son bureau, en face du restaurant thaïlandais qui partage l’étage avec le club sportif. En fait le responsable des embauches c'était une Taiwanaise, la camarade Huang, une petite replète avec des lunettes en métal doré et un curieux nez de forme imprécise ; elle m'a demandé si je savais nager, j'ai répondu d'une voix franche et sans que mon regard souriant et déterminé vacille oui bien sûr chez moi à Xi'an à l'école secondaire j'étais le champion de l'équipe. Possédais-je un brevet de maître-nageur ? J'ai préféré répondre franchement non pour éviter de dévoiler mon incompétence mais je peux travailler comme surveillant sans le moindre inconvénient. Elle a dit bien bien cela tombe bien car il en manque un pour la tranche horaire six heures - quinze heures, j'ai indiqué que cela m'arrangeait, elle a poursuivi le salaire mensuel est de huit cents yuans, j'ai posé la question rituelle même le dimanche et j'ai obtenu la réponse machinale avec son regard plein d'incompréhension, qui s'interrogeait comme pour savoir si je débarquais tout juste de la lune ou de la dynastie des Song, j'ai répondu avec un bon sourire ce n'est rien une boutade une boutade.

Pour huit cents yuans par mois à mi-temps je n'allais pas faire de l'esprit.

Elle m'a demandé mes nom, prénom, date et lieu de naissance, je lui ai montré ma fausse carte de résident, elle n'a pas bronché et j'ai signé au bas de la page. Elle fournissait le maillot et la tenue de maître-nageur/surveillant puisqu'il s'agissait en réalité d'un double emploi pour le salaire d'un seul : un pantalon de survêtement bleu sombre, un tee-shirt blanc avec le dessin du club *César* sur le devant et une sorte de gros poisson éclaboussant tout autour de lui imprimé au dos, et des sabots en plastique. J'ai essayé la tenue en me déshabillant dans les toilettes du club, elle m'allait à peu près correctement à part les sabots trop étroits pour mes grands pieds. Ensuite je suis revenu dans le bureau de Mlle Huang et comme tout était réglé elle m'a tendu une copie du contrat de travail et du bon de location pour l'équipement que j'empruntais et qui me serait facturé deux cents yuans déduits automatiquement de mon salaire si d'aventure je l'égarais.

C'était de bonne guerre.

Je commencerai le lundi de la semaine suivante.

Il me restait donc quatre jours pour apprendre à nager.

En arrivant à *A Table !* quelques minutes plus tard je suis tout de suite allé retrouver Aiguo qui était déjà au rapport dans son vestiaire. Avec sa mentalité réponse à tout elle a immédiatement trouvé la solution de mon problème, je n'avais qu'à prendre des leçons dans la piscine publique de notre district à la fin de ma journée de travail dans l'immeuble-au-nom-toujours-aussi-imprononçable ; en vélo j'y serais en cinq minutes et d'ici quatre jours j'apprendrais bien l'indispensable de base pour ne pas paraître trop empoté dans l'eau avec mon slip de bain, mon bonnet et ma bouée.

Aiguo sans elle que deviendrais-je ?

Pendant les quelques mois où j'ai travaillé à la piscine du club je n'ai jamais eu à déplorer le moindre incident. Sans être aussi ennuyeux que le poste de gardien reconnaissons que surveillant de piscine dans le genre comment-faire-pour-ne-pas-s'endormir-pendant-le-travail.

Je commençais tous les matins à six heures en nettoyant la piscine avec un filet à papillons muni d'un long manche pour enlever de l'eau les paquets de cheveux et les saletés puis avec un aspirateur sous-marin automatique qui ratissait le fond, ensuite je déversais deux bidons de produits désinfectant et désodorisant, je remettais en marche le petit bassin d'eau chaude bouillonnante qu'utilisent parfois les nageurs avant ou après le bain et enfin je balayais le bord de la piscine de tous les crachats. Après j'attendais patiemment la fin de ma journée de travail en écoutant de la musique ou en glibottant des magazines en anglais.

Ma seule responsabilité vraiment sérieuse consistait à surveiller tous les nageurs en même temps pour être sûr qu'aucun ne coulerait sans que je m'en aperçoive. La piscine n'est pas grande, trois lignes et vingt mètres de long, au plus profond elle ne fait qu'un mètre vingt et il est strictement interdit de plonger ou de courir sur les bords.

Comment se noyer dans cette baignoire ? Il aurait vraiment fallu le faire exprès.

Pendant la semaine la clientèle restait à peu près identique, presque familière si tant est que les riches se mêlent avec le petit personnel comme moi : des Taiwanais car le patron-propriétaire du club est une Taiwanaise fortunée mais que je n'ai jamais vue sinon en photo sur les posters affichés partout dans le club quand elle publie un nouveau livre sur l'art de rester en forme à tout âge de la vie, des Shanghaiens faciles à identifier puisqu'ils étaient les seuls à cracher partout, même dans la piscine, et quelques amis étrangers, surtout des amies, en particulier en fin de semaine quand elles viennent jouer dans la piscine avec leurs enfants. Le samedi et le dimanche sont pour moi les journées les plus pénibles, pas physiquement mais nerveusement à cause de tous les gosses qui piaulent, éparpillés dans la piscine ou qui s'amusent à nager sous l'eau en retenant leur respiration le plus longtemps possible, un moment d'inattention de ma part, un pari stupide entre gamins et qui se termine mal et je pouvais me retrouver au fond d'un cachot ou dans un camp en plein milieu du Xinjiang pour le restant de mes jours.

C'était tout de même moins éprouvant que de jouer au pot de fleurs dans la résidence-au-nom-imprononçable. J'y étais retourné pour présenter ma démission au gars Lam et essayer de négocier le paiement de mes quinze premiers jours du mois ; je ne me faisais naturellement guère d'illusions sur l'issue de la tractation mais contre toute attente et à ma surprise générale la banane n'a pas présenté d'objection et il n'a déduit de mon reliquat que trois cents yuans pour le déguisement que je m'étais fait fournir gratuitement et que je lui rendais, si bien que je suis ressorti de son bureau tout guilleret et avec une centaine de yuans dans la poche.

J'essaie bien de garder une certaine chronologie dans le déroulement des événements tout au long de ces quelques années mais je ne suis plus sûr d'être infaillible, je perds souvent la notion du temps, les jours les semaines les mois s'enchaînent dans un ordre dispersé et ma mémoire en est également affectée.

Ainsi un soir, mais lequel et quand, j'ai eu la révélation, ou plutôt des révélations, et les paroles d'Aiguo ont enfin pris tout leur sens : garder les yeux bien ouverts sur l'activité générale du restaurant pour trouver les recettes infaillibles qui permettraient de multiplier nos gains.

Une nuit où je recomptais machinalement les additions correspondant aux premiers repas et au premier spectacle, un éclair m'a traversé l'esprit, mais pour comprendre l'importance de la révélation quelques informations sur le déroulement d'une soirée typique s'imposent : le premier spectacle dansant commence à vingt heures trente et ne peuvent y assister que les clients ayant réservé pour le repas du soir ; en effet le prix du repas de base (cent quatre-vingts yuans) comprenait le repas proprement dit, c'est-à-dire entrée, plat et dessert, vins en sus, et le droit d'assister au spectacle. Avant vingt-deux heures les derniers dîneurs devaient avoir disparu pour laisser place nette au second spectacle, vingt-deux heures trente, identique au premier, mais plus de dîners, rien que des places assises ou debout avec une boisson gratuite, le tout pour quatre-vingts yuans. Entre les deux spectacles une différence de clientèle assez notable : au premier principalement des amis étrangers, hommes d'affaires, journalistes, financiers, des Shanghaiens parvenus, cadres ou fonctionnaires, au second éventail plus large, surtout des jeunes qui attendaient l'ouverture du dancing à vingt-trois heures, Chinois, amis étrangers, poules faisanes à l'affût, étudiantes, touristes, qui dépensaient beaucoup moins et ne recommandaient jamais rien après leur première boisson gratuite.

En refaisant les comptes je me suis aperçu d'un point fondamental : je ne lisais aucun numéro de série sur les additions et en les recoupant par hasard avec les fiches de commande, que je suis pourtant censé jeter à la poubelle, il manquait trois additions correspondantes.

J'en ai tiré la conclusion évidente : les serveuses font sauter des additions et en gardent pour elles le montant. Il m'était donc possible d'effectuer la même manœuvre tout simplement en détruisant la fiche de commande et l'addition. Dans la mesure où il n'y a pas de numéros de série l'opération était inviolable.

La seule difficulté c'est de garder la tête froide et ne pas faire disparaître trop d'additions d'un coup parce que tôt ou tard Xiang Lian ou son comptable s'en apercevraient. C'est d'ailleurs le message que j'ai délivré aux serveuses en leur révélant que j'avais découvert leur petit manège mais qu'à la longue cette entreprise d'entourloupe pouvait devenir dangereuse, voire suicidaire, il suffisait d'un contrôle un peu serré et ouste le trottoir avec une cellule humide à la Sécurité publique dans la foulée.

Elles en étaient parfaitement conscientes et quand on sait qu'une addition moyenne tourne autour de cinq cents yuans, quatre ou cinq qui s'envolaient pendant la première partie de la nuit ça pouvait se voir comme une trompe en plein milieu du visage. Il faudrait opérer d'une manière plus organisée et systématique, au besoin en se partageant les gains, quand il y a du riz sur la table tout le monde a le droit d'en manger*, en s'efforçant

* *You fan chi da jia chi* “quand il y a du riz tout le monde peut se nourrir” : tout le monde en profite.

naturellement de limiter au maximum les occasions de se faire piquer la main dans le sac.

On a promis d'y réfléchir ensemble et de trouver la solution la plus appropriée.

La deuxième révélation qui découlait de la première c'était que je pouvais investir avec mon argent personnel dans des cannettes de boissons pétillantes, un yuan vingt la pièce dans les épiceries *Jialian,* les entreposer discrètement dans l'un des trois frigidaires et les vendre peu à peu à la place de celles du restaurant. Sur la liste des prix les boissons gazeuses sont à vingt yuans la canette, je gagnerais donc dix-huit yuans quatre-vingts par bouteille. En plus je faisais d'une pierre deux coups : l'addition elle aussi se perdrait évidemment dans la nature et le stock de cannettes du restaurant demeurerait inchangé, afin que l'on ne puisse soupçonner quoi que ce soit d'un peu anormal.

Le soir même de retour dans notre chambre j'informais Aiguo de mes découvertes sensationnelles, elle a ri pendant dix minutes en me serrant dans ses bras : je devenais aussi shanghaien qu'elle.

Moi aussi je participais désormais à la construction du socialisme aux couleurs de la Chine.

Pour fêter mon arrivée dans ce paradis enchanté moi et Aiguo nous avons eu une nuit un peu agitée.

Au petit matin en arrivant à six heures à la piscine du club j'étais complètement flapi et à ramasser avec des baguettes. Je me suis endormi comme une masse sur l'un des transats en bois sans même endosser mon uniforme de maître-nageur, heureusement vers huit heures la nouvelle camarade réceptionniste à l'entrée est venue me réveiller, elle voulait que je lui donne des leçons de natation deux fois par semaine, à la fin de son poste, vers midi ; j'ai répondu en bâillant et en me frottant les yeux, pas de problème j'étais payé pour ça non.

A trois heures en sortant de la piscine je suis allé rejoindre Aiguo qui finissait elle aussi sa journée à *Génération 2000*, elle avait une heure de battement avant une séance au karaoké *Belles Erudites* entre cinq heures et sept heures avec deux amis étrangers français de leur ambassade à Shanghai, elle leur avait été présentée par Xiang Lian la veille et qui ne tarissait pas d'éloges sur ses compétences ; je me demande bien parfois de quelles compétences elle peut vraiment avoir besoin dans un karaoké, mais comme je lui faisais entièrement confiance sur ce chapitre je n'ai jamais eu le moindre doute quant à sa rectitude morale.

Par ailleurs elle possédait un corps d'enchanteresse.

Nous sommes allés manger des pains fourrés frits dans notre restaurant favori *Bonheur Prospère*. Avec quatre bonnes bières bien fraîches pour faire glisser l'huile et la viande on se sentait légers comme des papillons.

J'ai posé une nouvelle fois à Aiguo la question qui m'obsédait depuis longtemps pouvait-elle enfin me révéler les raisons stratégiques de son choix du poste de dame-pipi au vestiaire de *A Table !* Elle a souri d'une façon un peu énigmatique et pour n'avoir pas deviné les raisons de ce choix elle pensait que j'étais encore plus niais qu'une fermière du Guangxi : elle voulait "vider les poches "mais en ne subtilisant à chaque fois que de petits montants pour que l'emprunt reste indolore. Un concept éblouissant.

L'idée m'a paru remarquable, et surtout inédite, la première dame-pipi venue sans une cervelle un peu surdimensionnée ne songerait qu'à vider complètement toutes les poches et s'enfuir par le premier autobus pour se faire choper comme dans un rêve par les agents de la Sécurité publique au premier arrêt repos.

Mais mon Aiguo, auprès de laquelle le meilleur maréchal de l'Armée rouge n'est qu'un idiot de village, ne débite que d'infimes quantités, une goutte d'eau dans un océan. La perte est I.N.V.I.S.I.B.L.E. C'est ce qu'elle appelle "nouer des relations stratégiques avec la clientèle "lui donner l'impression que ses vêtements et son argent sont en totale sûreté dans son vestiaire, *A Table !* est un établissement digne de confiance n'est-ce pas et Aiguo affable, diligente, discrète et efficace. Moyennant quoi depuis le jour de l'inauguration officielle elle avait déjà récolté plus de six cents yuans.

J'en étais raide d'admiration, encore une preuve du génie d'Aiguo, détrousser sans que personne se rende compte de rien, le chef-d'œuvre absolu. Elle avait voulu confronter sa théorie à la pratique et ça marchait.

Avec des avancées aussi positives, encore quelques années et nous pourrons nous aussi acheter une Santana noire comme celle de Gongxin, avec les vitres fumées et des sièges en vrai cuir. Qui sait, peut-être même aurons-nous un jour les moyens de louer un vrai appartement avec une salle de bains et une cuisine pour nous tout seuls ?

Moi j'aimerais bien retourner au pays, pas dans le Shaanxi trop de souvenirs à oublier à jamais, mais dans le Shandong ; je me souviens mon père pensait que nous avions encore une petite partie de notre lointaine famille, qui n'avait pas été entièrement décimée par les vicissitudes des campagnes politiques depuis l'établissement de la Chine nouvelle ; peut-être pourrais-je un jour les rejoindre dans leur village, me jeter à la mer* et

* *Xia hai,* littéralement “se jeter à la mer” : devenir entrepreneur privé.

créer une petite entreprise à moi, du cabotage le long de la côte, un peu de commerce avec la Corée, l'élevage de la crevette. Le dimanche je marcherais pendant des heures sur la plage avec mon jeune fils, je lui apprendrais à nager sans avoir peur des vagues et nous ferions la course dans le sable ou à travers les dunes et il pêcherait les crabes qui se faufilent sous les rochers, Aiguo les ferait frire avec du gingembre et moi j'aurais reconstruit de mes mains le *siheyuan* de ma famille et le soir assis sous l'arbre mon fils je lui lirais nos romans classiques.

Mais je rêve de jour, Aiguo n'acceptera jamais de quitter sa ville, c'est une fleur de Shanghai, pas des campagnes pourries de l'intérieur.

Mais l'heure tourne, il fallait se lever et quitter *Bonheur Prospère,* Aiguo et son rendez-vous, les sourires, les caresses, attention jamais plus haut que la cuisse, les chansons avec les amis étrangers français, et moi je suis reparti à vélo vers notre chambre, je voulais simplement prendre une douche rapide avant de retourner à *Xintiandi* ; naturellement la salle de bains était occupée, toujours au plus mauvais moment lorsqu'on est pressé, j'ai frappé à la porte un peu plus vite c'est possible non, mais j'ai attendu dans le couloir pendant plus de vingt minutes avec mon savon et ma serviette, la prochaine fois j'irai aux douches publiques rue Huangpi comme au bon vieux temps sur le chantier ; c'était la vieille dame, la mère Song, dont la fille gagne si bien sa vie à Shenzhen en écartant les jambes, un modèle pour la jeunesse.

Dans la salle de bains dévastée par une quasi-inondation et dans laquelle régnait une odeur indescriptible, nu sous la douche et l'eau qui ne coulait plus, nu sous la douche et l'eau qui ne coulera pas, Aiguo, les caresses sur sa cuisse, les rires de gorge, les seins qui durcissent, Shenzhen, ou les belles érudites, les genoux au niveau des oreilles et les bras en croix, mon cœur qui bat et la respiration frémissante, aujourd'hui j'ai vingt-deux ans et du désir plein les veines ; aurais-je pu les célébrer autrement ?

Serviette chaude, nettoyé, rhabillé.

Devant *A Table !* les quatre serveuses m'attendaient en bas sur la terrasse, réunion impromptue, discussion approfondie, recherche de solutions, accords verbaux et un principe de base : le nôtre était de ne pas dépasser l'escamotage de trois additions par soirée, une moyenne de mille yuans environ divisée par cinq, soit au minimum deux cents yuans par personne ET par jour. C'est moi qui ferais disparaître les fiches de commande et les additions en les déchirant discrètement dans les toilettes, si j'ai le temps d'y aller, avant de les mettre dans ma poche et les jeter dans une poubelle publique très éloignée de *Xintiandi*.

Moi j'ai toujours exhorté les serveuses à agir avec mesure et discernement mais j'avais parfois du mal à les convaincre, elles voulaient davantage et tout de suite, elles étaient toujours volontaires pour subtiliser trois mille ou quatre mille yuans par soirée et même plus, en cas d'affluence, et je devais argumenter longuement pour les en dissuader, une opération-suicide à mes yeux. Mieux valait se contenter de deux cents yuans bien cachés dans la poche du pantalon plutôt que de rêver mille yuans mais sur le trottoir et avec des yeux larmoyants.

Certains soirs de pluie le restaurant est vide, une catastrophe qui affecte tout *Xintiandi*, pas seulement *A Table !* et les autres restaurants étrangers, mais aussi les boutiques de souvenirs ou de vêtements de luxe, les dancings, les cinémas ; qui songerait à sortir de son hôtel pour se promener sous une pluie nauséabonde le long d'une rue piétonne, sombre et désertée ?

Ces jours-là, et ils sont fréquents à Shanghai, Xiang Lian est sous tension, hargneux, colérique et nous on a intérêt à se tenir à carreau, plus question dès lors de s'amuser avec les additions et les cannettes de boissons pétillantes, Xiang Lian s'en apercevrait immédiatement car il contrôle tout avec des cris de lamentation, les recettes en chute libre, nos salaires princiers qui le mènent directement à la ruine, le gouvernement de Shanghai qui ne fait rien pour arrêter la pluie. Mais quand le soleil brille ou que la nuit est chaude, la rue piétonne dégorge de monde, le restaurant fait salle comble, les contrôles à la caisse disparaissent automatiquement Xiang Lian et sa demoiselle Qi sont trop contents pour s'occuper de ce genre de détails fastidieux, ils virevoltent comme des libellules de table en table pour discuter, boire, rire avec leurs amis, les clients fidèles ou inconnus, alors nous on reprend espoir.

Au bout de quelques semaines, ou plusieurs mois, avec cet argent qui pleuvait des cinq côtés, du karaoké, du vestiaire et des additions, et que nous ne dépensions pas, Aiguo m'a proposé de tout transférer sur son compte à elle à la Banque de Chine. Pour deux raisons : d'abord parce que les taux d'intérêt sont beaucoup plus élevés qu'à ma Banque du développement du commerce et qu'ensuite si un jour nous souhaitions emprunter de l'argent pour telle ou telle raison, louer un vrai appartement, ouvrir un restaurant, un salon de massage, n'importe quoi, ma banque, ni aucune autre d'ailleurs, ne me prêterait jamais le moindre premier *renminbi*. La Banque du développement du commerce accueille à bras ouverts les dépôts d'argent d'un *mingong* comme moi mais plissera le nez à l'idée de m'en prêter : c'est simple, mon argent rentre mais ne doit pas sortir. En cas de problème grave ou s'il m'arrivait soudainement quelque chose de fâcheux, mais pas improbable, un accident du travail ou de la circulation écrasé-par-un-camion-une-voiture-une-moto-un-vélo,

Aiguo n'aurait aucune chance de pouvoir récupérer l'argent sur mon compte puisque nous n'avons aucun lien de parenté, même faux.

Un dimanche après-midi après ma sortie de la piscine nous avons donc accompli les formalités suggérées par Aiguo, j'ai fermé mon compte à la Banque du développement du commerce moyennant une retenue de cinq cents yuans pour frais divers et inventés, et transféré la somme en liquide, très exactement... *renminbi* sur le compte numéro... mot de passe... au nom de Mademoiselle Wu Aiguo dans les livres de la Banque de Chine, succursale de Fuxing, 422 rue Fuxing 200030 Shanghai.

En ce qui concerne mes salaires, celui de la piscine (huit cents yuans) et celui de *A Table !* (mille yuans) Aiguo avait décrété que je les garderais en liquide on les cacherait sous le lit pliant ou dans un oreiller inutile de les déposer à la banque ils nous serviraient pour les dépenses courantes.

Comme auparavant.

J'ai demandé à Aiguo s'il n'aurait pas été judicieux de m'établir une lettre de procuration pour retirer de l'argent si besoin m'était, mais elle a répondu qu'elle n'en voyait pas l'utilité elle s'en chargerait c'était plus sûr à cause de mes problématiques certificats il valait mieux jouer méfiance prudence sagesse car si une guichetière s'amusait un jour à inspecter mes papiers de trop près elle pourrait aisément m'interdire définitivement l'accès à son compte en prétextant tout et son contraire. Je n'ai pas bien compris les subtilités de son raisonnement mais bon j'avais en elle une confiance absolue.

Pour nous résumer les économies de mon père, les miennes et les revenus de mes activités de prestidigitation à *A Table !* : sur le compte d'Aiguo.

Un soir vers huit heures, mais je suis incapable de me rappeler le jour ou le mois, j'étais en train de nettoyer le bar avec un chiffon à poussière et un peu de miel, une exigence de Xiang Lian pour qu'il brille de tout son éclat noir, quand Mlle Qi est venue vers moi pour me conseiller de redoubler d'attentions et de politesses, nous allions recevoir la visite du bureau d'inspection de la municipalité de Shanghai, elle ne savait pas qui ni quand mais Xiang Lian avait lancé le mot d'ordre et le personnel dans son ensemble, aussi bien au bar que dans le restaurant, les cuisines, le vestiaire, les toilettes ou sur la scène devrait donner le meilleur de lui-même afin que l'inspection se déroule sans soucis majeurs pour la survie du restaurant.

Nous étions peut-être un vendredi soir et les clients commençaient à se bousculer si bien que rapidement nous étions débordés. Un Shanghaien habillé comme un ministre de Beijing s'est assis sur l'un des tabourets devant moi, j'étais occupé à déboucher une bouteille de vin rouge avec un tire-bouchon défectueux, une opération qui m'obligeait à tenir la bouteille entre les genoux avec une main et de l'autre essayer de dégager le bouchon sans le couper en deux, au bout d'un moment j'ai fini par y parvenir, je me suis relevé le visage un peu rougi par l'effort, la serveuse est venue récupérer sa bouteille et avec un franc sourire j'ai demandé au cadre pomponné s'il désirait boire quelque chose ; c'était un verre de champagne ; il en restait dans le frigidaire, des toutes fraîches, je commençais à déchirer le papier en argent doré qui entoure le grillage du bouchon quand il s'est penché vers moi : alors mon gars combien tu gagnes dans ton trou à rats il m'a demandé ; moins que toi dans ton usine d'Etat j'ai répondu du tac au tac ; comment je n'entends rien avec ce bruit parle plus fort ; juste assez de quoi survivre jusqu'au mois prochain ; à ce moment-là Mlle Qi a surgi comme par enchantement pour m'enlever la bouteille des mains et me murmurer dans le creux de l'oreille tu es malade pas la bibine pour les touristes la meilleure celle à huit cents yuans souris le clown c'est le chef du bureau d'inspection. J'ai remis prestement la bouteille d'urine pétillante dans le frigidaire et je suis parti en cavalant vers les cuisines pour chercher une bouteille à huit cents yuans.

Quand je suis revenu Xiang Lian et Mlle Qi étaient en grande conversation avec le camarade Fang Difan, responsable du bureau d'hygiène et d'inspection sanitaire de Shanghai. Je me suis dépêché d'ouvrir la bouteille et de lui servir son verre de champagne avec une assiette de petites saucisses. J'ai tendu l'oreille discrètement très l'air-de-rien, en train de faire semblant d'essuyer des verres à vin avec la peau du chameau. Xiang Lian avait étalé sur la table du bar tous les certificats et autorisations officiels du restaurant-cabaret-dancing et le chef les a consultés un à un, Mlle Qi m'a fait un clin d'œil rien à craindre tout est en ordre et complètement légal Xiang Lian a respecté toutes les procédures et régulations innombrables à la lettre.

Quand il a eu fini sa lecture le chef a dit que c'était très bien parfait excellent mais qu'il allait néanmoins être obligé de fermer l'établissement car il ne voyait nulle part mention de l'installation des pièges à rats pourtant obligatoire depuis la semaine précédente.

Xiang Lian et Mlle Qi se sont regardés interloqués et moi j'en suis resté bouche bée, des pièges à rats, dans un restaurant, en voilà une de pas ordinaire. Le gars se croyait encore chez lui. Un piège pour exterminer les rats, et puis quoi encore, un transformateur d'eau des toilettes en eau potable, comme j'en avais déjà vu dans un restaurant de spécialités cantonaises ?

J'ai senti comme un flottement autour de Xiang Lian, manifestement il ne s'attendait pas à un coup de ce style, mais c'est un malin qui a de la ressource, Xiang Lian ; il m'a demandé de continuer à remplir le verre de champagne en attendant son retour, il est monté au troisième étage tandis que Mlle Qi jouait les hôtesses d'accueil avec le chef. Quand il est revenu Xiang Lian était accompagné de Ming Mei la danseuse de Beijing, une fille premier choix, toute de grâces et de charmes en courbes ; il a tendu discrètement une enveloppe au chef, qui s'est empressé de la mettre dans la poche de sa veste, et notre amie Ming Mei va vous faire visiter le restaurant prenez votre temps. C'était du cousu main. Le chef s'est éclipsé avec Ming Mei au bras pour aller "visiter le restaurant "et dans la salle l'animation a repris de plus belle.

Moi j'ai voulu goûter leur champagne à huit cents yuans la bouteille et je me suis servi une rasade dans un verre en plastique, c'était plein de bulles et amer et ça piquait le nez et la gorge ce truc, j'en avais des larmes aux yeux, alors pour éviter d'aller vomir dans les toilettes j'ai tout recraché dans l'évier en y vidant aussi le reste du gobelet.

Un quart d'heure plus tard le chef revenait au bar, seul, pour finir son champagne tiédi. Il a souri à Xiang Lian, la satisfaction du devoir accompli, ils se sont serré la main, les affaires c'est les affaires et il est parti en rotant sans payer son addition, cent cinquante yuans le verre, cadeau de *A Table !*.

Des cadeaux comme celui-ci il ne faudrait pas que cela devienne une institution, Xiang Lian a réagi comme moi et il m'a dit à la prochaine descente tu n'auras qu'à servir la qualité de base celle pour les touristes égarés ; il avait raison j'ouvrirai la bouteille d'urine pétillante et personne ne sera capable de faire la différence. En attendant ce soir le reste de la bouteille était inutilisable, où se cachaient-ils les inconscients prêts à payer cent cinquante yuans la coupe ? C'était pour Xiang Lian et sa camarade de lit, qui ont fêté le départ du caissier* Fang en levant leurs verres à sa santé.

* Jeu de mots irrévérencieux ; *Chu na,* littéralement "caissier" : qui vient "relever les compteurs".

A moins que je ne me trompe, je suis resté un peu plus d'un an chez Xiang Lian, derrière le bar, du lundi au dimanche, le soir de sept heures trente à la fermeture, même pendant les vacances obligatoires.

Quelques semaines avant la fête du Nouvel An moi et Aiguo on avait prévu de partir en vacances, pour la première fois de notre vie. Nous avions choisi l'île de Hainan, dans le Sud, on partirait en avion avec un petit groupe d'une centaine de touristes shanghaiens pour séjourner pendant cinq jours dans un hôtel au bord d'une plage, le karaoké avait donné le feu vert et la patronne taiwanaise du *César* n'avait rien trouvé à redire ; la veille du jour où Aiguo devait payer l'agence de voyages Xiang Lian a décrété qu'en raison d'un gonflement imprévu des réservations pour le cabaret et le restaurant durant la période le personnel indispensable n'était plus autorisé à se mettre en congé, ceux qui partiraient n'auraient plus de travail au retour, refrain connu ; pour amortir le choc il multipliait les salaires par un pendant les cinq jours de vacances. Aiguo se souciait en fait comme d'une guigne des plages de sable fin et du bleu de la mer et elle a eu son mot de la fin : é-p-a-r-g-n-o-n-s.

Je me souviens qu'un soir d'affluence dans le courant du printemps, à moins que cela ne soit en été mais quelle importance, un samedi soir vraisemblablement la rue piétonne était noire de monde, temps idéal, atmosphère de vacances ou de fêtes ou quelque chose, les clients se pressaient déjà à l'entrée de *A Table !* quand j'arrivais pour commencer mon service, j'ai eu du mal à accéder aux escaliers il fallait jouer des coudes, toute cette cohue pour le restaurant, le cabaret, le dancing, Xiang Lian devait remercier le Ciel, et nous autres, moi et les serveuses, on allait s'en donner à cœur joie et compter les additions fantômes, je suis sûr qu'Aiguo dans son vestiaire devait aussi se frotter les mains et frétiller comme une jeune renarde devant tout ce gibier qui se précipitait directement sur elle. J'ai dû monter au bar en passant par l'arrière-cour et les cuisines, l'escalier pris d'assaut par la clientèle.

Mais en fait non, le temps n'avait rien à voir avec les hordes qui défilaient dans la rue ou qui piétinaient dans les escaliers de *A Table !*, c'était la nuit du 7 juillet la fête de la Jeunesse et la journée de repos obligatoire, sauf pour nous dans la restauration, il fallait bien les nourrir tous ces vacanciers d'un jour ; toujours est-il que peu importe *A Table !* allait faire salles combles et moi j'aurais des crampes et le tournis en fin de soirée. Xiang Lian est venu au bar pour s'éponger le front, je lui ai servi d'office un thé à la pêche glacé, sa boisson préférée, et il m'a demandé dans son anglais de classe élémentaire si je connaissais des gars pour faire la police en bas à l'entrée et filtrer les clients, j'ai immédiatement pensé à Shouzhua bien sûr et j'ai répondu *yes yes I know I know of course,* Xiang Lian a dit, via la traduction de Mlle Qi venue lui prêter secours, que ce soir c'était l'anarchie tout le monde se bousculait et il avait dû laisser rentrer n'importe qui et n'importe quoi dans le dancing il y aurait de la casse et des vols, j'ai réprimé un large sourire intérieur, et il fallait impérativement des gardes ou des vigiles pour sélectionner la clientèle et impressionner les touristes.

C'était aussi excellent pour l'image de marque de *A Table !* : un havre de paix et de sérénité pour les meilleurs et tous les fins chanceux de la vie.

L'image de marque je ne saisissais pas encore pleinement ce concept, un mot que Xiang Lian et Mlle Qi avaient toujours à la bouche, l'image de marque, l'image de marque. Comme leur "service à la clientèle "un autre concept incompréhensible et qui ne voulait rien dire, mais ils en avaient plein la bouche, du "service à la clientèle "à droite, du "service à la clientèle “à gauche et ces clients, ces vice-rois dont ils nous rebattent les oreilles, on leur sert à boire et à manger, ils sont venus là pour ça, non, un restaurant, et on ne va pas se prosterner devant eux et taper trois fois le sol du front en psalmodiant qu'on mérite la mort pour avoir été aussi stupides et incompétents dans l'exécution de nos tâches.

Mais je m'égare, je m'égare, Xiang Lian voulait du policier j'allais lui en fournir un, et très vite.

Le lendemain après ma journée à la piscine je suis parti pour la rue Chongde avertir le gars Shouzhua de sa veine incroyable.

Il était las de jouer les pots de fleurs dans sa guérite, avec son uniforme de pingouin du pauvre et sa casquette de marin de salle de bains, le directeur Lam ne payait jamais les salaires à temps et Shouzhua, qui dépense la plus grosse partie de son argent entre les jambes des serveuses des restaurants du quartier ou les mains des shampouineuses dans les salons de coiffure, se retrouve régulièrement dès la deuxième quinzaine du mois à ne manger qu'une fois sur trois en attendant la paie du mois d'avant. C'est d'ailleurs moi qui souvent l'invite à avaler un bol de nouilles au bœuf ou des pains à la vapeur, parfois même un repas complet chez *Da Ming* rue Nanchang, notre cantine préférée, on s'y rejoint à la sortie de nos boulots respectifs vers quatre heures de l'après-midi et on reste à bavarder à nos tables sur le trottoir avant qu'il reparte faire joujou avec son petit dragon et moi avec les queues de poule.

La patronne de *Da Ming* c'est Mme Yu, une forte femme qui ne se gêne pas pour nous houspiller quand on commande une sixième bouteille de bière, mais elle a bon cœur, elle travaille dur et sans rechigner, agitée comme une petite abeille autour de sa cuisine et les plats qu'elle nous prépare sont toujours copieux, depuis le temps qu'elle nous voit manger chez elle ; elle nous a raconté que dans son village du Zhejiang pendant le Grand Bond en avant lorsque plus personne ne participait aux travaux des champs avec ses parents et ses deux frères la seule nourriture à peu près quotidienne c'étaient des racines et des soupes d'herbe bouillie, et parfois avec un peu de chance en période d'opulence miraculeuse, des insectes, papillons, grillons, sauterelles ou des petits rongeurs.

Quand elle nous a dit ça moi et Shouzhua finalement on était bien contents d'être là, à savourer son riz blanc et ses aubergines à la menthe. Pour une quinzaine de yuans le repas, sans les bières, on se félicitait d'être nés à la bonne période.

Le soir même j'accompagnai Shouzhua pour son entretien d'embauche avec Xiang Lian.

Il avait besoin d'un gars pour bloquer l'entrée au rez-de-chaussée et éviter les mêlées comme celles de la nuit précédente, il voulait profiter de l'occasion pour donner à son restaurant l'image d'un lieu réservé aux élites, où ne pourrait pas pénétrer le premier venu, touriste ou enrichi, ce qui devrait exciter les convoitises et renforcer le prestige de son établissement.

J'ai fait une traduction probablement incorrecte dans mon chinglish de cantine pour Shouzhua qui ne parle pas le premier mot d'anglais et après nous on était d'accord, il ne faut surtout jamais contrarier les patrons. Xiang Lian lui a demandé s'il avait des compétences en arts martiaux et Shouzhua m'a répondu que pendant son service militaire il avait été instructeur de kungfu, je l'ai regardé d'un œil incrédule en traduisant approximativement pour Xiang Lian, Mlle Qi est intervenue pour donner de la chose une interprétation vraisemblablement plus juste, ou moins fausse, et il a paru satisfait de l'explication, il a ajouté c'est huit cents yuans par mois pour les mêmes horaires de travail que Zhanxin, le soir de dix-neuf heures à deux heures du matin tous les jours. Cela convenait-il ?

Cela convenait fort bien.

Nous sommes montés dans son bureau au troisième étage, Shouzhua lui a montré sa panoplie de fausses cartes, Xiang Lian n'a pas bronché et ils ont tous les deux signé en bas de la page.

Dehors dans la rue Shouzhua a éclaté de rire en se tapant sur les cuisses, et moi aussi, en voilà encore un autre presque sauvé de l'indigence : en marchant vers l'avenue Huaihai j'ai en effet réussi à le convaincre de garder son emploi de planton dans la résidence au-nom-toujours-aussi-imprononçable pour cumuler les deux salaires, comme moi avec la piscine et *A Table !*, et avec les mêmes horaires, six heures du matin trois heures de l'après-midi, et sept heures du soir deux heures du matin. Pourtant j'étais encore confondu par ses révélations sur ses états de service dans l'armée ; pendant près de deux ans nous avions partagé ensemble beaucoup de moments sur le chantier de *Xintiandi* et dans les dortoirs, je pensais bien le connaître mais cette histoire d'arts martiaux, tout de même, rien dans son comportement n'avait jamais indiqué quelque aptitude que ce soit dans ce domaine ; il a éclaté de rire à nouveau, il avait tout inventé à l'instant où Xiang Lian faisait préciser ses exigences par la traduction de Mlle Qi, le kungfu, l'armée, pour obtenir le poste le plus rapidement possible avant d'autres candidats potentiels plus crédibles sur leurs qualifications réelles.

Il n'avait jamais approché les arts martiaux ni de près ni de loin et les seuls rapports qu'il ait pu entretenir avec l'armée c'était lors d'une catastrophe aérienne dans son village une dizaine d'années auparavant : un avion militaire qui s'était écrasé peu après le décollage sur la mairie à la suite d'une erreur de navigation un matin où la plupart des villageois, dont ses parents, y étaient assemblés en réunion collective, pour se désintégrer ensuite dans un verger avec une série d'explosions.

Une soixantaine de personnes avaient trouvé la mort dans cet incident, son père, sa mère, des paysans et la plupart des cadres du village ainsi que le pilote de l'avion et son équipage.

Moi j'habitais dans la même municipalité, celle de Xianyang, mais nous n'avions jamais entendu parler de cet incident ni par la rumeur ni dans les journaux. Shouzhua a dit que c'était normal les autorités militaires de la région avaient étouffé l'affaire puisque le jour du drame le contrôleur de vol de l'aéroport militaire n'était autre que le fils d'un haut responsable du Parti de la province, casé là par son père bien qu'il n'en ait ni l'expérience ni les compétences.

Les familles des victimes ordinaires avaient été indemnisées à hauteur de huit cents yuans par décédé, les familles des cadres locaux disparus le quintuple, et Shouzhua avait donc touché mille six cents yuans en signant, comme tous les autres, un document jurant de ne jamais mentionner l'affaire à quiconque.

Je savais que par la suite il avait été adopté par la famille de son oncle, le frère cadet de son père, qui possédait une ferme et un bout de terre stérile au nord de notre province dans le village de Hua Yuantou près de la ville de Yan'an, mais je n'en connaissais pas les circonstances, il n'en avait jamais parlé et je croyais que ses parents étaient morts de quelque chose ou disparus à la suite d'un accident dans une mine.

Son oncle avait investi ses indemnités dans la location d'un motoculteur et divers petits matériels agricoles ainsi que dans l'achat d'appareils électriques pour la maison, frigidaire, machine à coudre ; quand il a eu dix-huit ans sa tante lui a demandé d'épouser l'une de ses deux filles pour assurer la descendance et transmettre le nom, elle n'avait pas eu de fils, destin tragique, une histoire d'opération chirurgicale imposée par les autorités sanitaires du Parti après la naissance de la deuxième fille, mais il avait refusé net, l'aînée était bossue et la cadette avait été atteinte par la polio dans son plus jeune âge, alors plutôt que de rester dans la ferme et succomber tôt ou tard aux pressions familiales il avait préféré s'enfuir en autobus, via Nanjing, jusqu'à Suzhou où il était descendu pour aller visiter les jardins de l'Humble Administrateur dont il avait entendu parler à l'école ; de là il était arrivé à Shanghai par un train régulier et c'est sur l'esplanade de la gare que nous avions fait connaissance en décembre 1999. Il débarquait du Shaanxi, nous aussi, Guo Tai, Min An et les autres, et nous étions partis ensemble dans le camion bâché avec le contremaître shanghaien en charge du projet de *Xintiandi*.

A partir du lendemain nous recommencerions à travailler ensemble, moi au bar, lui à l'entrée, et avec Aiguo au vestiaire, nous formions une fine équipe.

Shouzhua, pour me remercier de ma médiation pour cette superbe opportunité présentée sur un coussin jaune impérial, il doublait son salaire, m'a invité pour manger des flans à la fameuse pâtisserie *Tian Shan* qui fait l'angle avec l'avenue Huaihai et la rue Sinan. Une nourriture d'origine musulmane si je ne m'abuse, peu importe, en tout cas un régal pour les amateurs ; j'en avais déjà entendu parler mais bien que nous habitions à proximité je n'avais jamais encore eu l'occasion de les goûter, ces fameux flans.

En arrivant nous avons dû faire la queue sur le trottoir, c'était l'heure où les serveuses les sortaient du four, chauds, parfumés, fumants. Les flans elles les vendaient quatre yuans la pièce, mais pour dix yuans dans un carton on en avait quatre d'un coup, c'est-à-dire en fait deux yuans cinquante l'un ; on ne comprenait pas bien les méthodes de calcul du camarade patron, inciter à consommer davantage peut-être ?

Devant nous un couple d'amis étrangers avec des sacs dans le dos, le genre qui ne parle pas un mot de chinois et qui s'attend à ce qu'on leur réponde dans leur langue, et puis quoi encore ; quand leur tour est arrivé le gars a demandé à la serveuse quatre flans en faisant le signe quatre avec ses doigts, elle a répliqué en chinois quatre flans c'est vingt yuans et elle a tapé le chiffre vingt sur sa machinette à calculer, l'homme a regardé en hochant la tête, il a sorti une liasse de billets de cent yuans de l'une des poches de son pantalon et quand la serveuse lui a rendu sa monnaie on a constaté qu'elle avait réussi à lui refiler un faux billet de cinquante.

Un jour Aiguo a décidé qu'elle voulait déménager de notre chambre minuscule et ne plus avoir à partager la salle de bains et la cuisine avec tous les locataires de l'appartement, et la mère Song lui tapait sur le système à chanter les louanges de sa fille à l'échine flexible. Moi j'ai répondu oui oui pourquoi pas bonne idée bonne idée et elle s'est mise en chasse. Elle a beaucoup visité dans le quartier et surtout rue Nanchang, au 88, presque en face de l'un de nos restaurants favoris *Bonheur Prospère,* dans un *lilongtang,* une maison refaite à neuf, du bas jusqu'à la terrasse ; il était hors de question de la louer pour nous seuls, évidemment, mais chaque chambre possédait sa propre salle de bains indépendante, un grand saut en avant vers le bonheur suprême.

Aiguo avait visité et elle était plutôt enchantée : au rez-de-chaussée la cuisine commune et un grand salon qui donnait sur un mini-jardin entouré de murs avec un arbre au milieu, au premier demi-étage une petite chambre, au premier une très grande chambre avec sa salle de bains, au deuxième demi-étage une autre petite chambre et au deuxième étage une chambre immense avec une double fenêtre et une salle de bains douche-baignoire et deux éviers, au troisième étage la terrasse pour faire sécher le linge ou entreposer des plantes vertes, le plan classique de l'architecture shanghaienne.

La directrice de l'agence immobilière avait confirmé que l'immense chambre de quinze mètres carrés du deuxième étage était encore disponible mais qu'il fallait se décider rapidement. Mille huit cents yuans par mois c'était une somme rondelette d'autant que le propriétaire exigeait deux mois de dépôt de garantie et les deux premiers mois de loyer, sept mille deux cents yuans qu'il faudrait sortir d'un coup, j'ai suggéré à Aiguo de réfléchir avant de prendre une décision trop hâtive sept mille deux cents yuans tout de même ; mais elle a répondu que puisque nous étions d'accord sur le principe d'un déménagement à cette adresse elle était prête au sacrifice c'est-à-dire à débourser la somme et à participer au loyer mensuel ; par ailleurs je pouvais avoir confiance en elle pour négocier un accord plus favorable avec l'agence.

Un soir avant de partir pour *A Table !* nous avons téléphoné d'une cabine publique et Aiguo a parlementé pendant au moins une demi-heure mais sans obtenir le moindre aménagement ; selon l'agence, le propriétaire, un homme d'affaires taiwanais, avait laissé des instructions inflexibles quant au montant des loyers et des dépôts de garantie et rien n'était négociable sinon les meubles ou la couleur du tapis de sol. C'était les sept mille deux cents yuans ou rien. Avant de raccrocher Aiguo a conclu eh bien ce sera rien.

Nous sommes repartis pour *A Table !* tout penauds, je sais qu'Aiguo n'aime pas perdre. J'ai essayé de la consoler, partie remise et si cette négociation avait échoué c'est probablement parce que le destin l'avait ordonné. Elle a fini par s'apaiser, nous trouverons mieux ailleurs et sûrement très bientôt.

Ce soir-là, au bar j'ai longuement discuté avec Zhage, l'ami étranger français interprète de chinois. Depuis longtemps je m'étais aperçu qu'il venait à *A Table !* deux ou trois fois par semaine et chaque fois comme client payant, une anomalie pour les amis étrangers français.

Il était là surtout pour Ming Mei la danseuse de Beijing dont il devenait l'ami proche, très proche, tout proche. C'est vrai que le soir à la fin de son deuxième spectacle elle repartait maintenant plus souvent avec lui, après une dernière queue de poule ou une bière. J'étais plutôt bien content pour lui, Ming Mei est une fille magnifique, avec un corps qui donnerait des frissons à la statue en bronze du président Mao au milieu du jardin public Fuxing. Il y est debout avec la main levée, comme pour saluer un ami, et sa statue fait directement face au karaoké *Le Monde de la Fête* qui domine le parc du haut de ses quatre étages. Chaque fois que je traverse le jardin je ne peux m'empêcher de penser que notre président Mao, avec son bras levé, salue le karaoké en signe de bienvenue ou d'autorisation, comme s'il donnait son feu vert et son assentiment au développement de ce genre d'activité, le socialisme aux couleurs de la Chine : le rouge et le jaune*.

Zhage revenait de Beijing où il avait été l'interprète principal d'une délégation d'hommes politiques de son pays, en visite officielle chez nous à l'occasion de la commémoration de quelque chose d'important pour eux ; en riant Zhage m'a dit qu'ils étaient venus payer leur tribut et se prosterner devant Jiang Zemin ; je ne comprenais pas ce qu'il y avait d'amusant dans cette remarque, les barbares ont toujours été bien accueillis par nos empereurs et le système du tribut n'est rien d'autre qu'une preuve de soumission devant la supériorité de notre civilisation, il n'y avait donc là rien d'extraordinaire ni de particulièrement drôle ou étonnant.

Zhage avait fait banquet sur banquet avec la délégation et le premier soir les amis étrangers français étaient tous complètement soûls, il avait

* En Chine, le rouge est la couleur du socialisme, le jaune, de la pornographie.

fallu appeler des ambulances pour les ramener à leur hôtel puisque aucun ne tenait plus debout, qui vomissait sur les trottoirs, dans l'ascenseur, sur les tapis des couloirs. Ces gens aiment probablement bien perdre la face, question d'habitude. Le deuxième soir ils avaient voulu des filles pour la nuit et c'est encore Zhage qui s'était chargé des tractations, le prix, le type de prestations, les services spéciaux, l'emploi de la bouche ou d'une main ou des deux ; c'était très réjouissant mais il n'avait pas pris du bon temps comme ses clients il ne confondait jamais le service avec les plaisirs, alors il avait des anecdotes croustillantes à raconter, sous le sceau du secret naturellement, celui qui avait demandé une fille et un garçon, un sous-ministre ou quelque chose, et une représentante de leur Assemblée nationale populaire qui avait exigé deux garçons de moins de vingt ans ; elle les avait obtenus sans difficultés, mais pendant la nuit elle lui avait téléphoné dans sa chambre pour qu'il vienne traduire ce dont elle avait besoin exactement, une position que les garçons ne connaissaient pas, ou feignaient de ne pas connaître (elle voulait jouer le rôle du jambon entre deux tranches de pain de mie, selon Zhage) et il avait eu du mal par la suite à se rendormir : sa chambre était contiguë.

J'espère qu'il se rattrapait seul dans sa chambre avec la belle Ming Mei. Avec une fille comme elle il devait pousser des cris qui s'entendaient jusqu'à la source du fleuve Jaune.

Dans leur intimité Xiang Lian et sa camarade de lit ont dû se concerter et un soir ils nous ont invités, moi et Aiguo, à manger le repas du soir de base à cent quatre-vingts yuans ; depuis plusieurs mois que nous travaillions d'arrache-pied dans leur restaurant sans jamais se plaindre ils estimaient manifestement qu'ils pouvaient avoir confiance en nous.

Nous nous sommes mis à table vers six heures, avant l'ouverture officielle ; moi et Aiguo nous n'étions pas peu fiers, la preuve qu'ils appréciaient nos compétences et nos ardeurs à la tâche.

On a commencé par boire une petite bière chacun en attendant le premier plat. Xiang Lian nous a expliqué qu'il songeait à augmenter tous les prix de la carte de son restaurant, le repas du soir bondirait à deux cent vingt yuans par exemple. Aiguo a répondu attention ça peut-être à double tranchant les bénéfices augmentent certes mais les clients finissent par fuir ; elle avait eu une expérience similaire au karaoké *Le Monde de la Fête* quand les patrons avaient subitement augmenté tous les prix, de la location des salles aux boissons et aux hôtesses en passant par les étudiantes. La clientèle s'était dispersée et pour la rameuter ils avaient fait marche arrière en instituant un système de carte VIP, Very Important People, un moyen efficace pour obliger les clients à revenir plus fréquemment et gommer les effets négatifs de l'augmentation générale des prix.

Pourquoi ne pas mettre en place une politique similaire ? Assommer avec un nouveau repas à deux cent vingt yuans et ranimer de l'autre côté avec une carte de fidélité VIP. La main qui blesse est aussi celle qui guérit, a ri Xiang Lian. On ne comprenait pas l'allusion mais Mlle Qi a traduit pour nous, donner d'une main et reprendre de l'autre. Moi j'ai demandé si ce ne serait pas plutôt prendre d'une main et reprendre encore de l'autre ?

Et quelques jours plus tard Xiang Lian appliquait ses nouvelles dispositions : le premier menu passait à deux cents yuans (l'influence discrète de Mlle Qi) et avec lui toutes les boissons gazeuses, thés, cafés, queues de poule, et même les vins avec la bouteille de *Bo Er Duo** rouge à deux cents yuans (au lieu de cent soixante-dix) et celle des vins de pays, du vinaigre amélioré, la qualité pour touristes égarés, à soixante (au lieu de quarante) ; il

* *Bo Er Duo*, traduction phonétique de Bordeaux.

introduisait également la carte de VIP qui donnerait droit à une bouteille gratuite de son meilleur vin, le *bo er duo,* aux clients dont les additions dépasseraient un certain montant ou qui viendraient manger au moins cinq fois au restaurant : à la première visite et avec l'addition Xiang Lian distribuait une carte avec le nom du client, son adresse et un coup de tampon ; cinq coups de tampon, hop la bouteille.

Xiang Lian n'est pas qu'un légume sans cervelle : si un consommateur plus exigeant demande à voir la bouteille avec son étiquette *bo er duo* (un jour en regardant plus précisément j'avais constaté que ça s'écrivait B.O.R.D.E.A.U.X) il a trouvé la parade : les serveuses montrent ostensiblement aux clients la bouteille de *bo er duo* et se dirigent ensuite vers le bar pour me demander de la déboucher, et moi, bien caché sous l'évier, écroulé de rire, secoué de tremblements, je débouche la bouteille de vinaigre amélioré et à l'aide d'un entonnoir en plastique j'en verse le contenu dans une carafe en verre, ni vu ni connu. Les serveuses apportent à la table une superbe carafe en faux cristal avec de la dorure et des motifs ciselés, les clients sont toujours impressionnés, remplie de l'eau rougie du vin de pays.

Le seul inconvénient c'est à cause des amis étrangers français qui savent reconnaître les vins mieux que leurs propres enfants, comme me l'avait appris

Mlle Qi, en plaisantant j'en suis sûr, il n'est pas imaginable un instant de leur servir la carafe en verre biseauté avec le vinaigre de pays ; c'est le *bo er duo* ou des récriminations sans fin auprès de Xiang Lian.

Xiang Lian s'était finalement aperçu du manège des pique-assiette et il nous avait fait passer quelques instructions discrètes : ne pas remplir leurs verres complètement et n'utiliser que du vin de mauvaise qualité ensuite les faire patienter exagérément avant de prendre leurs commandes entre les plats et au moment de l'addition, des mesures simples et de bon sens et que nous avions mises en place depuis déjà fort longtemps.

Les touristes égarés quant à eux on les reconnaît immédiatement du premier regard un peu en biais, à peine ont-ils franchi le seuil du restaurant, parce qu'ils s'appliquent à tout mitrailler avec leurs appareils de photographie ; on sait d'avance qu'ils ne remettront jamais les pieds à *Xintiandi,* et probablement pas à Shanghai non plus, c'est le voyage de leur vie, ils vont déambuler dans les rues piétonnes pour s'extasier devant ce faux quartier authentique, acheter des souvenirs à des prix obscènes et assister au spectacle de cabaret de *A Table !*, unique dans toute la Chine ; une fois attablés ils passent leur soirée à photographier, les décors, les danseuses, les tables avec les nappes et les couverts, les assiettes pleines, le bar, les serveuses, les plats, les bouteilles de vin, la corbeille à pain, rien n'est oublié pas même les plafonds avec les spots lumineux et les panneaux de propagande ; Xiang Lian nous avait réunis un après-midi en dehors de nos horaires de travail pour nous faire la leçon à leur sujet et depuis nous utilisons son concept commercial : les traire en limitant les coûts de *A Table !* pour accroître les marges, une leçon de stratégie bien traduite par Mlle Qi.

En clair cela signifiait que les portions étaient réduites dans des proportions conséquentes, qu'ils buvaient du vin de pays facturé à celui du *bo er duo* et que les serveuses et les cuisiniers en profitaient pour tenter d'écouler les restes des invendus des jours précédents, hors-d'œuvre, viande, poissons, desserts ainsi que le pain sec.

Il me faut revenir sur ce dîner où moi et Aiguo étions conviés ; si Xiang Lian voulait nos avis sur son Opération Coup de Bambou, pardon Augmentation des Prix, il a quand même précisé qu'il nous invitait surtout pour nous remercier de prendre tant à cœur notre travail dans son restaurant : Aiguo au vestiaire ne reçoit jamais que des compliments flatteurs et derrière mon bar je suis d'une gentillesse qui m'honore et la "qualité de mon service à la clientèle "ainsi que mes initiatives pour améliorer l'efficacité dans le restaurant, des atouts très positifs pour "l'image de marque "de *A Table !*, je suis l'employé en qui il a le plus confiance.

Mlle Qi traduisait ses propos et j'avais le rouge apoplectique de la confusion qui envahissait mon visage. Il parlait d'un gars simple et honnête, incorruptible, sage et intelligent.

Une perle rare en quelque sorte, franc et pur comme un cadre du Parti. Je me mordais les dents pour réprimer un début d'hilarité et Aiguo m'a filé un coup de pied dans la cheville du style efforçons-nous-de-conserver-un-semblant-de-sérieux.

C'était beau comme un lever de soleil sur le mont Tai.

Nous avons mangé le repas du soir à cent quatre-vingts yuans, avec des plats typiques de chez eux et sans grande saveur, une soupe bouillante dans laquelle flottait un morceau de pain trempé au goût d'éponge avec du fromage fondu, un truc impossible à saisir avec des baguettes, des jambes de grenouille frites, des escargots dans leurs coquilles avec une sauce puante, ces gens-là mangent encore plus mal que nous pendant la Grande Révolution culturelle, faut-il être affamé à ce point pour se nourrir d'escargots et pourquoi pas des limaces ou des lombrics tant qu'à faire, les escargots au début nous on croyait que ça nous casserait les dents et après les deux premiers Xiang Lian nous a fait comprendre qu'il ne fallait pas manger la coquille mais sortir la bête de sa tanière avec une pique, effectivement après bien des efforts on est arrivés à débusquer des trognons noirs et surcuits, l'escargot soi-même ; ensuite on nous a servi de la viande encore saignante, presque pas cuite, comme dans les tribus de sauvages au-delà de nos frontières nord, avec une sauce blanchâtre et des brins d'herbe, du genre innommable, la viande sur le menu il est écrit vache mais ça aurait aussi bien pu être du tigre blanc ou du panda, ça n'avait aucun goût à part celui de la sauce, c'est tout dire ; et pour le dessert nous avons crié d'une seule voix "je passe "pour les fromages, rien que l'odeur on se serait cru en plein milieu des toilettes publiques de la rue Huangpi et Aiguo a choisi la mousse au chocolat et moi le gâteau Grand Pavillon* des bouts de pomme chaude cuite sans sa peau dans une pâte recouverte d'une crème blanche qui dégoulinait dans l'assiette, après ça, moi je n'arrivais plus à me lever, un poids énorme dans l'estomac et une digestion impossible à évacuer.

Nous on préfère notre riz blanc, le tofu et les œufs de mille ans, les aubergines à la menthe, le canard laqué et les pains à la vapeur, ça a quand même plus d'allure et de consistance, notre civilisation est plus avancée que la leur, c'est évident. Finalement la cuisine des amis étrangers français c'est comme leur champagne : on a envie de tout verser dans l'évier.

* *Da ting,* littéralement "grand pavillon" : traduction phonétique de "tarte Tatin".

Un après-midi en rentrant dans notre chambre de la rue Huijin, Aiguo m'a annoncé que la dame de l'agence immobilière était passée la voir à *Génération 2000* pour lui dire que le Taiwanais était devenu plus flexible sur les conditions de location de la chambre du *shikumen* 88 rue Nanchang. Aiguo n'avait pas voulu laisser filer une occasion pareille et puisqu'elle négociait désormais en position de force, elle avait réclamé un et un sinon elle laissait tomber l'affaire. La directrice avait bien tenté une manœuvre de secours pour maintenir sa commission et Aiguo était demeurée inflexible : un + un ou rien. Elle avait obtenu satisfaction et nous avions rendez-vous le lendemain dans les bureaux de l'agence pour signer le contrat de location et rencontrer le patron taiwanais.

Un + un signifiait UN mois de dépôt de garantie, au lieu de deux, et UN mois de loyer d'avance, au lieu de deux ; nous n'avions qu'à débourser trois mille six cents yuans, une somme tout de même plus réaliste et adaptée à nos budgets.

Le lendemain dans l'après-midi nous sommes allés au rendez-vous pour faire la connaissance de Jason Zhu, l'homme d'affaires taiwanais ; nous on ne comprenait pas ce prénom de Jason ni d'où il pouvait bien sortir, mais c'était ce qu'indiquait sa carte de visite, alors on l'a appelé simplement patron Zhu ; un gros avec une tête de porc et une mâchoire qui le précédait de trois kilomètres, aussi laid que l'empereur Hongwu*, peut-être un lointain descendant, d'ailleurs il avait son nom patronymique. Quand il nous parlait en chinois son accent taiwanais nous irritait abominablement les oreilles, comme les crissements de fausses notes sur un *erhu***, quelque chose de particulièrement insupportable, il transformait nos mélodieux sons *zh, ch,* et *sh* en *z, c, s,* une horreur absolue, notre si belle langue massacrée par ce nouveau riche ; la première loi à promulguer le jour où notre armée aura envahi leur province pour la libérer sera de les obliger tous à prendre des cours de mandarin avec des professeurs de Beijing, pour mettre fin à cette disgrâce.

* Le fondateur de la dynastie des Ming ; il régna de 1368 à 1398, son nom de naissance est Zhu Yuanzhang (Zhu est l'homophone de "cochon "), son nom impérial *Hongwu* (Vaste Force) ; son visage porcin et grêlé de petite vérole, sa mâchoire protubérante sont restés légendaires. Mais il était décrit officiellement comme ayant des yeux de phénix, une mâchoire de dragon et des grains de beauté sur tout le visage.
** Violon chinois à deux cordes.

Nous devions donc signer le contrat de location mais auparavant Aiguo a demandé si le prix du loyer mensuel pouvait être révisé à la baisse, elle trouvait que mille huit cents yuans par mois c'était tout de même une grosse somme pour une si petite chambre sans meuble ni confort. Le patron Zhu a semblé un peu interloqué par cette requête de dernière seconde, mais moi je connaissais Aiguo qui essayait toujours d'obtenir d'ultimes concessions juste avant de confirmer un accord, et parfois même encore après. Il fallait simplement ne pas se laisser démonter et garder la tête froide : tout est toujours négociable, et renégociable, avant, pendant et après.

Elle pensait que mille quatre cents yuans par mois serait un montant plus approprié aux conditions du marché et de la chambre proprement dite. Le patron Zhu a réagi en mentionnant les investissements qu'il avait consentis dans cette maison refaite à neuf de haut en bas et de bas en haut, électricité, gaz, murs, planchers, eau courante chaude et froide, peintures, cuisine toute prête à l'emploi mais Aiguo l'a coupé en lui disant que c'était bien là la moindre des choses et qu'il n'y avait aucune raison de s'en vanter, toutes les maisons qu'elle avait visitées avaient elles aussi été rénovées de fond en comble pour des loyers beaucoup plus raisonnables. Je passe sur les détails de la négociation mais au bout d'une heure de pourparlers c'est évidemment Aiguo qui triomphait : le loyer mensuel était fixé à mille cinq cents yuans, nous économisions donc trois cents yuans par mois, trois mille six cents par an, un chiffre étourdissant.

Chacun a signé le contrat de location, sauf moi bien entendu puisque je n'ai pas de documents authentiquement vrais, et avant de partir pour *A Table !*, il était presque six heures et nous avions faim, la directrice de l'agence nous a donné les clés de la porte d'entrée du *shikumen*, nous pouvions emménager dès le lendemain après avoir payé le dépôt de garantie et le premier mois. Nous avons serré la main du patron Zhu, il a donné une autre carte de visite et son numéro de téléphone portatif personnel à Aiguo avec un bon sourire, ou plus exactement avec une sorte de rictus qui pouvait, à la rigueur, se comparer à une ébauche de sourire qui le rendait moins porcin, et une fois dehors moi et Aiguo on s'est embrassés fiévreusement, enfin une chambre et une salle de bains pour nous seuls, quelle progression dans l'échelle du progrès matériel, nous sautions maintenant directement sur le quatrième ou le cinquième barreau pour quitter l'état de survie et s'approcher celui de la vie tout court, les quatre conditions de base étant désormais normalement satisfaites : vêtements, nourriture, logement, travail, nous les avions toutes les quatre dans l'ordre, ce qui nous plaçait au-dessus de nos compatriotes, à qui il en manque toujours une ou deux, ou plus.

Il fallait célébrer l'événement dans toute sa dignité et puisqu'il nous restait une petite heure avant de commencer la soirée chez *A Table !*, Aiguo a proposé le restaurant *Les Descendants du Dragon*, des spécialités de Hangzhou, à deux minutes à vélo de l'agence immobilière, au septième étage dans un immeuble à l'angle de Maoming et de Fuxing. La serveuse nous a placés près d'une fenêtre et nous avions une vue plongeante sur le jardin de l'hôtel Huijin, ses arbres, sa rivière ondulante avec les petits ponts de bois, ses bungalows impériaux pour les hauts dirigeants de Beijing. Le repas a été en tout point remarquable, et pas excessivement hors de prix, à peine soixante yuans, les six bières Printemps Festif comprises. Nous avons eu droit aux deux spécialités locales, le poulet du mendiant, un régal, et les tranches de lard braisé avec des champignons noirs, j'en rêve encore la nuit, ainsi que des assortiments de légumes divers dont je ne me souviens plus ; c'était si bon que le poulet du mendiant nous en avons recommandé un second.

A la fin du repas nous n'avions pas vraiment envie de retourner travailler au bar et au vestiaire, on était tranquilles, sereins, assis à cette table, avec la nuit qui s'inclinait lentement sur le jardin Huijin, j'avais plein d'images d'un bonheur parfait qui défilaient dans ma tête, Aiguo parlait des meubles que nous allions acheter, un vrai lit à deux places, une armoire en bois, des serviettes de bain et des produits de beauté, des plantes sur le balcon et pourquoi pas des rideaux pour décorer la fenêtre.

Mais l'heure avançait rapidement et puisque nous étions à proximité de la rue Nanchang Aiguo m'a conduit au 88 pour avoir une idée de la situation.

Nous sommes entrés un instant dans la cour du *lilongtang* pour jeter un œil sur notre nouvel environnement mais tout était calme. Aiguo voulait que nous visitions la maison ensemble puisqu'elle avait les clés en sa possession, néanmoins l'heure tournait toujours et je n'aime pas arriver en retard à *A Table !*, je préfère éviter les remarques faussement anodines de Mlle Qi, inutile de la provoquer sans raison ; quelques jours auparavant elle avait déjà renvoyé une des filles du dancing qui pointait avec une demi-heure de retard sur l'horaire et qui avait trouvé judicieux de venir boire un verre d'eau au bar au lieu de se précipiter à son poste.

Le *lilongtang* je le visiterai le lendemain au milieu de l'après-midi mais seul parce que Aiguo avait des clients importants du karaoké *Belles Erudites* qui l'avaient réservée de trois heures à cinq heures, elle et une autre hôtesse d'accueil ainsi que quatre étudiantes de Huatong en maîtrise de littérature comparée.

Le lendemain donc, quand j'ai ouvert la porte d'entrée qui donnait de plain-pied dans la cuisine, il y avait une vieille dame en train d'ébouillanter deux crabes dans une casserole, elle paraissait surprise de me voir et je me suis présenté. Mme Jiang et son mari M. He habitaient la chambrette au premier demi-étage et partageaient la salle de bains sous l'escalier avec une étudiante en textiles à l'université Tongji, en cours à cette heure de la journée. Je suis allé dire bonjour à M. He qui lisait *Le Quotidien de l'armée populaire de Libération* dans le mini-jardin, devant la salle de réception. Tout cela me paraissait excellent et l'état des pièces impeccable, je suis monté aux étages jusqu'au second, notre chambre est immense, Aiguo n'avait pas menti, on tiendrait à vingt facilement avec une série de lits superposés et dans la salle de bains j'ai vu la douche, la baignoire et les deux éviers. Le patron Zhu avait bien fait les choses. Dans la grande chambre du premier j'ai entr'aperçu une dame penchée sur une machine à coudre et un enfant de sept ou huit ans je pense qui m'a semblé bien obèse pour son âge, il m'a vu et il a crié au voleur au voleur, sa mère est sortie en courant avec une paire de ciseaux à la main et j'ai dû lui expliquer que j'étais le nouveau locataire du second juste au-dessus de chez elle inutile de s'inquiéter et ma femme nous rejoindrait plus tard. Mlle Pin s'est calmée à mon écoute, elle m'a souhaité la bienvenue dans la communauté, elle était juste en train de coudre un déguisement du roi des Singes pour son enfant, le déjà très enveloppé Gong

Yang*, invité le lendemain dimanche à un goûter d'anniversaire, il ne fallait pas que je m'offusque de lui, un peu malpoli comme ils le sont tous à cinq ans n'est-ce pas, j'ai dit rien de grave rien de grave et M. Tuo le mari de Mlle Pin travaillait dans une entreprise d'Etat comme directeur des achats pour la région de Shanghai et le soir il ne rentrait jamais avant neuf heures mais il avait une voiture avec chauffeur et un téléphone portatif. Un directeur des achats dans une chambre avec salle de bains, il n'y avait pas là de quoi se vanter j'ai rigolé intérieurement, le gars ne doit pas être trop malin, le plus ignorant des réalités sait bien que les responsables des achats s'enrichissent à grande vitesse avec le système des surfacturations et de partage des commissions avec les fournisseurs.

Aiguo en avait fait l'expérience lorsqu'elle travaillait dans son hôtel, et elle m'avait dit que même à *A Table !* les deux Shanghaiens en charge des approvisionnements utilisaient ce système pour détourner des sommes ahurissantes, je me souviens elle racontait qu'ils achetaient la viande de vache à onze yuans le kilo et qu'ils la facturaient soixante-cinq à Xiang Lian et plein d'autres histoires amusantes dans la même veine ; c'était le poste idéal pour devenir riche en toute impunité ;

* *Gong yang*, prénom qui signifie “qui s'occupera de ses parents dans leurs vieux jours”.

alors le directeur Tuo avec son auto et son téléphone portatif, il pouvait aller se rhabiller.

Je suis monté ensuite jusqu'à la terrasse sur le toit, il y aurait suffisamment de place pour étendre notre linge mais elle était placée plein nord, pas idéal pour le faire sécher rapidement.

Dans l'escalier en redescendant j'ai croisé le jeune Obèse qui m'a tiré la langue.

Il ne me restait plus qu'à filer au triple galop à la Banque de Chine, rue Fuxing, pour retirer les trois mille yuans du compte d'Aiguo et payer à l'agence le dépôt de garantie et le loyer du premier mois, mais la camarade guichetière a refusé de me les donner parce que je n'avais pas de procuration écrite d'Aiguo m'y autorisant. J'avais pourtant son livret de compte et le numéro de code secret mais la camarade a bien vu en me regardant que le nom qui s'inscrivait sur l'écran de sa machine, Mlle Wu Aiguo, ne correspondait pas au jeune homme qu'elle avait en face d'elle. J'ai essayé d'argumenter pour la forme, comment aurais-je pu connaître le code secret de cette demoiselle Wu si je n'étais l'un de ses proches, mais elle n'a rien voulu savoir. Je suis reparti en pédalant le plus vite possible pour *Génération 2000,* je voulais prévenir Aiguo qu'elle aille elle-même récupérer la somme avant la fermeture de la banque. J'ai bien songé dans un moment de stupidité passagère à lui demander d'écrire la procuration mais j'étais persuadé que la camarade guichetière trouverait bien une autre astuce ou une nouvelle réglementation inconnue pour interdire le retrait.

Une fois les trois mille yuans dans la poche je suis allé à l'agence pour concrétiser l'affaire, la directrice s'était absentée pour un moment et j'ai poireauté dans la salle d'attente en feuilletant un magazine quelconque et en particulier un article captivant sur la culture et les récoltes du célèbre thé Puits de l'Empereur* dans la région de Hangzhou ; hier nous avions mangé chez Les Descendants du Dragon mais je ne me souvenais pas en avoir bu.

Quand la directrice est revenue nous avons fait les comptes dans son bureau et elle m'a donné un reçu, qui confirmait bien noir sur blanc le versement de la somme de trois mille *renminbi* correspondant à un mois de dépôt de garantie et au premier mois de loyer, une copie du contrat de location et un double des clés.

Le patron Zhu n'assistait pas à l'événement, la veille il était reparti en avion pour son île renégate puisque toutes les chambres étaient désormais

* *Long jing*, littéralement le "puits du dragon" : le Puits de l'Empereur (le dragon symbolise l'empereur), un thé de très grande qualité.

louées. Il possédait trois autres maisons à peu près identiques un peu plus bas dans la rue Nanchang, et une autre dans la rue Taiyuan mais qu'il louait pour des amis étrangers à des prix vertigineux, la directrice me parlait de trente mille yuans par mois pour l'une d'entre elles louée à un couple et leur fille unique. Moi j'ai trouvé ça bizarre, pourquoi louait-il le 88 à des Chinois au lieu de le louer à une famille d'amis étrangers, il gagnerait mille fois plus.

Elle m'a raconté qu'il avait fait intervenir un spécialiste de *fengshui*, à cause du numéro de la rue, 88, un chiffre porte-bonheur. A la fin de sa visite d'inspection le chef de *fengshui* avait déterminé que la prospérité future du patron Zhu dans ses opérations immobilières à Shanghai ne dépendait que d'une seule condition, impérative, louer le numéro 88 à des Chinois, et toutes les autres maisons à des amis étrangers. Les loyers rapportés par le 88 ne s'approcheraient évidemment jamais, ni de près ni de loin, de ceux récoltés à côté mais par ce geste de bienveillance magnanime il assurerait le succès absolu et durable à tous ses investissements dans la ville.

Moi j'étais bien content que le *fengshui* en ait décidé ainsi. Comme quoi le sort, parfois, peut nous être favorable.

Nous étions officiellement chez nous. Je me suis offert quatre pains fourrés à la viande au restaurant *Bonheur Prospère*, juste en face, pour fêter l'inconcevable.

Je suis arrivé devant *A Table !* à peu près en même temps qu'Aiguo qui n'avait pas encore eu le temps de manger son repas du soir, elle venait de passer plus de trois heures au karaoké à chanter et à boire avec quatre amis étrangers français, de passage à Shanghai pour une foire internationale de tissus ou quelque chose au Centre des expositions sur l'avenue Yan'an, elle avait préparé le terrain pour les étudiantes de Huatong qu'ils avaient louées pour l'occasion, elles étaient en retard sur l'horaire et Aiguo avait dû meubler tant bien que mal en attendant qu'elles débarquent. Elle n'avait donc pas eu le temps de prendre son repas du soir. Il me restait un pain fourré frit encore chaud et dans le frigidaire du bar je lui ai pris une cannette gazeuse et un sachet de saucisses.

Nous avons organisé notre déménagement pour le lendemain entre quatre et six heures de l'après-midi. En fait c'est moi qui m'en suis chargé, nous n'avions de toute façon pas grand-chose à déménager, quelques valises, le lit pliant, une armoire en plastique, des objets sans valeur ; j'ai loué un vélo-charrette pour huit yuans qui a transporté le lit, la couette et l'armoire en un seul voyage, les valises je les ai portées à la main en trois fois, Aiguo ayant beaucoup plus de vêtements que moi. On essaierait de se trouver un autre après-midi où nous serions libres en même temps pour aller acheter le lit deux places en bois et l'armoire dont elle rêvait. Le livreur à vélo m'a aidé pour monter le lit pliant jusqu'au deuxième étage et j'ai installé le reste moi-même.

Puisque nous avions désormais notre propre salle de bains, pour nous tout seuls, je n'ai pas pu résister à l'envie de prendre une douche chaude, comme ça, pour rien, sans raison, en plein milieu de l'après-midi, comme un riche oisif.

Vers six heures je suis parti pour *A Table !* et en bas de l'escalier je suis tombé nez à nez avec une jeune demoiselle les bras chargés de livres, je lui ai demandé si elle avait besoin d'aide, elle a répondu oui, j'ai pris une pile et je l'ai suivie dans sa chambre au deuxième demi-étage, c'était l'étudiante de Tongji qui rentrait pour préparer un examen important ; la camarade Yang était en année de licence, les épreuves pour l'obtention du diplôme approchaient à toute allure et elle était sur les nerfs. Je lui ai souhaité bon courage et je suis sorti en dévalant l'escalier.

Cette nuit-là, en rentrant vers deux heures du matin, moi et Aiguo nous avons dormi ensemble pour la première fois dans notre nouveau palais. Pour marquer le coup nous avons eu une nuit très sportive et bruyante jusqu'à six heures lorsque nous avons dû ralentir les cadences parce que je devais quitter le stade pour me préparer à partir à la piscine, je me suis levé, épuisé harassé. J'allais sortir de la cuisine avec la clé de mon antivol à la main quand l'étudiante de Tongji est entrée en ouvrant brusquement la porte, elle m'a regardé d'un air furieux, comme si je venais de lui marcher sur les pieds, je ne savais pas quoi lui dire alors j'ai fait bonjour avec un grand sourire, elle a aboyé que la prochaine fois ce serait bien si on pouvait fermer notre porte la nuit nos bruits l'avaient empêchée de dormir et elle était en pleine préparation d'examen elle avait besoin de repos ; de quoi de quoi j'ai répondu depuis quand les chiens cherchent-ils à attraper les souris* on fait ce qu'on veut dans notre chambre si elle n'arrive pas à dormir la nuit c'est son problème pas le nôtre.

Quel culot elle avait cette prune.

Sa remarque m'avait énervé, s'il faut aussi s'occuper des voisins et faire attention à eux quand on est chez soi, c'est la fin du monde.

Comme les désagréments arrivent fréquemment en tirs groupés, ce même jour gros problème dans

* *Gou dai laoshu duo guan xianshi :* mêle-toi de tes affaires.

la piscine du club *César*. Lorsque je suis arrivé j'ai tout de suite vu que l'eau était devenue marron clair, un phénomène inexplicable, je me suis penché pour tremper ma main et l'eau puait horriblement ; je suis allé dans le placard à balais et produits d'entretien pour vérifier la fiche de nettoyage et effectivement la veille au soir le dernier maître-nageur avait oublié de verser l'antiseptique surpuissant, il n'y avait pas sa signature ni la date, le dernier nettoyage remontait à la veille au matin et c'était le mien. De retour vers le bassin avec une double dose d'antiseptique dans un bidon de dix litres j'ai trouvé deux inconscients en train de nager dans l'eau marronnasse. Je me suis précipité pour leur ordonner de sortir immédiatement, ne s'étaient-ils donc rendu compte de rien ? Ils ont répondu non que se passe-t-il ? La couleur et l'odeur de l'eau ne les gênaient point ? Non plus c'était presque pareil dans toutes les piscines publiques. Je leur ai suggéré de prendre une bonne douche savonneuse et de se frictionner longuement avec le parfum anti-odeurs qui devait être sur l'une des tables de toilette dans leur vestiaire.

J'ai interdit l'accès de la piscine en barrant l'entrée avec un transat, le temps que l'antiseptique fasse son effet, j'ai déversé le bidon dans sa totalité et avec un peu de chance d'ici une heure ou deux l'eau devrait reprendre une couleur normale. J'ai également ouvert toutes les fenêtres, celles qui donnaient sur la rue Huangpi et les autres, derrière, sur la cour de l'allée, pour créer un courant d'air afin d'évacuer l'odeur insoutenable qui flottait autour du bassin ; j'ai aussi mis en marche deux gros ventilateurs à hélices pour brasser encore davantage l'atmosphère.

Dans un souci de prudence élémentaire j'ai téléphoné à la direction dont les locaux se trouvent dans un autre bâtiment mitoyen, il valait mieux faire un rapport avant que l'on m'accuse, je n'avais aucune envie de perdre mon emploi par la faute d'un autre ; peu de temps après, la chef Huang arrivait avec deux personnels d'entretien en blouse bleue, ils ont inspecté l'eau de la piscine et je leur ai montré la fiche de nettoyage dans le placard, qui m'exonérait de toute responsabilité, c'était le gars avant moi le coupable. Elle déciderait probablement de le virer sans indemnité ni salaire, la procédure habituelle. Les nettoyeurs ont rajouté encore un bidon d'antiseptique de cinq litres pour faire bonne mesure et ils m'ont dit d'attendre environ trois heures ; mais la camarade Huang paraissait moins optimiste, elle pensait qu'il faudrait vider toute l'eau de la piscine, désinfecter les canalisations et remplir avec une eau nouvelle et purifiée, le genre d'entreprise qui demanderait au moins trois jours.

Vers midi l'eau de la piscine s'était clarifiée mais elle restait encore bien jaune. J'ai soudainement eu une pensée ridicule : l'antiseptique est un produit ultra-puissant, on en verse un bidon le soir pour désinfecter pendant la nuit, le matin je rajoute un produit chimique d'une autre nature, pour désodoriser l'eau je crois, mais je n'étais pas convaincu que le seul oubli de l'antiseptique ait pu engendrer un résultat aussi catastrophique que celui d'aujourd'hui ; se pourrait-il que...

Je me souvenais de nos travaux sur le chantier de *Xintiandi* avec les évacuations d'eaux usées des restaurants et de toutes les boutiques qui se déversaient dans le lac artificiel au lieu de passer par les égouts de la ville ; les canalisations de la piscine déboucheraient-elles elles aussi dans le lac ? Se pourrait-il alors que pour une raison quelconque les eaux usées soient remontées à travers elles pour se répandre dans l'eau de la piscine, ce qui expliquerait l'odeur épouvantable qui s'en dégageait ? L'hypothèse n'avait rien de farfelu, je me suis demandé s'il ne fallait pas en parler à la camarade chef Huang, qu'elle fasse intervenir les plombiers de la ville pour vérifier au cas où ; à la réflexion j'ai décidé de me taire, encore une sage précaution, il y aurait sûrement des recherches, des inspections, des travaux de rénovation et l'histoire pourrait nous retomber sur la tête, nous autres les *mingong* qui avions construit les canalisations ; les vrais responsables, nos patrons d'alors trouveraient naturellement les relations haut placées qui les innocenteraient et qui nous accuseraient dans la foulée. Et puis je me trompe peut-être, les canalisations de la piscine pouvaient fort bien avoir été installées selon les règles sanitaires et légales, il ne faut pas voir que du noir autour de soi.

Vers trois heures l'eau redevenait d'un bleu presque normal, encore qu'un peu flou, mais l'odeur insoutenable avait disparu ; j'ai versé encore un demi-bidon de désodorisant et l'autre maître-nageur, Wei Xin, est venu pointer avec du retard, je lui ai expliqué son rôle dans le drame de la journée et son fâcheux oubli de la veille au soir, il a pâli en se claquant sur la joue, sa carrière au sein du club *César* sentait aussi mauvais que l'eau du bassin et de fait Mlle Huang est apparue à peu près en même temps avec le visage sévère des jours néfastes et Wei Xin a été viré immédiatement selon-la-procédure-habituelle, nous étions déjà le 21 du mois, il perdait donc trois semaines de salaire. Moi je n'avais aucune raison de m'attarder à la fin de ma journée de travail, il était près de trois heures quinze à l'horloge de la piscine, j'ai laissé la chef Huang expliquer toutes les consignes au remplaçant et je suis parti. Dans la rue je suis retombé sur Wei Xin en grande conversation avec l'une des camarades réceptionnistes du club qui lui donnait un tuyau à propos d'un emploi de plongeur au restaurant cantonais *Palais de Cristal* au deuxième étage du centre commercial en face de la piscine, son frère cadet y travaillait depuis trois mois et il venait tout juste, presque à l'instant, de démissionner, la place était encore toute chaude et Wei Xin n'avait qu'à s'y précipiter et proposer ses (in)compétences ; maître-nageur, plongeur, après tout il restait dans son élément, j'ai ironisé, en lui conseillant aussi de ne pas oublier de verser les produits de lessive dans les bacs à vaisselle, mais il n'a pas eu l'air de goûter ma charmante plaisanterie.

Son remplaçant était une remplaçante, je n'ai pas eu le temps de saisir son nom ni son origine j'étais pressé de sortir, mais à première vue elle était plutôt jolie et souriante, deux atouts qui pouvaient la mener loin et vite, tout dépendrait de l'étendue de ses illusions et de la fermeté de ses convictions.

Nous avons fait longuement connaissance le lendemain quand elle est arrivée bien avant le début de son horaire de travail pour me remplacer dans la seconde moitié de la journée ; la piscine était vide à cette heure, comme d'habitude. Elle venait de Chongqing où elle était nageuse de compétition dans l'équipe de la municipalité autonome (un énorme avantage sur moi qui barbotais piteusement), sa carrière aurait pu décoller au niveau national si ses parents n'avaient pas catégoriquement interdit à son entraîneur qu'elle prenne des médicaments spéciaux, potions magiques et autres produits galvanisants pour améliorer les performances et elle avait fini par être renvoyée de son équipe parce qu'elle se faisait régulièrement dépasser dans toutes les compétitions régionales et nationales par ses coéquipières et d'autres concurrentes, celles dont les parents n'avaient pas eu les mêmes scrupules moraux que les siens.

Avec son renvoi disparaissaient également la bourse d'études et les coupons d'alimentation ainsi que la gratuité de la plupart des frais de sa famille, comme le logement et les assurances médicales ; ses parents auraient dû réfléchir un peu plus posément avant de se retrancher derrière des principes moraux dépassés. Je lui ai demandé pourquoi elle n'avait pas choisi de prendre les médicaments à leur insu et poursuivre ainsi une carrière brillante avec tous les avantages dont elle parlait ; elle m'a répondu en rougissant et sous le sceau du secret, je jure toujours de ne jamais rien répéter, que la véritable raison de son départ tenait dans un scandale qu'il avait fallu étouffer dans l'œuf, elle était tombée enceinte à la suite d'une soirée mouvementée avec l'un de ses entraîneurs qui l'avait, comment dire, quelque peu contrainte à passer un bref moment avec lui, à dix-sept ans elle était encore vierge et boum cadeau final. Pour cacher la honte et le déshonneur sur sa famille, elle s'était enfuie de Chongqing en bateau pour venir avorter à Shanghai où les médecins ferment plus facilement les yeux sur ce genre d'opération chirurgicale. Dès lors plus question de remettre les pieds au pays natal sans perdre la face et depuis un an elle passait de petit boulot en petit boulot pour tenter de survivre ; cet emploi de maîtresse-nageuse tombait à pic et lui convenait parfaitement, elle espérait également gagner un peu d'argent en donnant des cours particuliers de natation à ceux qui pourraient le lui demander ; moi je lui ai recommandé de faire attention, les cours privés très bien, à soixante *renminbi* de l'heure, mais discrètement sinon la camarade Huang exigerait d'en ramasser les trois quarts pour le club.

Elle habitait dans un dortoir de filles, rue Liyuan, à côté de la piscine municipale où elle donnait également des cours de natation trois fois par semaine aux enfants des écoles du quartier. Quelques jours après son emménagement la Sécurité publique avait effectué une descente dans le dortoir pour arrêter un groupe de filles, originaires d'une des minorités de la province du Xinjiang, complices dans un réseau de trafic de haschich, elle en frémissait encore ; le haschich est une sorte de drogue euphorisante qu'ils cultivent dans les champs là-bas et qu'ils écoulent avec beaucoup de succès dans les milieux fortunés de Shanghai ; ces précisions je les tiens d'Aiguo qui était évidemment au courant de ce genre d'histoires : dans son karaoké la plupart des clients en consommaient ouvertement, du moins dans l'enceinte de *Belles Erudites,* pas dans les rues devant tout le monde soyons sérieux. Il paraît qu'en fumer ou en boire infusé dans une bouilloire décuple les sensations de toute nature.

Quant à la camarade Xu Qiu la maîtresse-nageuse, je prendrais l'habitude de lui dire quelques mots tous les jours au moment de la relève, vérifier un peu l'évolution de sa situation et son adaptation dans le bourbier shanghaien, la conseiller aussi à l'occasion, ainsi lorsqu'elle a commencé à donner des leçons de natation aux trois enfants d'un couple d'amis étrangers, pour qu'elle échappe aux regards perquisiteurs de la direction et puisse empocher la totalité des gains de son travail et non pas une minuscule fraction, ou pas de fraction du tout.

On ne perd jamais rien à aider son prochain. Comme je le dis souvent, pour survivre dans la jungle et tenter d'échapper aux prédateurs, seule la solidarité des gueux et des indigents apporte un petit rayon de soleil au beau milieu de l'effroi.

Au cours du printemps, ou en juin, peut-être juillet, je ne sais plus, Xiang Lian a inauguré une "boulangerie-pâtisserie-à-toute-heure", avec un nom prometteur *Le Ventre qui Rit**, à côté de son restaurant-cabaret-dancing ; il avait déniché un expert de son pays pour la fabrication du pain et des gâteaux dont ces gens-là sont friands ; aliments pourtant incapables de souffrir la moindre comparaison avec nos pains à la vapeur, nos raviolis farcis ou les flans du *Tian Shan*.

Ces amis étrangers, tout de même, comment peuvent-ils s'imaginer un seul instant que nous allons nous laisser prendre dans leurs pièges grossiers et jeter par-dessus bord nos six mille années d'histoire et le flamboiement de notre prodigieuse civilisation pour un bout de pain sans goût, un peu

* *Chi bao le,* littéralement "manger à sa faim", "être rassasié". Traduction en chinois sur l'enseigne de la boulangerie *Le Ventre qui Rit*.

de leur verroterie, les gadgets peinturlurés de leurs techniciens ou des marchandises dont nous n'aurons jamais le moindre besoin.

C'est certain ils nous prennent pour des Japonais.

J'ai fait part de ces réflexions à Xiang Lian, par l'intermédiaire de Zhage qui traduisait la conversation avec l'extrême rigueur dont il est coutumier, et Xiang Lian m'a éclaté de rire au nez, je me suis senti tout confus. Il veut gagner de l'argent, le plus possible et dans les meilleurs délais, avant de partir à la retraite, fortune faite, dans une maison au bord de la mer. La r-e-t-r-a-i-t-e ? Encore un concept qui nous était complètement inconnu, heureusement Zhage m'en a expliqué la signification : il était donc possible de ne pas mourir au travail ?

Pour atteindre ses objectifs Xiang Lian se fiche bien de savoir si ses gâteaux sont mangeables ou pas, frais ou expirés. Il faut aller de l'avant, très vite et sans se projeter au-delà du court terme. Un vrai Shanghaien en quelque sorte, il avait compris aussi bien qu'eux les opportunités offertes par notre nouvel hymne national *Enrichissez-vous* avec le premier couplet "de n'importe quelle manière et sans complexes".

Xiang Lian, il aurait vendu des pains à la vapeur farcis d'un grouillement de cafards et des canards laqués à la peinture antirouille si c'était la demande à la mode.

Un après-midi où Aiguo ne travaillait pas à *Génération 2000* nous sommes allés ensemble acheter le lit et l'armoire ; elle m'attendait à la sortie de la piscine, on a pris les vélos direction la rue Xizang et les magasins de meubles du quartier, Aiguo voulait impérativement un lit en bois avec un matelas épais, et non plus une simple couverture molletonnée, le genre de luxe dont on peut parfaitement se passer, mais elle y tenait à tout prix ; nous avons trouvé assez rapidement ce qu'elle désirait, le lit, le matelas, l'armoire et pour un total de cinq cent trente yuans, plus vingt yuans pour la livraison, nous dormirions la nuit même dans un vrai lit, comme ceux des amis étrangers.

Nous sommes rentrés au 88 un peu avant l'arrivée du livreur pour lui ouvrir la porte et échanger les nouveaux lit et armoire avec les anciens, Aiguo avait réussi à les revendre pour une cinquantaine de yuans à l'une des ses amies, qui travaillait avec elle au karaoké *Belles Erudites,* et le livreur ne repartirait pas à vide, une magnifique occasion pour lui.

Après avoir complété notre installation, il était presque sept heures du soir il fallait filer dare-dare à *A Table !* ; on roulait à vélo sur la rue Nanchang quand Aiguo m'a dit qu'elle ne voulait plus travailler au vestiaire que quatre jours par semaine, au lieu de sept, les trois jours restants elle préférait s'investir plus complètement dans le karaoké *Belles Erudites* où elle gagnait mille fois plus qu'à *A Table !* Elle proposerait à Xiang Lian de garder sa place au vestiaire du lundi au jeudi afin qu'elle puisse se concentrer sur les vendredi, samedi et dimanche soir au karaoké, les soirées de grande affluence. Elle pouvait maintenant allégrement dépasser les mille yuans pour quelques heures de travail, un chiffre sans commune mesure avec le vestiaire où même pendant les meilleurs soirs elle n'arrivait pas à récupérer plus d'une centaine de yuans dans les poches, sacs et portefeuilles.

Deviendrais-je fou à mon tour ? Voilà maintenant que je parlais en centaines de yuans, voire en milliers de yuans pour une SEULE soirée de travail. Des montants qui normalement nous auraient demandé des années de laborieuses économies.

Aiguo et ses mille yuans minimum pour chanter et boire, j'étais rudement impressionné. Mais alors pourquoi ne travaillait-elle pas sept jours sur sept à *Belles Erudites* si elle pouvait s'enrichir aussi aisément ? Il fallait reposer la voix et l'estomac trois jours d'affilée c'était déjà beaucoup chanter cinquante succès tous les soirs avec un micro dans la main en chinois ou en anglais dans une pièce enfumée pleine d'amis étrangers ou de cadres du Parti et de la municipalité boire des queues de poule et du *maotai* comme si c'était du thé au jasmin voilà qui mettait les organismes à mal la gorge le foie les muscles des bras des jambes la bouche le repos était indispensable.

Je comprenais sa lucidité et l'exemplarité de son professionnalisme. La question était de les faire partager à Xiang Lian qui pouvait avoir d'autres exigences pour la conduite de ses affaires.

Avait-elle songé à une excuse plausible pour l'amadouer et présenter la chose enrobée dans une sucrerie puisqu'il serait obligé d'embaucher une autre dame fouille-poche pour les fins de semaine seulement ? Aiguo qui aime bien plaisanter m'a répondu faussement indignée que les poches elle ne les fouillait pas elle les nettoyait simplement ; oui oui bien sûr comme moi avec les additions je les soustrais.

Pour l'excuse elle pensait lui avouer qu'elle était enceinte et qu'elle avait besoin de repos au minimum trois fois par semaine. Enceinte ? De qui ? De moi ? Non évidemment ce n'était qu'un mensonge, elle n'allait quand même pas lui avouer qu'elle préférait travailler dans un karaoké aux mœurs, aux mœurs, aux mœurs impeccables, où elle engrangeait dix fois plus trois fois plus vite.

Enceinte ? Sans être marié ? Chez nous dans le Shaanxi cette incongruité poserait une multitude de problèmes insolubles, mais ici à Shanghai pour un ami étranger l'explication paraîtrait crédible.

Elle a dû négocier avec l'art et l'efficacité dont elle était coutumière puisque j'étais derrière le bar en train d'agiter Rêve de Sang (*maotai,* fleur d'oranger, jus de tomates) pour un client japonais quand Xiang Lian est arrivé en applaudissant des dix bras avec Mlle Qi et Aiguo, il m'a dit félicitations félicitations et Mlle Qi a renchéri bonheur bonheur un fils du dragon dix mille années de vie dix mille années de vie, j'étais si surpris que j'ai failli lâcher mon shaker mais quand j'ai croisé le regard d'Aiguo j'ai compris que j'allais devoir jouer le rôle du père dans sa petite comédie. J'ai imité la moue blasée de celui-à-qui-on-ne-la-fait-plus et pour détendre encore l'ambiance j'ai souri d'un air entendu trente minutes de bonheur une vie de malheurs, Aiguo a cru bon d'ajouter que non que non six secondes de plaisir neuf mois de souffrances, la drôlesse, Xiang Lian a annoncé qu'on allait fêter cette heureuse nouvelle en débouchant une bouteille de son champagne à huit cents yuans, pas le pipi gazeux pour les touristes égarés ou les pique-assiette.

Xiang Lian a levé sa coupe pour porter le toast de l'heureux événement qui n'aurait jamais lieu, Mlle Qi y est allée de son "un nouveau-né mâle le plus rapidement possible*" Aiguo a dit merci merci je ne le mérite pas je ne le mérite pas et j'ai fait semblant de boire une gorgée du champagne-à-huit-cents-yuans-la-bouteille avant de tout vider discrètement dans l'évier.

Comme à chaque fois que j'en vidange une coupe j'entends un bruit bizarre, une sorte de psschhiiit avec de la mousse blanche qui se forme autour de la bonde, leur champagne est corrosif, c'est clair, je suis sûr qu'il pourrait attaquer la fonte des canalisations, comme la soude caustique qu'on employait sur le chantier de *Xintiandi*, je devrais peut-être le proposer à la camarade Huang pour désinfecter l'eau de la piscine à la place de l'antiseptique en bidon. Même Min An sur son chantier pourrait l'utiliser au lieu du produit qu'il ingurgite pour traiter ses infections généralisées.

Shouzhua qui avait eu vent de l'action est monté lui aussi au bar, non pas pour féliciter Aiguo qui l'avait déjà prévenu de la supercherie, mais pour promouvoir sa bonne amie Ping Ting, en remplacement d'Aiguo pendant le week-end ; depuis qu'elle avait été renvoyée de son emploi d'hôtesse

* *Zao sheng guizi,* formule de politesse pour souhaiter l'arrivée d'un garçon dans un couple récemment marié.

d'accueil au karaoké *Le Monde de la Fête* elle travaillait comme fille de salle du lundi au jeudi de trois heures à minuit et les week-ends de neuf heures du matin à six heures du soir dans le restaurant des amis étrangers allemands qui jouxtait *A Table !*, et elle pouvait donc sans difficultés tenir le vestiaire en fin de semaine de sept heures à deux heures du matin. Xiang Lian qui n'avait sans doute pas trop envie de perdre un temps précieux à interviewer trois mille candidates a approuvé l'idée et Shouzhua est redescendu ventre à terre au rez-de-chaussée pour appeler Ping Ting miraculeusement là ce soir, en dépit de l'heure tardive, elle attendait probablement que Shouzhua la fasse rentrer gratuitement avec ses copines au dancing du troisième étage. Xiang Lian l'a vue, lui a demandé si le poste lui convenait, elle aurait eu très mauvaise grâce à répondre non, trois nuits par semaine pour trois cent quatre-vingts yuans par mois, et comme l'affaire était conclue elle a suivi Aiguo en bas dans l'entrée pour apprendre les rudiments de son nouveau métier.

A Table ! c'est comme une grande famille.

Près de quatre cents yuans en plus pour Ping Ting, une dizaine de familles dans son village pourraient manger de la viande à satiété plusieurs fois par mois.

Au 88 de la rue Nanchang, lorsque je songe encore à cette période j'ai l'impression d'y avoir été heureux, je crois ; le matin je me levais silencieusement, Aiguo dormait encore allongée de tout son long, à plat ventre, nue, les cheveux épars, belle ô si belle, avec sa respiration d'enfant sage, sa peau souple et le parfum de son corps, je soulevais la couette avec délicatesse et je la regardais dormir et moi j'oubliais tout l'espace d'un instant ; alors je l'embrassais doucement sur la nuque et c'était vraiment l'heure de partir travailler à la piscine du *César*.

Le matin sur mon vélo j'avais des étoiles qui brillaient dans la tête.

Plus tard, si mes souvenirs ne me trahissent pas eux aussi, Xiang Lian a engagé un magicien chinois pour son spectacle de cabaret, qui invitait parfois des clients sur la scène et il accomplissait des tours prodigieux, il sortait des couteaux et des fourchettes au logo de *A Table !* de leurs poches, des soutiens-gorge de leurs chemises ou des slips du sac des dames, il brûlait des billets de cent yuans pour les transformer en pièces de monnaie et même une fois que je regardais il a changé un billet de cinq yuans en un billet de cent. En voilà un qui avait découvert la formule pour transformer le papier en billet de banque, il allait faire fortune, j'ai pensé tristement à mes deux amis toujours en prison pour cette malheureuse histoire de papier blanc et de poudre de lessive, ils auraient été plus avisés de se mettre de mèche avec un vrai magicien. Mais il n'est resté avec nous que quatre ou cinq mois, un jour il n'était plus venu et Xiang Lian m'avait confié, via Zhage, qu'il avait été arrêté par la Sécurité publique pour une affaire de trafic de cassettes pornographiques avec des étudiantes d'un karaoké appartenant au fils d'un gros promoteur immobilier shanghaien. Xiang Lian en avait acheté plusieurs de ses cassettes, à trois cents yuans la pièce et il paraît qu'elles étaient particulièrement ignobles, des viols, des scènes de torture, des relations sexuelles avec des femmes enceintes ou handicapées de la tête, des animaux domestiques et même avec des monstres noirs*.

Après le passage du magicien il a embauché une chanteuse, chinoise elle aussi, qui assurait la transition entre les deux spectacles, elle chantait très bien mais beaucoup trop fort alors on ne s'entendait plus passer les commandes sinon en les vociférant. Elle n'est pas restée très longtemps elle non plus, non pas en raison de ses hurlements mais parce que Ming Mei la danseuse de Beijing s'était rendu compte un soir qu'elle chantait des airs révolutionnaires avec des paroles érotiques**, elle l'a rapporté à Xiang Lian qui trouvait cela très amusant mais qui a vite déchanté quand des plaintes sont arrivées de la municipalité et de personnages haut placés. Il a bien résisté quelque temps parce que les chansons attiraient une nouvelle clientèle, des jeunes qui n'avaient pas connu, comme beaucoup

* *Hei gui,* littéralement monstre noir : terme insultant utilisé traditionnellement par les Chinois pour décrire les Noirs.

** *Hong ge huang chang*. Très à la mode : chanter sur des airs révolutionnaires des paroles pornographiques. Un autre aspect de la Chine contemporaine.

d'entre nous, moi le premier, la période d'avant la mort de notre président Mao, et les mélodies révolutionnaires pleines de sous-entendus licencieux quand on arrivait à comprendre les paroles c'était plutôt du genre hilarant, mais bon l'humour plaisait moins aux personnes âgées qui avaient vécu ces périodes, disons pénibles. Finalement il a cédé sous la pression, surtout à cause des amendes et des enveloppes pour les escamoter, et la chanteuse a été renvoyée quelque temps avant ou après, je ne me souviens plus exactement, la fête du 1er mai.

Il l'a remplacée par une amie étrangère française, qui est toujours là, et qui gazouille des airs de leur pays, plus doux, plus soporifiques, mais on s'entend parler dorénavant ; naturellement on ne comprend rien à ce qu'elle chante, qui pourrait fort bien n'être que des horreurs et des abominations, mais l'essentiel c'était que personne ne râle. Quand il y a des amis étrangers français dans la salle, ils applaudissent souvent en éclatant de rire à certaines de ses chansons, et j'avais demandé à Mlle Qi pourquoi mais elle avait refusé de me répondre en prétextant qu'elle ne comprenait pas elle-même ; c'est Zhage qui m'expliquera plus tard qu'elle chantait des chansons d'étudiants en médecine, des trucs un peu lestes et graveleux, mais inoffensifs et sans connotations politiques. De toute façon elle pouvait bien chanter ce qu'elle voulait, personne n'en ferait la traduction pour les fonctionnaires de la municipalité. Xiang Lian pouvait dormir sur ses deux oreilles et ronfler tranquillement entre les bras de sa demoiselle Qi.

Nous avons été obligés de fermer l'établissement un soir en juillet, à moins que ce ne soit en juin, ou peut-être en août, en raison d'une panne d'électricité alors qu'il faisait une chaleur étouffante : le courant avait sauté, un phénomène classique à Shanghai pendant les périodes de canicule parce que la puissance des centrales électriques est nettement insuffisante pour pallier les augmentations soudaines de la demande en air conditionné.

Ce soir-là donc tout *Xintiandi* a été plongé dans le noir pendant plusieurs heures et puisqu'il n'y avait plus aucun client Xiang Lian a fermé le restaurant, nous avions bien essayé un éclairage à la bougie mais cela n'a servi à rien, pas de lumières, pas de musique, pas de cuisine. A neuf heures nous étions dehors, dans la rue et la nuit noires, à compter le manque à gagner sur nos salaires à la fin du mois. Nous n'allions pas rentrer chez nous à une heure pareille, Shouzhua a proposé d'aller rejoindre Aiguo dans son karaoké, on aurait sûrement droit à une boisson gratuite mais Ping Ting n'avait pas l'air très enthousiaste et elle avait sommeil, elle préférait retourner à pied dans son dortoir avenue Chongqing, Shouzhua a dit qu'il la rejoindrait plus tard dans la nuit quand les gardes du comité de quartier seraient endormies ; moi j'étais moyen chaud pour le karaoké *Belles Erudites,* je n'avais pas trop envie de surprendre Aiguo dans l'exercice de ses fonctions, cela pouvait la gêner et nuire à sa concentration ; et rien n'avait jamais entamé ma confiance.

Bref moi et Shouzhua on a décidé d'aller sur le chantier de la rue Madang où devaient travailler nos amis, Guo Tai et Min An et les autres ; à neuf heures du soir ils allaient sûrement finir la journée eux aussi puisqu'il n'y avait plus d'électricité ; on les a retrouvés en train de manger des pastèques sur le trottoir. Min An était déprimé à nouveau parce qu'il venait juste d'apprendre la fausse couche de sa femme quelques semaines auparavant, il fallait recommencer à zéro et il ne voyait pas comment s'y prendre, lui à Shanghai et elle cloîtrée dans leur village.

Il n'avait qu'à lui demander de venir à Shanghai le temps de mettre la machine en route ; il a répliqué avec quelque argent ? S'il s'amusait à retourner dans notre belle province en autobus ou à pied autant se suicider tout de suite au retour il n'arriverait jamais à retrouver un emploi aussi facilement. Les copains ne semblaient pas prêts à reperdre une semaine de salaire pour lui permettre de revoir sa femme et d'essayer d'y planter à nouveau sa petite graine.

Shouzhua, qui n'en perd jamais une, lui a conseillé de se trouver une vraie *Shanghai meimei** pas une fille pour la soirée ou la demi-heure, de trouver le moment de lui faire un enfant moyennant un petit paiement et adopter le gamin par la suite ; ça lui coûterait probablement plus cher qu'un voyage aller-retour Shanghai-Xi'an-Shanghai en couchette molle mais au moins il serait certain de conserver son travail sur le chantier de Madang ; et Guo Tai, cette mine d'informations utiles, a renchéri en nous expliquant que beaucoup de filles des campagnes appliquaient cette subtile stratégie pour gagner de quoi survivre à Shanghai. Selon ses sources plus sûres que jamais elles se font mettre enceinte par le premier venu et elles revendent ensuite les bébés aux centres d'adoption créés pour les amis étrangers sans enfant, c'est la grande mode dans leurs pays de s'acheter des bébés ou des enfants chinois "orphelins". Guo Tai nous a dit que les filles arrivaient parfois à vendre les gamins deux mille ou trois mille yuans aux bureaux des adoptions qui les engraissaient pendant quelques mois avant de les revendre, dix ou vingt fois le prix d'achat, entre vingt mille et quarante mille yuans selon le sexe et l'âge, aux amis étrangers.

* *Shanghai meimei*. Une jeune maîtresse. La beauté chinoise classique selon les Occidentaux : grande, avec de longs cheveux noirs, facilement abordable et de commerce aisé, le rêve des expatriés. Quand ils en ont les moyens.

Avec des profits de cette ampleur nous devrions urgemment créer nous aussi un centre d'adoption, Ping Ting et Shuang Lang s'occuperaient du gavage des petits, Aiguo ferait la vendeuse, Shouzhua rameuterait toutes ses connaissances de l'Anhui, et moi et lui on engrosserait le cheptel.

Shouzhua élevait le débat ces amis étrangers on leur vendrait de la crotte en leur faisant croire qu'il s'agit de lingots d'or ils nous l'achèteraient aussi tout ce qui vient de chez nous leur fait perdre la tête.

Moi j'ai ajouté qu'avec toutes les *Shanghai meimei* que Min An fréquente à tort et à travers depuis qu'il est arrivé de notre Shaanxi natal celles des salons de coiffure et les poules paysannes pardon faisanes de l'Anhui si cela se trouve avec un peu de chance les enfants il en aurait déjà de quoi ouvrir une école primaire.

Il a ri modérément.

Nous sommes restés avec eux pour finir les pastèques et discuter de tout et de rien. Un des gars est allé acheter des bières à l'épicerie *Jialian,* on s'est tous cotisés de deux yuans, le prix de base pour une bouteille de pisse de cheval, j'ai payé la part de Min An et Shouzhua celle de Guo Tai, vers minuit l'électricité n'avait toujours pas été rétablie mais, dehors, assis sur le trottoir, avec une légère brise qui agitait les branches des platanes nous arrivions à ne pas crever de chaleur.

On était contents d'être ensemble à nouveau.

Finalement Shouzhua est allé rejoindre Ping Ting dans son dortoir de filles et moi je suis rentré à vélo dans notre chambre au 88 où nous sommes maintenant heureux comme une paire de canards mandarins ; Aiguo a mis des rideaux à la double fenêtre et un tapis sur le plancher, nous dormons dans une nouvelle couette en plumes d'oie, la salle de bains est plus grande que notre ancienne chambre rue Huijin et les draps sont toujours propres et parfumés, Aiguo les lave quotidiennement.

Au 88 de la rue Nanchang nous ne faisions que dormir ou nous laver, moi je prenais des douches brûlantes puis glacées pour mieux me réveiller au petit matin, mais Aiguo elle, elle préférait les bains chauds dans lesquels je crois qu'elle se prélassait des heures durant, avant de partir à *Génération 2000* ou d'aller jouer à l'hôtesse dans son karaoké ou ailleurs.

A une époque Zhage est venu plusieurs fois manger à *A Table !* avec son ancienne camarade de nuit, Lo Hen Si*, une amie étrangère française, comme lui. Il me l'avait présentée le premier soir et je leur avais servi deux coupes de champagne, du vrai, pas l'urine pétillante, pour lui souhaiter la bienvenue. Une femme assez grande et pas mal jolie, avec des cheveux qui me paraissaient marron et un visage très fin et souriant. Je savais naturellement que Zhage était avec Ming Mei depuis quelque temps alors je n'ai pas posé de questions maladroites ni fait d'impairs sur la nature de leurs relations, lui et Lo Hen Si. Elle était de passage à Shanghai pour une foire commerciale sur les fournitures de bureau mais en réalité elle vivait à Taiwan et retournait deux mois par an dans son pays d'origine avec les trois gosses, des garçons ou des filles, de son premier mari, un Taiwanais patron d'usines dans l'industrie technique, qui l'avait finalement virée après quelques années de mariage

* *Lo Hen Si :* Laurence.

pour des motifs sordides et dérisoires ; Zhage m'a expliqué, sous le sceau du secret, que le Taiwanais ne la touchait plus depuis des lustres et ça la rendait folle : il avait dégotté une jeunette plus à son goût et il avait bazardé la première femme avec une grosse somme d'argent pour qu'elle se tienne tranquille. Zhage était devenu son amant à cette époque, quand il se déplaçait à Taipei pour ses travaux d'interprétariat. Elle y habitait depuis le début des années 1990 un appartement en plein centre de la ville, dans le quartier des heureux fortunés. Il avait fait sa connaissance lors d'une visite au musée de Taipei où elle travaillait comme conférencière. Le musée de Taipei nous on en avait entendu parler ; tous les chefs-d'œuvre artistiques de la Chine féodale qui avaient été volés par les bandits du Guomindang avant qu'ils fuient à Taiwan avec ce butin inestimable, dans les années qui précédèrent l'établissement de la Chine nouvelle. A l'école on nous avait expliqué que l'une des premières tâches de notre armée, après la conquête de l'île pour la délivrer du joug nationaliste et la ramener au sein de la mère-patrie, serait de s'assurer la prise du musée dans les conditions les plus pacifiques possibles pour permettre un rapatriement sans dommages de toutes les œuvres d'art traîtreusement pillées.

J'ai été surpris de constater que Lo Hen Si parlait un mandarin presque aussi bon que celui de Zhage avec le seul inconvénient d'un accent taiwanais assez déplaisant pour l'oreille, mais bon elle avait sûrement d'autres compétences. Elle m'a un peu raconté sa vie dans l'île des félons avant que leurs tables se libèrent. Son second mari, Taiwanais également, était écrivain ou quelque chose mais ses ouvrages se vendaient mal et la vie n'était plus si facile. Nous on avait aussi appris à l'école que le gouvernement de l'île était dépravé et que ses chefs maintenaient le peuple dans un état de pauvreté et de dénuement inouïs, les enfants mouraient de faim dans les rues, les femmes étaient battues ou se mangeaient entre elles, et à quoi cela servait-il d'écrire un livre quand personne ne sait lire ni écrire. Nous en étions là dans la discussion quand Zhage est revenu pour lui annoncer que leur table était enfin prête.

Elle reviendrait au cours de la semaine et j'aurais de nouveau l'occasion de converser avec elle. Je ne croyais pas qu'elle fût encore amoureuse de Zhage, d'abord parce qu'elle ne vit pas à Shanghai et l'éloignement n'a jamais été propice aux relations sentimentales. Et puis surtout Zhage est désormais avec Ming Mei, une fille qualité premier rang, qui pourrait la concurrencer ?

Au 88 de la rue Nanchang, une nuit Aiguo m'a fait une surprise mais je ne savais pas comment la prendre : elle voulait que désormais nous ne fassions l'amour que si je portais un petit chapeau* ;

* *Xiao maozi :* condom.

je suis resté sans voix j'ai pensé que craignait-elle je suis plus fidèle qu'un canard mandarin centenaire, elle a dû comprendre la signification de mon silence et elle a dit qu'elle préférait ne pas tomber enceinte. J'ai répondu bon ça je peux comprendre. Le lendemain je suis allé au magasin *Une Sexualité Heureuse et Naturelle* et j'ai acheté trois boîtes de cent, l'infirmière m'a fait les gros yeux en me tenant un discours moralisateur sur l'amour conjugal et la fidélité et moi j'ai haussé les épaules.

Dans le courant du mois de juin, si mes souvenirs ne continuent pas à me trahir, eux aussi, à moins que ce ne soit en août, Xiang Lian a inauguré un nouveau spectacle pour le show de vingt-deux heures trente, plus entraînant, avec des filles, les mêmes, mais (dés)habillées de trois fois rien, des cuisses intégralement nues jusqu'à la culotte et des soutiens-gorge spécialement taillés, échancrés et complètement transparents. Depuis, en fin de soirée la fréquentation du restaurant a fait un grand bond en avant et nous sommes écroulés de travail, moi surtout parce que dans cette partie de la nuit les clients boivent plus qu'ils ne mangent et je secoue les shakers et débouche les bouteilles de vin ou de champagne sans discontinuer.

L'inconvénient majeur de cette nouvelle astuce de propagande de Xiang Lian c'est le nombre croissant d'amis étrangers français qui se bousculent dès vingt-deux heures pour les meilleures places. Non que je dénigre leur présence, au contraire, ils contrôlent rarement le montant de leurs factures et Xiang Lian a aboli depuis longtemps sa politique des repas gratuits pour la plupart d'entre eux, mais c'est leur attitude qui nous exaspère tous, moi, les serveuses, Aiguo, le petit personnel, Shouzhua à l'entrée qui se fait insulter régulièrement quand il ose leur demander de patienter.

Comme le dit Xiang Lian, via les traductions, impeccables sûrement, de Zhage, dans leur pays d'origine des gens ordinaires et une fois en Chine des comportements de vice-roi dans leurs villas de luxe avec les chauffeurs-siphonneurs et les *ayi*-trois-mains.

Le pire de tous c'est encore l'attache-cul ; celui-là je me ferais un plaisir de lui enfoncer mon débouche-bouteille entre les fesses. La première fois qu'il était venu à *A Table !* il m'avait demandé à quelle heure je finissais mon travail, il voulait m'inviter à boire un dernier verre chez lui j'avais été si décontenancé par cette question aberrante que j'avais failli lui répondre la vérité. Et depuis à chacun de ses passages il reprend le même thème. J'avais fini par en parler à Aiguo qui s'y connaît dans ce genre de conversation et qui m'avait suggéré de répondre que je sortais à deux heures du matin et que ce serait deux mille yuans. Comme cela, directement placer la barre le plus haut possible pour décourager définitivement toutes ses convoitises intraduisibles. Par acquis de conscience j'avais également demandé son avis à Zhage qui trouvait ce chiffre de deux mille yuans ridicule ; selon ses informations cette somme ne représentait rien pour l'attache-cul qui monnayait en sous-main sa participation aux galas et dîners de banquet, inaugurations de tout et de rien auxquels par sa fonction il était naturellement invité et Zhage avait même ajouté qu'il surfacturait au comptable de sa société les prestations du service dont il était en charge et qu'il se partageait les commissions supplémentaires avec son assistant.

J'avais répondu que je ne voyais pas en quoi cela me concernait.

Zhage me suggérait d'exiger dix mille yuans, un chiffre insensé et si l'attache-cul était assez fou pour accepter après tout ce n'était qu'un mauvais moment à passer une somme pareille pouvait bien exiger un petit sacrifice. Il avait ajouté en riant l'or pur ne craint pas le feu*.

Dix mille yuans pour une nuit d'horreur avec un barbare, je suppose que je préférerais encore crever de faim et continuer à boire le vent du nord-ouest** ; Aiguo m'a avoué qu'en pareilles circonstances il fallait toujours accepter de s'allonger en

* *Zhenjin bu pa huo lian :* une personne intègre peut traverser toutes les épreuves.

** *He xibei feng,* littéralement "boire le vent du nord-ouest "les pauvres sont si pauvres qu'ils n'ont même rien à boire, sinon le souffle du vent.

gardant à l'esprit l'objectif final : sortir-de-la-misère-à-n'importe-quel-coût. Zhage quant à lui persistait dans son idée des dix mille yuans qui ne pourrait qu'être rejetée et mettrait un terme aux revendications ultérieures.

Et lorsqu'un soir l'occasion s'était représentée avec l'attache-cul qui me demandait l'heure à laquelle je finissais mon travail je n'avais pas hésité à lui asséner ce sera dix mille yuans ou rien ; à quoi il a répondu pour ce prix j'en ai vingt comme toi.

J'ai haussé les épaules d'un air faussement indifférent, mais dix mille yuans tout de même j'aurais pu me payer la Santana noire aux vitres fumées, ou au moins les pneus, et je lui ai servi son troisième verre de Paris-Moscou-Shanghai avec de la glace et le *maotai* de qualité sous-zéro, celui que les cuisiniers utilisent parfois pour désinfecter leurs coupures quand ils tranchent la viande ou les poissons vivants.

Depuis cette nuit il ne m'adresse plus la parole qu'en aboyant, Mlle Qi s'en est aperçue et elle m'a demandé de ne pas faire attention à ce qu'il disait ni à ses manières mais simplement de continuer à le servir comme tous les autres, le sourire aux lèvres et le respect et la déférence dans l'attitude.

Encore une fois il me fallait donc faire comme l'idiot de mon village qui mange des orties sans parvenir à expliquer pourquoi la bouche lui pique autant*.

* *Yaba chi huanglian you ku shubuqing :* souffrir en silence.

Un samedi soir d'affluence Shouzhua était parvenu à faire entrer discrètement Guo Tai et Min An dans le restaurant ; ils ne travaillaient pas après vingt heures cette nuit-là à cause d'un accident sur leur chantier, trois *mingong* morts dans l'effondrement d'une grue, la Sécurité publique était intervenue contre toute attente et avait ordonné la fermeture du chantier jusqu'à nouvel ordre, c'est-à-dire tant que les promoteurs n'auraient pas versé un gros quelque chose aux différents responsables du commissariat de quartier. Cela laissait à nos amis une nuit de répit et ils en avaient profité pour aller se doucher aux bains publics de la rue Huangpi avant de se pointer devant *A Table !*, presque propres et à peu près reluisants malgré leurs pantalons de toile grossière et des tee-shirts aux couleurs défraîchies, et négocier leur entrée gratuite avec Shouzhua qui les avait introduits par les portes de derrière.

Je les ai vus déboucher dans le restaurant, aussi incongrus que des *zongzi** pendant la fête du Nouvel An, j'en étais resté cloué sur place avec la peau du chameau dans une main et une coupe dans l'autre, les serveuses s'apprêtaient à les expulser avec des cris quand je suis intervenu pour leur expliquer que je les connaissais personnellement et je pouvais garantir qu'il n'y aurait aucun trouble.

Les deux fanfarons étaient accompagnés par deux jeunes provinciales complètement dépassées par les événements et manifestement incapables d'assimiler l'endroit où elles venaient de pénétrer ; elles se seraient retrouvées dans la salle de banquet de l'Assemblée nationale populaire avec Jiang Zemin en personne et le gouvernement au grand complet pour les accueillir qu'elles n'auraient pas été plus éberluées.

Ils se sont assis sur les tabourets devant le bar et je leur ai servi à chacun une cannette glacée, on a discuté un peu mais Xiang Lian a surgi de nulle part pour me demander d'où sortaient ces quatre pouilleux, des amis de passage j'ai répondu, rapide

* Les Chinois mangent les *zongzi* gâteaux en forme de pyramide de riz glutineux, viande, légumes enveloppés dans des feuilles de bambou qui étaient originellement jetés dans l'eau pour nourrir le poète suicidé Qu Yuan pendant la fête des Bateaux-Dragons.

n'est-ce pas, j'ai dit oui bien sûr d'ailleurs ils sont déjà en train de partir ; je leur ai fait signe d'augmenter la cadence et quand ils ont eu fini leurs boissons je les ai conduits au dancing où, perdus dans la foule et la quasi-obscurité, au milieu du bruit et de la musique d'enfer ils ne risqueraient pas d'offenser les yeux ou le nez de quiconque. Avant de regagner mon bar je suis descendu au rez-de-chaussée pour interroger Shouzhua, quelle idée avait-il donc eu de les laisser rappliquer, c'était encore un coup à se faire renvoyer par la direction sans adieu ni sourire, on ne laisse pas pénétrer impunément les pauvres et les affamés dans les magasins d'approvisionnement en pleine famine ; il a froncé les sourcils et d'une voix colérique il m'a répondu que c'étaient nos amis et que nous n'avions pas à avoir honte d'eux, après tout nous n'étions pas si différents et on sortait tous du même tas de fumier, paysans sous-pauvres, *mingong*, esclaves dans un bar, un chantier de construction ou ailleurs, on n'échappait jamais vraiment à notre sort.

Il m'a coupé le souffle.

J'ai réfléchi à sa surprenante véhémence en remontant les escaliers. N'avait-il pas raison ? N'étais-je pas en train de perdre définitivement la notion de notre réalité ? Moi qui ne cassais plus de briques avec une masse vingt heures par jour sept jours sur sept, travailleur manuel à perpétuité.

J'étais miraculeusement passé de l'autre côté de la barrière, là où l'herbe est moins jaune et rare, avec un emploi de larbin dans un restaurant haut de gamme et un poste de maître-nageur dans un club sportif réservé aux meilleurs d'entre eux, et avec la vie que nous partagions, moi et Aiguo, notre chambre et la salle de bains indépendante, nos doubles salaires, ses pour boire, les additions que j'effaçais allégrement tous les soirs, bref cette manne qui nous tombait du Ciel, ce destin qui commençait à prendre une tournure moins épouvantable, j'en étais arrivé à oublier complètement mon origine de classe et le poids de ma condition : né paysan sous-pauvre j'étais condamné à le rester et à mourir paysan sous-pauvre, avec une seule variante possible, celle de devenir *mingong* dans une province côtière et mourir dans un accident du travail, seul, oublié, immédiatement remplacé par un autre maudit identique et interchangeable.

Je m'en voulais de ma réaction. J'avais honte de les avoir traités avec autant de discrimination et de préjugés réactionnaires.

Il faut savoir distinguer l'or du tas de merde et l'amitié est bien la seule chose valable et sincère qui nous reste encore, ici à Shanghai.

Pour me faire pardonner ce comportement contre-révolutionnaire le dimanche suivant je les invitais tous au repas du soir, y compris Aiguo et Shouzhua (sans sa copine Ping Ting qui était de corvée de nettoyage jusqu'à neuf heures) au restaurant *Loyauté Infinie** dans la rue Shunchang qui longe la rive est du lac artificiel de *Xintiandi,* où, à sept et pour à peine cent yuans, nous avons dévoré un énorme plat de "dragon, tigre et phénix "** en ragoût, avec des bières Une Mer de Rouge*** et des pastèques au dessert. Nous avons dû manger rapidement, on travaillait après le repas, nous à *A Table !* à partir de sept heures, Guo Tai et Min An sur le chantier de Madang (ils avaient quarante-cinq minutes de pause pour le repas du soir avant d'entamer la nuit de travail), et leurs deux copines dans un salon de coiffure rue Puan, derrière la résidence-au-nom-imprononçable où je perdais mon temps quelques mois plus tôt.

Nous avons beaucoup ri, bien mangé et trop bu.

La copine de Guo Tai était originaire d'un petit village du Henan dévasté par une étrange maladie, tous les habitants adultes périssaient d'asphyxie lente dans des souffrances abominables, une histoire de vente de sang pour quelques yuans et de quoi survivre pour la semaine qui venait, et de

* *Wu xian zhong cheng :* néologisme utilisé pendant la Révolution culturelle.

** *Long hu feng :* en fait du serpent, du chat et du poulet mélangés en ragoût.

*** *Hong hai yang :* néologisme utilisé pendant la Révolution culturelle.

retransfusions de sang impropre à la consommation avec des seringues pourries ou quelque chose, les médecins baissaient les bras les uns après les autres et depuis plus personne ne s'occupait du sort des villageois condamnés à la morte lente version moderne ; de toute façon ils n'avaient pas l'argent nécessaire pour payer les soins et les médicaments. Les autorités locales du Parti avaient étouffé l'affaire, d'après Guo Tai, toujours parfaitement informé sans qu'on sache jamais par quels moyens ; en tout cas il fallait fuir coûte que coûte et elle s'était échappée avec deux camarades du même âge. L'une d'entre elles avait trouvé un emploi de *ayi* pour le bébé d'un couple de Shanghaiens fortunés qui vivaient dans une ancienne maison d'amis étrangers entièrement rénovée rue Jianguo, et la troisième travaillait comme poule faisane dans l'écurie clandestine d'un inspecteur des impôts de la municipalité.

Guo Tai nous a avoué que sa copine Bi Yu possédait un petit talent de société assez peu banal, elle arrivait à faire glisser sa culotte sans l'aide de ses mains, rien qu'en se contorsionnant ; naturellement après plusieurs bières nous l'avons suppliée de nous présenter son tour mais elle a refusé, pas dans le restaurant quand même avec tout ce monde ; Guo Tai était donc le seul à pouvoir en profiter, ce vieux sabot. Shouzhua, très en forme ce soir-là, a proposé à Bi Yu de rencontrer Xiang Lian à l'occasion pour un bout d'essai, elle pourrait se faire embaucher pour offrir une diversion pétillante entre les spectacles, elle avait à l'évidence un don qui risquait d'attirer les foules.

Quant à la camarade de lit de Min An, Ya Huan, à part une très jolie bouche et des cheveux bouclés elle nous a paru assez insipide. C'était aussi une fille du Henan, de la banlieue de Luoyang, d'après ce que je crois me souvenir. Ses parents travaillaient dans une sorte d'entrepôt commercial au milieu de la ville lui comme garde et elle comme balayeuse et ils avaient péri brûlés vifs dans l'incendie qui avait ravagé l'endroit quelque temps auparavant, plus de trois cents personnes avaient trouvé la mort dans l'incident, parce que les portes de secours étaient cadenassées et que les systèmes anti-feu n'avaient pas été installés. Depuis son frère cadet s'était engagé dans l'armée populaire de Libération et elle avait décidé de venir chercher un travail à Shanghai. Elle avait les larmes qui lui coulaient des yeux en racontant son histoire, qui n'avait pourtant rien de remarquable ni de particulièrement larmoyant, blablabla, air connu, refrain classique.

Sur le chemin du retour vers *A Table !* Aiguo nous a confié qu'à son humble avis cette demoiselle était enceinte de deux ou trois mois, elle était toute pâle et n'avait presque rien mangé ; voilà plutôt une nouvelle intéressante, notre Min An aura peut-être enfin la chance de redevenir le père d'un descendant mâle, et qui lui évitera les coûts d'un aller-retour Shanghai-Xi'an-Shanghai.

Au 88 de la rue Nanchang, dans notre grand lit de bois, pelotonnés dans la couette en plumes d'oie, Aiguo me tient chaud au cœur pendant la nuit, serré contre elle moi j'ai une foi indestructible je ne craindrai jamais plus rien et lorsque le jour se lèvera la réalité apparaîtra moins noire.

Un soir d'août, me semble-t-il, ou juin, peut-être septembre, Xiang Lian m'a demandé si j'étais intéressé par de nouvelles responsabilités au restaurant, il appréciait la qualité de mon travail et lui et Mlle Qi avaient toujours en moi une entière confiance, il souhaitait que je devienne son nouveau chef de salle en remplacement de Kao Bianzhan le Shanghaien embauché trois ou quatre mois auparavant, et licencié depuis à peine une heure après que Xiang Lian se fut aperçu, tout à fait par hasard, qu'il avait monté un trafic de bouteilles de vin avec l'un des gars en charge de la vérification des livraisons et un fournisseur de vins chinois ; le fournisseur livrait des cartons de six bouteilles facturés au prix de neuf et ils se partageaient tous les trois la différence.

J'étais évidemment au courant de la manœuvre mais comme chacun a le droit d'utiliser tous les moyens à sa disposition pour sortir de la fange, je n'allais certes pas les dénoncer. Xiang Lian en a profité pour retirer de la carte les vins d'origine chinoise, une idée pas saugrenue puisque les amis étrangers ne boivent que des vins français, boire du vin de chez nous doit probablement leur donner des coliques mentales, seuls les clients chinois commandent des bouteilles de Grand Canal, de Printemps Eternel ou d'Héritage à dix yuans le litre, des vins qui contrairement à ce qui est écrit sur les étiquettes n'ont jamais dix ans d'âge et sont dans la plupart des cas le résultat de mixage de vins de basse qualité originaires de pays d'Amérique du Sud ou quelque chose, avec des vins de cuisine de la région de Changli.

Je ne parle jamais sans preuves et je me réfère ici à Aiguo, l'une des meilleures sources d'informations secrètes et véridiques de Shanghai : le patron distributeur des marques de vin chinois à Shanghai est l'un de ses plus fidèles clients à *Belles Erudites* ; l'alcool, les lumières tamisées, les musiques douces, l'ambiance légère et détendue favorisent les confidences, les bouches s'ouvrent dans les canapés en cuir, les langues se délient et Aiguo apprend toujours des choses passionnantes qu'elle me répète parfois, à l'occasion, sous le sceau du secret le plus secret.

J'étais enchanté que Xiang Lian ait songé à moi pour ce poste mais en y réfléchissant sérieusement avec Aiguo elle a décidé que je devais le refuser ; il me deviendrait impossible d'écouler mes cannettes à bulles sinon en en partageant les bénéfices avec le futur barman et je ne voyais vraiment pas comment soustraire les additions si je n'étais plus à la caisse. Bref j'ai répondu merci c'est très gentil mais non merci j'aime mon métier ; Xiang Lian a paru déçu sur le coup mais il a vite trouvé un nouveau chef de salle, un ami étranger d'origine, capable de bredouiller quelques mots en chinois.

Par contre lorsqu'il a proposé à Aiguo de devenir hôtesse d'accueil dans le dancing quatre fois par semaine elle a tout de suite répondu oui. Gagner toujours plus, la raison qu'elle m'a donnée pour justifier son accord sur cette promotion qui permettrait le gonflement plus rapide de notre compte en banque, ou plutôt du sien car je n'y avais pas vraiment accès, j'y déposais docilement le moindre de mes yuans sans pouvoir jamais les retirer.

Au 88 de la rue Nanchang, tous les jours Aiguo nettoyait les draps de la couette et du matelas et en rentrant le soir ils sentaient bon le propre et la pureté. Moi je ne comprenais pas toujours l'utilité de telles dépenses de nettoyage systématique, nous n'étions pourtant pas des amis étrangers habitués à vivre dans le luxe et le superflu.

Je me souviens qu'une nuit, je ne sais plus du tout en quelle saison et d'ailleurs qu'importe, nous avons tous été réveillés par des hurlements épouvantables. Nous sommes sortis en courant, à moitié nus ou en pyjama, même l'étudiante et le directeur Pin, ou Tuo, et le couple de vieux révolutionnaires ; dans l'allée chacun interrogeait tout le monde, que s'était-il passé, d'où venaient les cris, un mari qui battait sa femme ou sa fille, une belle-mère qui corrigeait sa bru.

Les cris redoublaient d'intensité et on s'est aperçus qu'ils provenaient de la fenêtre au-dessus de l'atelier de réparation de ferblanterie, les responsables du comité de quartier ont commencé à frapper à la porte pour obtenir des explications, moi j'ai cru reconnaître des cris de femme, à moins que ce ne fût un chien en train de se faire dépecer pour le ragoût du lendemain, mais je devais me tromper car soudain les vitres de la fenêtre ont volé en éclats et des flammes se sont échappées de la pièce tandis que les beuglements reprenaient de plus belle, cette fois on s'est décidés à intervenir au lieu de continuer à se poser des questions, quelqu'un a enfoncé la porte au moment où un gars couvert de sang en sortait précipitamment, impossible de monter dans les escaliers à cause de la chaleur de l'incendie qui se propageait ; les pompiers ont fini par arriver, alertés vraisemblablement par l'une des vieilles du comité et ils ont éteint le brasier avant qu'il s'étende aux maisons voisines.

Nous étions bien avancés, des hurlements, un incendie, un homme rouge de sang, une énigme bien au-dessus de mes forces, j'ai préféré retourner au lit, déjà presque cinq heures du matin, encore une heure et il faudrait que je me relève pour la piscine, j'étais fatigué, fatigué, fatigué.

Aiguo dormait paisiblement, sa bonne étoile, et je n'ai pas voulu la réveiller. J'ai pris une douche froide et un shampoing avant de me laver les dents, j'ai enfilé mon pantalon et un tee-shirt, je n'avais plus sommeil et d'ailleurs comment dormir avec le vacarme autour, les pompiers, la Sécurité publique et les habitants du quartier dehors aux aurores. J'en profiterais pour me promener dans le jardin Fuxing, cela me détendra avant l'épreuve de la piscine, cette laborieuse corvée de nettoyage et de gardiennage, huit cents yuans par mois alors que j'en gagne au minimum, en période creuse, deux cents tous les soirs à *A Table !* avec les additions qui se vaporisent et la vente de mes cannettes pétillantes.

Le lendemain j'apprenais la solution de l'énigme par Aiguo qui aime bien bavarder le matin avec les dames du comité quand elle descend faire sa lessive dans la cour de l'allée. Elles avaient raconté que le mari d'en face, en apprenant que sa femme était enceinte d'une troisième fille, dans un état de fureur bien compréhensible l'avait battue à coups de poing puis poignardée à plusieurs reprises, d'où sans doute les hurlements, ce n'était donc pas un chien en train de se faire écorcher, avant de l'asperger avec un bidon d'essence de sa mobylette et de la brûler vive. Heureusement l'intervention des pompiers avait empêché le feu de s'étendre et les dégâts dans la chambre et l'escalier étaient réparables sans qu'il soit besoin de détruire tout le *shikumen*. Je préférais cela, au moins il n'y aurait pas de gros travaux dans l'allée ni le bruit des terrassiers le soir et durant les week-ends qui troubleraient nos sommeils et notre repos.

La Sécurité publique avait néanmoins arrêté le mari au restaurant *Bonheur Prospère* en face du 88, où il mangeait paisiblement ses pains farcis du matin. Aiguo pensait qu'il serait condamné à une lourde sentence pour l'exemple mais qu'il obtiendrait par la suite des circonstances atténuantes pour sortir du cachot avant la fin de sa peine ; les juges sont souvent favorables aux demandes de libération anticipée dans le cas du mari qui supprime sa femme parce qu'elle est incapable de lui donner un descendant mâle pour assurer la continuité du nom clanique. En tout cas dans son malheur notre voisin pourrait sûrement vendre ses deux petites filles à un centre d'adoption pour l'exportation puisqu'elles devenaient orphelines, un père en prison, une mère dans la tombe, qui n'avait pas survécu à ses brûlures. A sa sortie de prison il pourrait se remarier facilement : le produit de la vente, probablement autour de quatre mille à cinq mille yuans, devrait attirer nombre d'amoureuses professionnelles.

Encore un malin qui parvenait d'un coup à se débarrasser d'une femme infertile et de deux filles sans réelle utilité. Le numéro 88 de la résidence lui portait chance.

Au 88 de la rue Nanchang, moi je suis heureux de vivre mes nuits avec Aiguo ; il fait bon être deux pour avoir moins peur.

Un jour en sortant de la piscine, je suis allé chercher Aiguo dans son karaoké, je l'attendais en bas, dans la rue, sur le trottoir ; elle voulait que nous allions ensemble au marché de la contrefaçon *Xiangyang* pour acheter une montre de femme et des vêtements, pantalon, chemise, jupes, copies de marques étrangères et puisque je connaissais la plupart des vendeurs, des gars du Shaanxi comme moi, on aurait sûrement des prix sacrifiés. Nous sommes allés au stand de Xiao Bian, spécialisé dans les copies conformes de montres de renom, par chance il était là et Aiguo lui a acheté une Larme Chaude* en or pour trente-huit yuans et une Ka Ji Er** avec des vrais diamants pour quarante yuans, deux très bonnes affaires ; pour des prix pareils je me suis dit que je pouvais me débarrasser de ma Shuxun***, une marque chinoise de qualité néanmoins discutable et que j'avais

* *Relei :* larmes chaudes : Rolex.

** *Ka Ji Er :* traduction phonétique de Cartier.

*** *Shuxun :* mérite exceptionnel.

récupérée dans les affaires de mon père, alors Xiao Bian m'a vendu une autre Re Lei en argent avec les chiffres qui brillaient la nuit pour vingt-six yuans, le genre de trésor qu'il ne vend jamais moins de trois cents yuans aux amis étrangers.

Aiguo très enjouée m'a dit en riant la montre le vélo ça y est on a presque les trois ronds*, et moi j'ai répliqué en m'esclaffant devant ce bon mot que la machine à coudre je pouvais la lui acheter aussi pour boucler la boucle mais elle a répondu qu'elle ne saurait pas quoi en faire.

Ensuite elle a essayé à un autre stand, qui n'appartenait pas à un copain, une série de jupes et de chemises à la mode copiées d'une marque étrangère très célèbre, un nom dont je ne me souviens pas, quelque chose comme La Manie ou Ma Nannie ou Ta Mamie**, et pour un peu plus de cent yuans elle a acheté deux jupes, quatre chemises, deux pantalons en coton bleu vieilli et un tee-shirt cadeau avec une sentence imprimée en anglais *Shock me say something intelligent*.

Aujourd'hui nous fêtions apparemment notre Journée Annuelle alors j'en ai profité pour acheter

* Le grand rêve des paysans était d'avoir les moyens de s'offrir les trois ronds : une montre, un vélo, une machine à coudre.

** Armani.

une paire de chaussures de sport Ah Di Da* deux pantalons Ha Fei Lou Hen** ainsi qu'une chemise blanche et une bleue de la marque Dai Gou*** pour une quarantaine de yuans ; rien que des copies de marques étrangères, de même qualité et dix mille fois moins chères.

Comme nous n'étions pas très loin de la rue Fenyang et du magasin *Au Royaume des Cordes* de nos amis Gongxin et Yao Qian, j'ai proposé à Aiguo d'aller leur dire bonjour et manger un petit quelque chose dans un restaurant sur Fuxing ou à proximité avant que je retourne à *A Table !* ; elle était d'accord puisque son premier rendez-vous de la soirée au karaoké *Belles Erudites* n'arriverait pas avant huit heures. Pédaler avec tous nos paquets au milieu de la circulation n'avait rien d'une mince affaire mais finalement nous débouchions devant le magasin au moment où les deux compères fermaient le rideau de fer.

Ils étaient heureux de nous revoir, et nous aussi, cela faisait des mois, ou des semaines, mais entre la piscine et *A Table !*, sept jours sur sept, trouver le moment propice pour se rejoindre à un endroit

* *Ah Di Da :* traduction phonétique de Adidas.

** *Ha Fei Lou Hen :* traduction phonétique de Ralph Lauren.

*** *Dai gou :* fossé : The Gap.

précis, en même temps et à la même heure pour manger ensemble, le tour de force n'était pas des plus aisés.

Bientôt six heures, nous avions donc une petite heure pour le repas du soir, Yao Qian a proposé, rue Dongping à deux minutes à vélo, un restaurant de crabes, crustacés et poissons du lac des Regrets Eternels, bon marché, rapide et de qualité. Nous avons commandé un gros plat de crabes velus, des crevettes sautillantes, une carpe à la vapeur et une soupe de melons et coquillages, avec quatre bols de riz blanc, le tout arrosé de bières Bonne Fortune.

Gongxin nous a appris l'inauguration prochaine de son second magasin à Gubei dans un quartier très éloigné de *Xintiandi* mais proche de l'aéroport Hong Qiao, un endroit réservé où étaient construits la plupart des villas, résidences de luxe et écoles spéciales des amis étrangers. Gongxin s'y implantait pour augmenter encore sa fortune, ce capitaliste enragé ; selon ses dires il y avait là-bas un "marché potentiel énorme "avec "des bénéfices colossaux en perspective" ; et à ses violons et violoncelles, il avait ajouté une gamme d'instruments traditionnels car chez les amis étrangers la toute dernière mode était d'apprendre à jouer de la musique chinoise pour avoir l'impression de mieux connaître notre pays et notre scintillante civilisation.

Aiguo a dit, et nous étions bien d'accord avec elle, les barbares finissent toujours par se siniser.

A part cette grande nouvelle les deux oiseaux filaient le parfait bonheur, comme moi et Aiguo en quelque sorte ; Yao Qian était surchargée de cours particuliers de violoncelle en plus de ses études au conservatoire, Gongxin avait fini par revendre la Santana noire qui n'avait jamais servi à rien sinon à encombrer les trottoirs et avec une fraction de l'argent récolté ils étaient partis en vacances pendant quinze jours au Japon et en Corée du Nord avec un groupe de professeurs au conservatoire de musique invités en tournée ; ils en étaient revenus enthousiasmés et avec plein de souvenirs, d'appareils électriques modernes et deux téléphones portatifs ; en Corée, au cours de leur séjour dans la capitale, ils avaient tous été invités à un banquet (riz blanc, patates douces, soupe de millet) offert par le ministre de leur Culture là-haut et à l'issue duquel on leur avait donné à chacun une médaille de Combattant de la Révolution ainsi qu'une photo dédicacée du Grand Leader local, mais ils n'arrivaient pas à se rappeler de son nom ; Gongxin comme militant de la cause révolutionnaire c'était plutôt cocasse, à moins que l'on ne considère son système de surfacturation des violoncelles aux amis étrangers comme un acte révolutionnaire, après tout pourquoi pas, il prenait aux riches pour donner à un pauvre : lui. Un soir nos deux droitistes avaient voulu aller se promener dans la ville, plongée dans l'obscurité complète dès la tombée de la nuit et à peine sortis de l'hôtel ils avaient été attaqués par une bande de mendiants qui ne leur avaient rien volé sinon leurs chaussures, ce qui les avait beaucoup surpris.

Au cours du voyage de retour, en bateau de Corée à Shanghai, ils avaient fait une étape au Shandong dans le port de Weihai pour aller visiter Cheng Shan, le point le plus à l'est de tout notre pays, et se recueillir dans le temple dédié à l'empereur Qin Shihuang. J'étais très ému à cette évocation car c'était le berceau de ma famille, et j'avais les larmes aux yeux quand ils parlaient des plages de sable, du ciel bleu et sans nuages, des forêts vertes et des paysages de roches déchiquetées.

Un jour, je le jure, j'arriverai à prendre deux jours de repos, en pleine semaine ou à l'occasion du Nouvel An ou de la Fête nationale et je prendrai le train, le bus, l'avion s'il le faut, et tant pis si à mon retour je devrai chercher un nouvel emploi sur un chantier de démolition, dans un restaurant vingtième catégorie, une usine de sous-vêtements, mais j'irai visiter la terre de mes ancêtres, le village qui porte encore notre nom et je rencontrerai n'importe qui pourvu que ce soient les miens. Je ne serai plus seul et perdu, ballotté sur l'océan de la vie comme un fétu de paille, les jambes entre deux abîmes, la tête entre deux tranchoirs.

Mais les années coulent comme l'eau de la rivière*, et ce soir l'heure elle aussi s'écoulait. Je devais rejoindre mon poste au bar pour éviter le grand coup de balai sur le trottoir. Aiguo resterait encore un moment avec Gongxin et Yao Qian, rien ne pressait pour eux.

Avant de partir je les ai invités à *A Table !* quand ils le voudraient, Shouzhua les ferait entrer sans exiger le passe-droit qu'il impose habituellement, une dizaine de yuans en moyenne, et je tâcherais de les faire assister au spectacle de cabaret avant que Xiang Lian ne pose trop de questions venimeuses. Ensuite ils pourraient aller se perdre dans la nuit du dancing.

* *Si shui liunian,* comme l'eau qui coule passent les années : le temps passe.

Un après-midi de juillet, ou d'août ou approximativement, en tout cas un jour où il régnait une chaleur encore plus étouffante que d'habitude, Shouzhua m'attendait sur le trottoir devant la piscine à l'heure où j'en sortais, il avait un petit air tout désemparé ce qui n'était pas chez lui particulièrement normal. Nous avons fait un bout de chemin ensemble le long de la rue Zizhong avant de prendre à droite rue Jian pour aller manger au restaurant *Le Chat Gourmand* ; Shouzhua avait manifestement un problème dont il voulait s'entretenir avec moi alors je l'ai invité et nous avons partagé une assiette de concombres au vinaigre, une de fleurs de lotus confites, deux de méduse en lamelles, un plat de mouton frit avec des raisins séchés et du riz aux amandes, du pigeon au jambon, deux portions d'épinards à l'ail et une soupe aux cinq saveurs, le tout arrosé de six bières Ivresse Joyeuse ; l'addition ne dépassa pas quarante yuans.

Shouzhua avait un gros problème de conscience à propos de sa bonne amie Ping Ting. Elle avait l'intention de dérober la caisse du restaurant où elle travaillait, un soir avant la fermeture ; elle avait apparemment un plan infaillible pour s'en emparer sans que personne remarque rien, une gageure, et elle voulait s'enfuir de Shanghai en bus dès le lendemain pour retourner dans son village natal, avec Shouzhua dans ses bagages.

J'ai dit à Shouzhua que je ne voyais pas bien où se trouvait son dilemme, c'était pourtant limpide comme l'eau à la source de la rivière Jaune.

Ce malade mental souhaitait partir avec elle dans cette randonnée sans issue.

J'ai fait observer à mon simple d'esprit qu'à la seconde où le patron du restaurant se rendrait compte de la disparition de sa tirelire comme de celle de Ping Ting, le matin qui suit au moment de l'appel il aurait tôt fait le rapprochement, alerté la Sécurité publique avec les nom et signalement de Ping Ting qui se ferait appréhender comme à l'exercice au guichet de la gare d'autobus ou lors du premier arrêt-pipi sur la route du retour. Shouzhua deviendrait instantanément le complice désigné et les deux oisillons finiraient dans une cage de la Sécurité publique avant même d'avoir eu le temps de dépenser le premier yuan.

Comment était-il niais à ce point pour envisager la réussite d'une idiotie de cette amplitude ?

Le balourd était amoureux. Amoureux au point d'aller en prison avec elle et sacrifier ses bientôt trois années de labeur acharné à Shanghai son poste de vigile chez *A Table !*, le gardiennage dans la résidence-au-nom-imprononçable ? Les filles il en trouverait d'autres comme par le passé il n'était pas novice en ce domaine à Shanghai elles ne manquent pas les demoiselles de la campagne nostalgiques de leur village prêtes à tout pour ne pas rester seules dans la grande ville. Il hésitait encore. Le mieux n'était-il pas plutôt d'essayer de convaincre Ping Ting de l'ineptie de son projet ?

Après de laborieuses négociations il s'est rendu à mes arguments, mais nous devions nous presser de retrouver Ping Ting avant qu'elle commette l'irréparable ; à cinq heures de l'après-midi elle était sûrement encore en train de travailler au restaurant, dans la salle ou à la plonge.

Nous sommes donc repartis ensemble pour *Xintiandi* en passant par la rue Huping où la circulation des voitures était bloquée par un attroupement de badauds devant le mur qui longeait les dortoirs en tôle des ouvriers d'un des chantiers en construction ; par curiosité nous nous sommes approchés, ils lisaient en commentant à haute voix une série de *dazibao** dénonçant la corruption de certains fonctionnaires de la municipalité et leurs complices, les promoteurs immobiliers, qui détruisaient les

* Affiches en gros caractères.

vieux quartiers traditionnels en expulsant les habitants par la force et sans indemnités pour remplacer le vieux Shanghai par des résidences de luxe et des bureaux pour les diables étrangers, afin de s'en mettre plein les poches et acheter des maisons sur la côte ouest de l'Amérique, le rédacteur terminait en conjurant les autorités de Beijing de se pencher sur ces pratiques pour y mettre un terme et rétablir l'ordre moral.

En lisant la diatribe nous n'étions guère surpris par le contenu, ce n'était plus un mystère pour quiconque avait les yeux un peu ouverts sur la réalité shanghaienne ; la surprenante nouveauté par contre c'était qu'elle soit affichée en plein jour et devant tout le monde, même si la remontrance était signée Anonyme.

Quand dans le lointain commencèrent à retentir les sirènes de la Sécurité publique qui se rapprochait, le public comme un seul homme s'est évanoui prestement dans la nature, il valait mieux ne pas s'attarder et être accusé de sédition, de révélations de secret d'Etat ou d'activités contre-révolutionnaires ; alors moi et Shouzhua on est partis en courant vers la rue Xingye, on pensait se réfugier dans la cour du musée du site de la fondation du parti communiste, là au moins on serait à l'abri des poursuites éventuelles, les agents de la Sécurité n'oseraient pas pénétrer dans un lieu sacré.

Pour ne pas éveiller l'attention de la guichetière et des gardiens, nous sommes restés dans la cour intérieure pendant un bon quart d'heure en lisant cinquante fois ostensiblement et avec une énorme concentration le règlement sur les visites du musée et le comportement à observer dans les différentes salles. Finalement, ne voyant rien venir, nous sommes sortis en remontant par la rue Huangpi désertée.

Dans *Xintiandi* le restaurant de Ping Ting était déjà noir de monde, des touristes égarés qui buvaient de la bière sur la terrasse et des amis étrangers avec leurs interprètes chinoises. Ping Ting était en train de débarrasser une table, elle a paru surprise mais en voyant la mine de Shouzhua, elle a dû se douter qu'on ne venait pas là pour manger, pour manger, pour manger que mangeait-on par ici, un jarret de porc braisé avec son chou cuit et ses pommes de terre, elle nous a désigné la table qu'elle finissait de nettoyer et elle a appelé la serveuse la plus proche pour nous commander d'office deux bières en vrac avant même que nous ayons pu ouvrir la bouche.

Avec les deux bières la serveuse a apporté l'inévitable assiette de cacahuètes qui poussait à la consommation. Shouzhua a fait un signe discret à Ping Ting, qu'elle se rapproche de notre table on voulait lui parler sérieusement, mais comment aurait-elle pu nous écouter tranquillement sans que le patron remarque qu'elle se reposait ? Je lui ai suggéré de prendre un carnet et de faire semblant de noter une longue commande, mais il y avait les serveuses pour cela son boulot à elle c'était nettoyer les tables pas servir les clients.

On était bien avancés.

J'ai fini ma bière en deux goulées, Shouzhua a failli s'étouffer avec la sienne et il a fallu les payer, quarante yuans pour deux verres de bière, je ne remettrai jamais les pieds dans ce traquenard, et impossible pour Ping Ting de faire sauter l'addition. Quarante yuans pour essayer de dissuader une fermière de se suicider sans avoir eu l'occasion de lui parler, moi j'ai trouvé que c'était un peu cher du mot.

Finalement on s'est retrouvés dans l'allée des livraisons, derrière le restaurant, elle avait un gros sac poubelle à la main pour justifier sa présence au cas où les patrons lui poseraient des questions ; Shouzhua a tout de suite enchaîné sur la folie de son entreprise qui la mènerait tout droit en prison et peut-être même devant un peloton d'exécution ; qui sait, voler des amis étrangers, probablement un crime passible de la peine de mort. Il comprenait parfaitement son désir de revoir sa famille et son village natal mais les moyens de réaliser ce rêve lui paraissaient, à la réflexion, particulièrement infantiles, elle n'avait qu'à attendre les prochaines vacances, une boutade, et lui ne souhaitait plus l'accompagner, il l'aimait bien, beaucoup même, mais la prison ne le tentait absolument pas ; naturellement elle était d'accord pour reconnaître la folie de son projet, elle n'avait aucune chance de réussir elle en était bien consciente, mais elle ne supportait plus Shanghai et sa vie dans cet enfer ; dans son village, même si tous les habitants crevaient de faim petit à petit, au moins ils restaient dignes jusqu'au bout.

En voilà une qui était sortie du gouffre au prix des pires difficultés et qui pourtant ne demandait qu'à y replonger.

Donc nous ne l'avions pas convaincue ; elle passerait à l'action le soir même, elle avait déjà préparé ses bagages dans le plus grand secret, il ne fallait pas que les gardiennes de son dortoir s'aperçoivent qu'elle s'apprêtait à partir ou à déménager elles l'aurait bombardée de questions faussement naïves ; Shouzhua a dit qu'il l'attendrait à la sortie, derrière le restaurant, pour l'accompagner ensuite jusqu'à la gare d'autobus. Moi j'étais consterné par un plan truffé de failles et qui prenait l'eau de tous les côtés : elle comptait s'emparer de la caisse peu avant la fermeture, vers deux heures du matin, filer ensuite dans son dortoir rue Chongqing pour récupérer ses valises avant de foncer à la gare d'autobus en taxi ; là elle pensait patienter tranquillement jusqu'au départ du premier bus pour la capitale de sa province, vers cinq heures du matin. J'ai cru que j'allais tomber à la renverse devant l'amateurisme et les faiblesses monumentales d'un programme aussi foireux ; Ping Ting n'avait aucunement préparé son affaire ou c'est son quotient mental qui frisait le sous-minable. Elle n'aurait même pas le temps de retourner dans son dortoir que la Sécurité publique y serait vraisemblablement avant elle et si, par miracle, elle parvenait à sauter dans un taxi avant l'arrivée des agents, ceux-ci en inspectant le dortoir réaliseraient immédiatement que ses affaires avaient disparu, et qu'elle ne pouvait dès lors n'être qu'à la gare de chemin de fer ou à celle d'autobus, il suffirait d'envoyer une voiture de patrouille qui la cueillerait au gîte sans la moindre complication.

Je lui ai fait remarquer que si elle avait vraiment l'intention de se suicider elle n'avait qu'à se jeter dans le lac artificiel de *Xintiandi,* ce serait plus facile. Je l'ai sentie ébranlée. Shouzhua m'a demandé ce que je proposais de mieux alors. J'ai répondu que je voulais prendre le temps de la réflexion. Ping Ting est repartie au restaurant les mains vides, elle avait peur qu'une absence trop prolongée n'éveille les soupçons, elle était là pour travailler, pas pour bavarder avec les amis pendant la récréation.

En attendant moi et Shouzhua on allait se réunir pour discuter un plan plus sensé. Quand elle est revenue une bonne demi-heure après, nous avions décidé pour elle de la conduite à suivre.

On ne savait pas comment elle soulagerait la caisse, elle avait probablement noté une lacune quelconque dans le système, mais bon, en présumant qu'elle y parviendrait, elle allait mettre l'argent dans un sac en plastique et le déposer dans la poubelle de *A Table !*, derrière nos deux restaurants ; Shouzhua irait le récupérer, ça lui serait facile puisqu'il travaille aussi au rez-de-chaussée et sur son signal je le rejoindrais dans les toilettes de *A Table !* et je garderais l'argent sur moi ; les relations entre lui et Ping Ting étant connues dans les deux endroits il ferait un complice tout désigné ; les propriétaires du restaurant en s'apercevant de la disparition de la caisse fouilleraient tout le personnel sur place et probablement leurs logements et leur effets personnels le lendemain ; il fallait donc impérativement ne rien trouver sur Ping Ting ni sous son lit dans le dortoir. Ensuite elle continuerait à travailler pendant deux ou trois jours comme si de rien n'était et à répondre aux interrogatoires de la Sécurité publique avec toute l'innocence de son sexe. Le but de la manœuvre n'étant que de détourner les soupçons sur le caissier, les barmans, les serveuses, les cuisiniers, le chef de salle, les vigiles et les employés divers, bref tous ceux qui possédaient des motifs légitimes de s'emparer de la cagnotte. Le temps que l'affaire se calme et Ping Ting partirait en train jusqu'à la ville de Songjiang dans la banlieue de Shanghai, pour prendre ensuite un autobus vers Suzhou, donc une direction opposée à sa province et de là en reprendre un autre qui la conduirait dans sa capitale par des voies détournées. Elle filerait tôt le matin et surtout sans sa valise ni sa couette qui devaient absolument rester sur place afin que les gardiennes ne suspectent rien d'inhabituel. Dans sa valise elle laisserait également son porte-monnaie avec une petite somme d'argent ainsi que les faux permis de travail et de résidence qu'elle avait achetés à son arrivée à Shanghai, pour donner le change et laisser croire qu'elle était encore dans les parages, à proximité, tout près, pas bien loin, dans un restaurant, un salon de massage.

Si elle avait songé à s'enfuir elle serait évidemment partie avec sa couette, ses quelques *renminbi* et ses faux papiers.

Evidemment.

Personne ne retrouverait sa trace.

Avec un plan aussi brillant elle devenait insoupçonnable avant que de se reperdre dans l'enfer de son village dévasté.

Qu'en pensait-elle ? Elle était ravie. Quand comptait-elle passer à l'attaque ? Le soir même. En voilà au moins une qui possédait le sens de la concision la plus épurée. Elle avait vraiment très envie de regagner son village et rien ni personne ne l'en empêcherait. C'était bien le premier cas enregistré de *mingong* qui souhaitait volontairement retourner dans son cloaque.

La nostalgie du pays natal, une maladie pourtant mortelle.

Shouzhua était le seul à faire grise mine, il allait perdre sa bonne amie, le malheureux ; plus de sorties nocturnes dans le dortoir de l'avenue Chongqing, à escalader le mur d'enceinte en silence, à marcher à pas feutrés dans les couloirs et à étouffer les bruits du lit pour ne pas réveiller les gardiennes, il devrait se résoudre à dépenser ses *renminbi* dans les salons de coiffure de notre quartier, comme il le faisait déjà si bien auparavant.

Tout s'est déroulé selon mon idée, Shouzhua a récupéré le sac-poubelle, nous nous sommes cachés dans les toilettes avec la porte fermée à double tour et nous avons ouvert le sac en suffoquant de surprise au fur et à mesure que nous comptions l'argent : Ping Ting la cul-terreuse avait gagné plus vingt-sept mille yuans.

Pour un coup d'essai c'était un coup de maître, elle avait là de quoi subvenir aux besoins de sa famille pendant dix mille ans. Moi je pensais tout haut aux propriétaires du restaurant, des amis étrangers allemands ou quelque chose, un chiffre d'affaires pareil en une seule moitié de soirée, on comprenait mieux pourquoi tous ces diables sont de plus en plus nombreux à venir se réinstaller à Shanghai, c'est l'odeur de l'argent et du sang à sucer qui les attire de nouveau, comme à la bonne époque.

Quelques semaines plus tard Shouzhua recevra une lettre postée de Linquan, Ping Ting était revenue au bercail sans aucun incident ; avec une toute petite partie de ses gains elle avait déjà fait l'acquisition d'une paire de cochons et de quatre truies ainsi que d'une série de poules et de canards et quelques moutons pour se lancer dans l'élevage d'animaux de boucherie. Elle hésitait à acheter la télévision, la machine à laver le linge et le frigidaire parce que le village n'avait pas encore été raccordé à l'électricité et personne ne savait quand les services du district s'y emploieraient. Son père suggérait un peu de matériel agricole pour faciliter le travail des champs, comme un motoculteur, pour ne plus avoir à labourer avec la charrue tirée par ses deux frères et c'est pour cela qu'elle écrivait de la ville d'où elle postait sa lettre à Shouzhua, elle et son père visitant une foire aux machines renommée dans tout le canton.

Afin que ses parents ne s'interrogent pas sur la soudaine apparition de cet argent, sa nature et ses sources, ni que le voisinage ne se mette à jaser et les cadres locaux du Parti à venir quémander ou extorquer, elle leur avait simplement expliqué qu'à Shanghai elle se prostituait à l'occasion, mais avec des clients étrangers uniquement.

Une brillante trouvaille, bien joué ma fille. L'argent du restaurant des amis étrangers pour investir dans l'élevage, le faux alibi de la prostitution pour laver les soupçons, Ping Ting n'était pas qu'un vase à fleurs*. Comme le dit si bien Aiguo, les amis étrangers leur argent on ne le vole pas on ne fait que récupérer ce qui nous est dû.

La morale était sauve. Ping Ting réintégrait sa campagne en héroïne de la construction du socialisme aux couleurs de la Chine et en modèle de la théorie des trois représentativités. Il ne lui restait plus qu'à devenir membre du Parti pour parachever cet éclatant succès.

Elle n'avait pas laissé son adresse sur l'enveloppe si bien que ce pauvre Shouzhua ne pouvait lui répondre par retour. Il fallait qu'il se rende dans une librairie pour consulter une carte de la province de l'Anhui qui lui donnerait les noms et les codes postaux du district et de la préfecture où se trouvait le village de Wangying.

L'épopée de Ping Ting nous redonnait courage : après tout, nous autres les *mingong* nous n'étions peut-être pas totalement condamnés au dénuement perpétuel ?

* *Huaping*, littéralement "vase à fleurs" : une femme qui ne sait rien faire d'utile sinon se maquiller et se faire belle.

Un soir de l'année qui s'écoulait, Xiang Lian avait invité une dizaine de ses amis pour fêter l'anniversaire de la femme d'un d'entre eux ; à sept heures du soir tout de suite après mon arrivée ils ont commencé à manger leurs escargots et leurs jambes de grenouilles et à dix heures trente en seconde partie du spectacle ils étaient tous encore à table, bien imbibés, pour couper le gâteau, une monstruosité recouverte de crème que Xiang Lian avait commandé spécialement, avec des bougies en forme de sexe d'homme tendu, le chef-d'œuvre du bon goût et de leur civilisation, et quand elle les a soufflées puis enlevées du gâteau avec sa main ils étaient morts de rire ; même leurs femmes, des Chinoises pour la plupart, riaient à s'égorger. Nous on se regardait avec consternation.

Par quelle ruse ou raillerie du destin en étaient-elles arrivées à épouser des amis étrangers ? Une tactique plus efficace pour changer de condition que d'arpenter les rues de *Xintiandi* du matin au soir en quête d'un mari pour la nuit, ou de s'agglutiner sur l'esplanade de la gare de Shanghai ? J'avais posé la question un jour à Zhage et il m'avait répondu avec un sérieux déconcertant que pour échapper à son sort la femme en Chine ne possédait qu'une ressource, son corps, et deux voies, la prostitution ou le mariage avec un ami étranger. C'est un garçon cultivé alors il m'a appris le couplet à la mode chez les jeunes femmes shanghaiennes des années 1930 *"me no worry, me no care, me go marry millionnaire, if he die me no cry me go marry other guy"*, et il a même ajouté, imperturbable, que le refrain était à nouveau en vogue aujourd'hui. Il dit aussi que l'amour de la Chinoise pour l'ami étranger c'est celui de la fouine pour le poulet*.

Mais il plaisantait, j'en suis presque certain.

Au 88 de la rue Nanchang, après l'amour, moi et Aiguo, la nuit, enlacés, un seul corps. Une seule âme ?

* *Huangshulang gei ji bainian mei an haoxin*, littéralement "la fouine souhaite la bonne année au poulet, elle n'a pas que de bonnes intentions" : beaucoup d'arrière-pensées suspectes.

Dans la série Incidents Déplorables, je me souviens qu'au cours d'une soirée de juillet, vraisemblablement, à moins que je ne me trompe encore, pour fêter le passage à Shanghai d'une écrivaine célèbre dans leur pays pour ses livres sur la Chine et son économie, sans y avoir jamais mis les pieds ni parlé notre langue m'avait susurré à l'oreille Mlle Qi, une experte donc, Xiang Lian avait organisé un vin d'honneur avant l'ouverture du restaurant pour une trentaine d'invités dont le chef des amis étrangers français à Shanghai et les pique-assiette de cérémonie.

J'avais préparé deux litres de ma spécialité, Mort Sereine*, un breuvage inventé par mes soins et qui connaissait un énorme succès depuis que Xiang Lian l'avait mis sur sa carte, surtout les vendredis et samedis soir avant d'aller danser au troisième étage : un gros tiers de *maotai* chaud, un

* *An le si,* littéralement "mort paisible et heureuse" : euthanasie.

léger tiers d'alcool de protévune (celui utilisé par Xiang Lian pour nettoyer le carburateur de son side-car, parce qu'il dissout toutes les impuretés), un tiers d'une liqueur ancestrale de la province du Sichuan à base de piments rouges, un doigt de liqueur de prescaboute pour le liant, le tout arrosé d'un filet de citron, une merveille pour éclaircir les esprits. Un mélange concocté fortuitement un soir désœuvrement, Xiang Lian y avait goûté avant de virer au rouge violacé, il avait beaucoup ri quand je lui en avais décrit la composition et pour cinquante yuans le verre et un coût de revient qui ne devait pas dépasser les trois ou quatre yuans, Mort Sereine était devenue la boisson symbole de *Xintiandi*.

Au cours de la soirée l'écrivaine avait bu le verre de Mort Sereine que la serveuse lui tendait sur un plateau argenté et elle s'était régalée, au point de se resservir trois fois, si bien qu'une fois ivre, personne ne lui ayant suggéré d'en limiter la consommation, après tout une queue de poule de cette violence il faut en abuser modérément, elle s'était mise à mugir d'une voix distendue des propos incompréhensibles pour moi et les autres mais que Zhage nous traduisait au fur et à mesure, d'où il ressortait qu'elle allait utiliser Mort Sereine comme titre de son prochain ouvrage sur les effets de la politique "une famille un enfant "comme moyen de contrôle de la surpopulation, moi je n'étais pas vraiment complètement sûr de l'exactitude des traductions de Zhage, souvent je me demande s'il ne s'amuse pas à traduire n'importe comment et en dépit du bon sens, juste pour rigoler et mettre un peu de piquant dans un métier qui ne doit pas être drôle tous les jours ; moi évidemment je ne souhaitais nullement qu'elle choisisse le nom de ma queue de poule pour titre de son livre, je n'avais aucune envie de m'attirer des ennuis avec les autorités de Beijing qui pourraient m'emprisonner pour propagation de fausses nouvelles. Le lendemain heureusement Zhage me confirmera avoir traduit selon son inspiration du moment qui ne correspondait en rien à ce que disait l'écrivaine.

J'en étais bien persuadé : Mort Sereine est une boisson euphorisante, pas une mesure gouvernementale.

Toujours est-il que l'écrivaine complètement soûle, avant de s'écrouler inanimée sur le plancher du restaurant, avait néanmoins réussi à vomir le contenu de son estomac sur l'attache-cul ; nous autres on gloussait de joie, même Mlle Qi qui a dû se réfugier précipitamment sous le bar pour étouffer ses convulsions nerveuses, mais on l'entendait quand même bien distinctement son fou rire.

Mais il ne fallait pas s'esclaffer trop longtemps parce que l'écrivaine ne se réveillait pas malgré la carafe d'eau que le chef des amis étrangers français lui avait déversée sur le visage ; moi je n'ai pas bougé d'un pouce, j'étais barman, pas secouriste ni préposé aux urgences ; c'est la femme du marchand de grues qui a alerté les pompiers du téléphone mural derrière le bar, Mlle Qi les larmes aux yeux étant bien incapable d'appeler qui que ce soit et Xiang Lian, lui, était en train de gifler l'écrivaine évanouie, le sauvage, et quand il a commencé à l'embrasser sur la bouche et à lui appuyer les mains sur le sein gauche je me suis dit tout de même ces amis étrangers français ils exagèrent n'importe quel prétexte leur est bon pour tripoter les femmes.

Tous les autres invités s'étant déjà envolés comme une poignée de corbeaux il ne restait que les clients du restaurant quand les pompiers ont débarqué dans la salle avec une civière et l'arsenal médical, ils lui ont tout de suite appliqué un masque sur le visage, pour tenter de la ranimer comme m'expliquait Mlle Qi qui avait repris une certaine contenance depuis la disparition de son hilarité intempestive.

L'écrivaine demeurait sans réaction réellement positive alors les pompiers ont fini par l'allonger sur la civière et ils sont repartis avec Xiang Lian, probablement en direction d'un hôpital réservé aux amis étrangers.

Le spectacle était donc terminé, sans rien d'autre d'aussi divertissant, sinon l'attache-cul revenu dans la salle du restaurant en chemise et en slip pour récupérer son cartable laissé sur une chaise à côté de la porte des cuisines. Il avait nettoyé le vomi de son costume de macaque en le lavant à l'eau dans l'évier des toilettes du rez-de-chaussée.

Quant aux suites de l'incident proprement dit, j'avoue n'en rien savoir puisque je n'ai jamais pensé à me renseigner auprès de Xiang Lian ou de Mlle Qi sur l'état de santé de l'écrivaine ivre.

Au 88 de la rue Nanchang, Aiguo nettoyait quotidiennement notre chambre avec l'aspirateur que lui prêtait la voisine du dessous, la femme du directeur Tuo, ou Ping, ou Pin ; même la salle de bains était étincelante, les toilettes impeccables, la poubelle vide. Quand je rentrais la nuit j'avais l'impression d'un bonheur sincère, durable, complet.

Quelques semaines après la fête avec l'écrivaine, ou bien était-ce à la suite de l'ouverture du spectacle très déshabillé de *A Table !,* nous avions à peine commencé notre service, avec les premiers clients encore en train de s'attabler, quand le chef du bureau de la censure, à moins que cela ne soit les inspections sanitaires ou morales je n'ai jamais su très exactement, notre vieil ami Fang Difan le camarade-caissier Fang, a fait irruption au deuxième étage avec une dizaine d'agents de la Sécurité publique, qui se sont immédiatement postés aux sorties en ordonnant aux consommateurs de se lever et de quitter les lieux ; nous on ne comprenait pas ce qui se passait, Mlle Qi a appelé Xiang Lian sur son téléphone portatif, il ne devait pas être loin, probablement au troisième ou au dancing et il est arrivé de suite ; le chef de la censure a exigé la fermeture pour une durée indéfinie du restaurant et du cabaret pour tenue indécente des artistes sur la scène et violation des lois municipales sur les débits de boissons ; ça ne voulait rien dire et ce n'était pas la première fois qu'on entendait cette chanson, habituellement l'apparition d'une enveloppe qui transitait de la poche de la veste de Xiang Lian dans celles des chefs suffisait à dénouer les crises les plus sérieuses ; les violations et autres illégalités perdaient alors tout leur sens et les opérations reprenaient sans accroc, un petit ballet bien réglé et parfaitement huilé par des années de pratique, d'entraînement et de répétition où chacun connaissait ses pas et la partition sur le bout des doigts ; mais ce soir que se passait-il pour que la Sécurité intervienne aussi massivement, était-il nécessaire de fermer le restaurant pour pareilles peccadilles ?

Le chef ne voulait rien entendre malgré les protestations faussement outrancières et indignées de Xiang Lian et de Mlle Qi, j'avais même pris les devants et débouché une semi-vraie bouteille de champagne, mais pas la meilleure heureusement j'avais depuis longtemps appris à faire la part des choses et apprécier l'importance d'un incident avant d'envisager la façon adéquate d'y remédier, et je commençais déjà à remplir sa coupe et celles des agents de la Sécurité, je pensais que le problème allait se régler tout seul avec un petit mot de Xiang Lian à l'oreille du chef et qu'avec l'arrivée de Ming Mei pour la visite guidée du restaurant les affaires reprendraient leur cours normal.

Mais peine perdue, la colère, non feinte cette fois-ci, de Xiang Lian semblait particulièrement vaine ce soir et le chef a réellement ordonné la fermeture du restaurant et du cabaret. Après une période de confusion pendant laquelle les clients encore présents dans la salle sont allés se plaindre en anglais auprès du chef de la censure il a bien fallu se rendre à l'évidence, il ne restait plus que moi, les serveuses, Shouzhua, la dame-pipi qui avait remplacé Ping Ting, ceux du troisième étage et Aiguo qui était descendue du dancing, Xiang Lian, sa femme, le chef et les agents ; nous n'avions plus rien à faire et plutôt que de rester là les bras croisés j'ai proposé à Aiguo de sortir avec moi on profiterait de cette soirée de vacances impromptues pour aller au restaurant et se promener tranquillement dans les rues, elle était d'accord, des lustres que nous n'avions eu une soirée pour nous tout seuls. Le chef nous a interdit de sortir pour l'instant, il avait à lire une proclamation officielle du gouvernement de Beijing qui, dans une nouvelle directive visant à "lutter contre la dégradation de l'éthique confucéenne et la propagation d'un état d'esprit de laisser-aller dans la population et de pornographie dans les mœurs "décidait de "frapper durement et sans pitié ceux qui encourageaient ou promouvaient auprès du peuple des manifestations et des symboles de la décadence morale et spirituelle de la civilisation occidentale".

En conséquence le cabaret de Xiang Lian avec ses danseuses légères et peu vêtues tombait directement sous le couperet de cette nouvelle campagne de rectification de la morale publique.

Nous on voyait la chose d'un très sale œil, d'abord parce que Xiang Lian nous décompterait cette journée de repos sur nos salaires en fin de mois et puis surtout parce que nous allions enregistrer une perte sèche, moi au bar et les serveuses dans la salle, nous n'aurions aucune addition à détourner.

Il ne faudrait pas que cette situation perdure et en partant j'ai suggéré à Xiang Lian de doubler la taille de l'enveloppe et Aiguo a proposé de contacter quelques étudiantes de sa connaissance pour aider dans les négociations et faciliter l'obtention d'un accord qui satisfasse toutes les parties selon le principe de “la réciprocité et de l'assistance mutuelle”. Mlle Qi a bien ri et elle a demandé à Aiguo de lui laisser des noms et des numéros de téléphone, elle appellerait dès que nous serions partis.

Nous avons pris nos vélos pour aller manger chez *Gou Bu Li,* le restaurant de pains fourrés à la vapeur le plus connu de Chine qui venait lui aussi d'ouvrir une succursale à Shanghai, au milieu de la rue Nanjing en remontant vers le Bund ; à vélo on a mis une dizaine de minutes. Le restaurant est au sous-sol et il faut baisser la tête dans les escaliers pour ne pas se la cogner contre le plafond ; à neuf heures nous arrivions un peu tard mais heureusement la camarade serveuse prenait encore les commandes et nous n'avons pas eu à faire la queue, moi j'ai choisi des pains fourrés aux trois saveurs (trois assiettes de neuf) et Aiguo ceux aux légumes, plus un assortiment de plats froids, carottes au vinaigre, ailes de poulet, tofu et œufs de mille ans, algues en lamelles et quatre bières très fraîches, Rois des Enfers, l'autre marque préférée des cadres du Parti à Beijing.

Après le repas nous sommes rentrés à vélo dans notre appartement au 88 de la rue Nanchang, et on les a laissés dans la cour de l'allée, Aiguo voulait aller se promener dans les rues, il faisait bon et frais, une douce soirée d'été, si mes souvenirs ne me trompent pas eux aussi, avec les trottoirs propres et bien lavés par les employés de la municipalité ; on se baladait le long de l'avenue Huaihai, que je n'ai jamais appréciée avec toutes ses lumières et ses néons et ses affiches de propagande pour les marchandises des amis étrangers dont nous n'avons que faire, la nuit Huaihai est illuminée comme un quartier des fleurs et des saules et je n'aime pas ; Aiguo, au contraire, en raffole et il a fallu s'arrêter devant toutes les devantures pour s'extasier avec elle sur les vêtements à la dernière mode, les sacs de luxe et les chaussures en cuir et les bijoux précieux, finalement nous sommes arrivés au coin avec la rue Maoming et le cinéma Cathay.

Aiguo a voulu y aller, moi j'ai objecté trente yuans par personne c'est un peu cher à ce prix-là on pouvait manger pendant deux jours mais elle tenait absolument à voir un film ce soir et j'ai fini par m'incliner.

On a acheté deux places pour un navet de Hongkong, heureusement avec des sous-titrages en chinois, on ne comprend pas le cantonais, moi j'ai eu chaud pendant toute la séance avec le bas du dos qui ruisselait, et le film m'a profondément ennuyé, une histoire lamentable d'amour extraconjugal inabouti entre deux colocataires, un journaliste gominé comme une truie pour la foire et une prétentieuse en *qipao* ; heureusement j'ai pu m'endormir pendant la séance, la musique sirupeuse qui dégoulinait de l'écran, et je me suis réveillé vers la fin, un coup de coude d'Aiguo, au moment où le gars partait pour Singapour ou quelque chose avec elle qui restait derrière en pleurant et lui qui ne parvenait pas à l'oublier, ces deux nigauds.

A la fin de la séance nous avons marché le long de la rue Maoming en direction de l'hôtel japonais Okura, je voulais qu'on se promène dans le parc de l'hôtel, pour nous changer des lanternes rouges de l'avenue Huaihai, on aurait pu s'asseoir sur un banc et respirer le parfum des fleurs mais les gardes en faction à l'entrée nous ont interdit d'y pénétrer c'était réservé aux amis étrangers, la bonne farce, Aiguo a commencé à les insulter en dialecte de

Shanghai mais j'ai dit que c'était inutile de s'énerver pour si peu nous n'avions qu'à aller de l'autre côté de la rue à l'hôtel Jinjiang, il suffisait de traverser en étant prudent mais à cette heure de la nuit il n'y avait presque plus de voitures alors on ne risquait pas de se faire écraser.

A l'hôtel Jinjiang pas de discrimination et les gardiens sont moins obtus, nous avons pu entrer dans le parc sans encombres ; sur la grande bande de gazon qui s'étale devant l'hôtel nous nous sommes assis en tailleur et nous avons récapitulé les événements de la soirée à *A Table !*. Si le restaurant devait fermer pour de bon nous serions dans de beaux draps, moi surtout il me faudrait tout recommencer à zéro et avec la concurrence effrénée qui règne sur le marché de l'emploi, sans carte de travail ni permis de résidence, l'optimisme n'était pas de mise.

Aiguo ne partageait pas mon point de vue, pour elle il s'agissait simplement que personne ne perdre la face les gens ont besoin de leur dignité comme les arbres de leur écorce* ; le gouvernement central à qui il fallait donner l'impression que ses avis étaient écoutés et ses décrets mis en application ; le chef du bureau de la censure qui écrirait un rapport favorable sur l'exécution des directives et son propre rôle dans l'opération ; les

* *Ren yao lian shu yao pi :* chacun sa dignité.

agents de la Sécurité publique qui pouvaient avoir des doutes sur l'utilité de leur présence ; le seul qui pleurerait ce serait Xiang Lian, avec la baisse du chiffre d'affaires pour le mois et le montant de l'enveloppe qui serait probablement revu à la hausse, en raison des risques encourus par les responsables de la municipalité, ainsi que le prix des étudiantes pour la soirée ou les négociations à huis clos, Aiguo ayant donné les noms des meilleures, l'élite de l'élite, la crème de la crème, les filles qui ne se déplaçaient plus pour moins de deux mille yuans par personne, c'est-à-dire celles de l'Académie de théâtre de Shanghai, très belles parce que pour devenir actrice il vaut mieux l'être souples et en parfaite santé avec tous les exercices qu'elles pratiquaient à l'Académie danse arts martiaux gymnastique le genre d'activités auxquelles elles s'adonnaient en dehors des cours leur permettait de se constituer un petit bas de laine et de répéter les rôles qu'elles devraient interpréter plus tard pour avancer rapidement et sans trop d'encombres dans la carrière.

Aiguo peut parfois être de très mauvaise langue quand elle s'y met, cette jolie perfide.

Néanmoins son analyse avait le mérite d'être pertinente puisque le lendemain en arrivant vers dix-huit heures trente à *A Table !* tout fonctionnait comme à l'accoutumée, sauf le visage de Xiang Lian, dur et fermé, on sentait qu'il avait dû payer la survie de son restaurant le prix fort. Même Mlle Qi ne souriait pas. Je n'ai pas posé la moindre question et l'incident n'a plus jamais été mentionné.

Au 88 de la rue Nanchang, un après-midi après la piscine, je suis rentré exceptionnellement pour me reposer, j'avais sommeil, mon droit le plus strict après tout, et quand j'ai ouvert la porte de notre *shikumen* deux amis étrangers en sont sortis. Des clients de Mlle Pin à coup sûr, notre voisine du dessous avait bien le droit d'arrondir ses fins de mois elle aussi.

Dans notre chambre le lit était tout défait et Aiguo dans la baignoire.

Un soir au bar deux Chinois en costume de pingouin sont venus me parler en anglais. En anglais.

Encore des laquais à la solde des amis étrangers. Pour les énerver et diminuer la taille de leurs grosses têtes je leur ai répondu dans le dialecte de mon village natal. Moi je suis aussi hypocrite que les autres, je respecte le costume mais pas la personne qui le porte*.

Personne n'a jamais eu un mot de travers pour Aiguo dans son vestiaire et au dancing, ni la moindre plainte quant à la nature de ses activités derrière les portes ; moi au bar je n'ai que des compliments pour ma diligence et la courtoisie dont je fais preuve envers les clients qui cherchent à nouer la conversation, surtout depuis le temps déjà fort lointain où Mlle Qi m'avait fait la leçon et demandé d'être le plus aimable possible avec eux.

* *Zhi jing yi shan bu jing ren :* phrase qui symbolise l'hypocrisie.

Depuis ce jour quand ils s'exercent en chinois, au lieu d'éclater de rire comme à mes débuts, de mordre dans un torchon et de partir en courant dans les cuisines pour étouffer mon hilarité je reste de marbre et je hoche la tête avec un bon sourire, patient et compréhensif ; ainsi quand l'un d'entre eux arrive au bar et me déclare en gonflant la poitrine *liang gueu bing bi diu* je comprends tout de suite qu'il veut deux bières, et des bien fraîches, pas besoin de traducteur.

Surtout quand il me fait un signe avec les deux doigts de sa main en me montrant une bouteille vide laissée sur le zinc et en claquant des dents.

Xiang Lian est venu me trouver au bar un soir pour me proposer de participer à une soirée intime qu'organisait dans son palais l'un de ses amis fidèles, l'avocat amateur de *Shanghai meimei* (et proie facile pour celles qui avaient les dents longues). Il avait convié une dizaine de personnes, des proches pour la plupart et Xiang Lian souhaitait que je serve les apéritifs et les boissons lors du repas.

Soirée intime ? Qu'est-ce qu'une "soirée intime "si on se retrouve en groupe ?

Une soirée intime c'était moi et Aiguo, et personne en plus, un vendredi à dix-sept heures au restaurant *Les Cinq Sens* rue Fumin avec ses spécialités du Shanxi, riz, maïs, millet, avoine, haricots en assortiments et compositions divers et quatre bières glacées, et après le boulot vers deux heures du matin le retour dans notre chambre douillette, et une nuit d'amour qui commençait entre nous deux sans l'aide de quiconque.

La soirée avait été prévue pour le samedi suivant, la veille des vacances de la Fête nationale, à partir de dix-neuf heures, et je toucherais cinq cents yuans en liquide.

Pour ce prix-là je ne poserais jamais la moindre question sur l'intimité au sein d'un groupe.

Aiguo se joindrait à moi, pour servir à table, ainsi que deux des danseuses de la troupe, Ming Mei, la Pékinoise au physique de déesse la petite amie de Zhage, et Ti Tang, une fille de Changsha, souriante et toujours prête à rendre service, que Xiang Lian avait embauchée quelques semaines auparavant, comme remplaçante éventuelle en cas de défaillance toujours possible, fatigue, maladie ou quelque chose, d'une de ses danseuses-vedettes.

Jusqu'à maintenant je l'avais rarement vue monter sur la scène bien qu'elle fasse acte de présence tous les soirs. Comme je ne suis pas totalement aveugle malgré tout, j'avais vite fini par remarquer que si elle dansait peu, en revanche elle devait sérieusement améliorer ses fins de mois avec les heures supplémentaires qu'elle pouvait abattre durant la nuit.

Les heures supplémentaires. Pendant plus de deux ans, sur notre chantier de *Xintiandi* qu'est-ce qu'on en a abattu nous aussi, le jour, la nuit, le dimanche, les périodes de vacances et sans jamais toucher un yuan de plus. Une remarque, une plainte et ouste sur le trottoir d'en face avant même d'avoir pu finir la phrase, avec le baluchon entre les jambes et les rires des patrons dans le dos.

Les filles, elles ont la belle vie à Shanghai, les opportunités abondent comme s'il en pleuvait, elles n'ont qu'à se baisser* ; se baisser pour les ramasser, bien sûr.

Le samedi en question nous voilà donc moi et Aiguo devant l'entrée de la résidence de l'avocat, rue Jianguo à l'angle avec la rue Urumqi, des murs très hauts avec des barbelés, un portail en fer forgé noir et une sonnette qui n'a fait aucun bruit quand Aiguo a appuyé dessus ; au bout d'un moment un garde en uniforme de garde est venu nous ouvrir la porte et nous avons garé nos vélos dans la cour en les attachant ensemble avec mon antivol.

Je n'avais jamais vu une maison privée aussi grande, avec les trois ou quatre étages elle devait

* *Fu shi ji shi :* les opportunités sont si nombreuses qu'il suffit de se baisser pour les cueillir. Zhanxin laisse entendre que les femmes se baissent facilement…

compter au moins cent pièces, sans parler du jardin qu'on devinait dans le noir, je ne me souvenais plus exactement des propos de Mlle Qi mais combien de familles l'avocat avait-il pu faire expulser avant d'emménager dans une demeure pareille : vingt, trente, soixante, quatre-vingts, cent personnes ?

Le garde nous a fait passer par la cuisine plus vaste que celle de *A Table !,* et nous nous sommes lavé les mains dans une salle de bains qui m'a paru aussi grande que notre chambre au 88 de la rue Nanchang, avant de monter à l'étage de la pièce à manger et du bar. L'avocat était en grande discussion avec Xiang Lian, qui nous a fait signe d'approcher.

La table avait déjà été dressée et avec les bougies qui étaient disposées un peu partout on se croyait dans une maison des fleurs ; au fond de la pièce j'ai aperçu mon bar dans la lumière des chandelles, tout en bois bizarre, de l'acajou du Fujian m'a susurré Aiguo à l'oreille, comment le savait-elle, avec des tabourets à dessus de cuir et un grand canapé près d'une fenêtre avec des vitres de toutes les couleurs. J'ai pris position et pour avoir l'air occupé j'ai commencé à nettoyer les verres et à arranger les assiettes de saucisses et d'olives qu'Aiguo a rapportées des cuisines. Elle avait troqué sa tenue civile, pantalon, tee-shirt et chaussures de sport pour une *qipao* sensationnelle, noire avec une broderie de phénix jaune, qui la rendait encore plus éclatante, mais beaucoup trop échancrée à mon goût, notamment vers le haut des cuisses. Je lui en ai touché un mot avec un petit sourire très est-ce-bien-nécessaire et elle a haussé les épaules, “l’esprit de la soirée”.

Pour le coup j’étais déconcerté.

Bientôt Ming Mei et Ti Tang sont arrivées elles aussi, accompagnées par Yi Li Na, la danseuse numéro un de *A Table !*, une Russe blonde, presque aussi grande que moi, avec des gros seins et des jambes à couper le souffle, le genre de fille vers laquelle tous les regards se détournent.

Elles étaient toutes trois également vêtues de façon, de façon, de façon très ouverte.

Xiang Lian est venu prendre une bière au bar en attendant les invités tandis que l’avocat discutait avec les trois filles et Aiguo autour de la table à manger. J’ai demandé à Xiang Lian la raison de leur présence ici, il a rigolé franchement, elles vont faire un spectacle de strip-tease. Un quoi ? Personne pour m’aider dans la traduction. Une danse où les filles se déshabillent progressivement sur une musique lancinante ; se déshabillent jusqu’où ? Jusqu’au bout. Danser en se déshabillant ou se déshabiller en dansant ?

Qu’importe, réflexion faite voilà qui me promettait un spectacle de choix, je serais aux premières loges et personne devant pour me péter dans la figure.

Mais où se trouvait donc la femme de l'hôte ? La cuisinière m'a dit qu'elle était depuis longtemps retournée dans son pays d'origine avec ses trois enfants.

Les filles seraient payées mille cinq cents yuans pour la soirée, j'ai regardé Xiang Lian, stupéfait, mille cinq cents yuans pour se déshabiller ? A ce prix-là moi aussi je peux me mettre tout nu, directement, et même danser sur les tables si ça leur faisait plaisir. Xiang Lian a répondu qu'*a priori* ce ne serait pas utile mais sait-on jamais. J'ai levé les sourcils avec des yeux interrogateurs, qu'entendait-il par là, mais sans les traductions simultanées de Zhage ou de Mlle Qi, je comprenais souvent à l'envers.

Les invités commençaient à arriver dans la salle et Xiang Lian a dû écourter notre conversation pour se joindre à eux.

Je les connaissais pour la plupart, des habitués de *A Table !*, en tout treize personnes en comptant l'avocat et Xiang Lian, mais pas de Zhage.

Ils se sont assis autour du bar sur les tabourets et dans le canapé et j'ai commencé à servir les apéritifs, Xiang Lian m'avait demandé de préparer spécialement leur breuvage préféré que je servais accompagné avec les saucisses, des petits sandwiches aux œufs de poisson et les olives vertes sans noyau. Quand ils ont eu bien bu, l'avocat a finalement donné le signal de la retraite et ils sont allés se mettre à table.

J'ai passé mon temps à courir entre le bar, les cuisines et la table à manger pour changer et nettoyer les verres, déboucher les bouteilles et verser les vins dans des coupes qui se vidaient comme par enchantement. Aiguo s'occupait du service des plats avec le zèle et le sérieux que je lui connaissais. A un moment dans la cuisine j'ai réussi à la prendre à part pour lui demander si elle savait que les danseuses allaient toucher mille cinq cents yuans, elle a éclaté de rire en me regardant d'un air curieux, elle aussi toucherait mille cinq cents yuans ; mille cinq cents yuans pour servir à table et débarrasser, c'était phénoménal, les amis étrangers français sont exceptionnellement généreux pour le personnel ; Aiguo ne riait plus, elle m'a serré le bras avec la main et elle m'a pincé, j'ai failli crier aïe tu me fais mal.

Elle a eu un sourire que je ne lui avais jamais vu, dur, implacable, tranchant comme un hachoir, Zhanxin "l'esprit de la soirée".

Ming Mei, Ti Tang et Yi Li Na avaient entamé leur spectacle de danse. La musique lancinante dont m'avait parlé Xiang Lian n'était qu'un léger bruit de fond, très doux, et les filles dansaient sans se préoccuper du reste. Au fur et à mesure de l'avancement du repas elles se débarrassaient progressivement de leurs vêtements, pantalon et chemise, jupe et corsage, *qipao* ; je n'ai pas pu suivre le déroulement de cette opération dans tous ses détails j'avais moi-même trop à faire pour prêter attention à ce qui se passait autour de la table ; mais toujours est-il que vers le milieu du repas les trois filles ne portaient plus que leur culotte et un petit soutien-gorge.

Je commençais à comprendre le sens de "l'esprit de la soirée".

Aiguo est revenue pour les desserts et elle avait largement ouvert le col de sa *qipao* si bien qu'on ne pouvait pas ne pas voir ses seins quand elle se penchait pour changer les assiettes. J'ai essayé de lui lancer un regard sévère où elle aurait pu lire attention ta *qipao* reboutonne-toi, mais dans l'obscurité, malgré les bougies, il a dû se perdre dans le vide.

J'étais aux cuisines en train de déboucher la centième bouteille de leur urine pétillante favorite lorsque la sonnette du portail a retenti, le garde est allé ouvrir et six filles et deux jeunes Chinois sont entrés en parlant fort, et qui paraissaient connaître Aiguo. Je lui ai fait un signe interrogateur, elle m'a répondu, des collègues, étudiantes de l'université

Jiaotong qui travaillaient avec elle au karaoké *Belles Erudites*. Elle ne connaissait pas les garçons.

Je suis retourné dans la pièce à manger pour remplir les coupes ; quand je suis arrivé ni Ming Mei ni Ti Tang ni Yi Li Na ne portaient plus le moindre vêtement, elles étaient entièrement nues ; pour moi ça a été un choc, ces filles, nues, debout, sans aucun embarras, dans la vaste pièce au milieu de cette réunion d'amis étrangers.

J'ai dû faire un énorme effort pour baisser les yeux et me concentrer uniquement sur la bouteille de pipi gazeux et les coupes, il ne fallait surtout pas qu'elles débordent, je tremblais un peu de la main et j'avais de la sueur qui coulait le long du dos.

Une bouteille ne remplissait pas treize coupes et je suis retourné au pas de charge dans la cuisine pour en ouvrir une nouvelle.

A mon retour ils n'étaient plus que dix à table. Ming Mei était allongée nue sur le tapis, les jambes grandes écartées avec le banquier en même tenue et penché sur elle dans une posture particulièrement inconvenante, j'en ai eu comme un haut-le-corps ; sur le canapé plus loin Xiang Lian et un gars qui devait avoir l'âge de mon arrière-grand-père avec Yi Li Na et Ti Tang entre leurs jambes.

Les choses se sont alors brusquement accélérées, l'attache-cul et un autre invité, un petit gros à moustache, sont partis aux étages avec les deux jeunes Chinois, les six filles déjà à moitié dévêtues se sont assises sur les genoux des amis étrangers français encore à table, j'avais l'air d'un âne, ahuri et rougissant, debout sur le pas de la porte avec ma bouteille qui débordait en coulant sur mon pantalon.

Le seul qui demeurait sans compagnie c'était l'avocat et je me demandais pourquoi ; l'arrivée d'Aiguo qui avait enlevé sa *qipao* pour ne conserver que sa culotte m'a enfin ouvert les yeux sur "l'esprit de la soirée".

Je suis retourné au bar pour vomir dans l'évier et me passer de l'eau sur la figure, en relevant la tête j'ai aperçu celle d'Aiguo qui s'abaissait et remontait en cadence entre les jambes de l'avocat, elle était agenouillée à ses pieds.

La foudre en me transperçant aurait fait moins de dégâts. J'ai hurlé sans qu'aucun son ne sorte de ma bouche, les larmes qui montent mais ne coulent pas, je tremblais de froid, je tremblais de peur, j'étais glacé et brûlant à la fois, j'ai cru que je voulais mourir, j'ai serré les poings, les dents et je ne ressentais même plus la douleur : là-bas, sous la table, nue, obscène, sordide.

Ce soir derrière le bar, avec Aiguo en pleine lumière comme sur la scène d'un cabaret, j'ai vu défiler ma vie en une fraction de seconde.

Est-elle une illusion absurde ou un long cauchemar qui s'éternise ? Qui suis-je après tout, une ombre, un filet d'homme, un tas de cendres, les camions qui écrasent sans freiner, les immeubles de trente étages, les crânes qui éclatent comme des fruits mûrs sur le bitume, les cris d'horreur et les rires ensuite, le sang qui inonde la terre et ruisselle dans les rigoles, les corps déchiquetés, des rivières de rouge, Shanghai, les jambes écartées, les bouches qui happent, la chair au plus offrant, du jaune plein les yeux, nos vies volées, la mort dans tous ses effrois, et puis, et puis.

Et puis je suis resté immobile, longtemps, longtemps, longtemps ; j'avais les yeux fermés et je regardais glisser le noir autour de moi, en les rouvrant je me réveillerai dans notre lit avec Aiguo endormie contre mon épaule, la respiration calme et régulière, sa jambe repliée sur mon ventre, son corps chaud et tendre, je lui caresserai les cheveux doucement, un baiser léger sur le front, elle est vivante et moi aussi, et j'aurai la joie absolue qui m'étreindra le cœur comme auparavant lors de ces nuits toujours trop brèves où je m'endormais avec son visage dans mes rêves.

Soudain je n'entendais plus rien, le grand vide blanc et ouaté, comme en hiver sur la plaine de Shun Ling recouverte par la neige.

Et à nouveau le silence qui terrifie.

BABEL

Extrait du catalogue

817. NORBERT ROULAND
Soleils barbares

818. PRALINE GAY-PARA
Contes curieux

819. MARGARITA XANTHAKOU
On raconte en Laconie…

820. INTERNATIONALE DE L'IMAGINAIRE N° 22
Evénementiel *vs* action culturelle

821. COLLECTIF
Le Dialogue des cultures

822. VÉRONIQUE OVALDÉ
Déloger l'animal

823. METIN ARDITI
La Pension Marguerite

824. LYONEL TROUILLOT
Les Enfants des héros

825. JEAN-PIERRE GATTÉGNO
Le Grand Faiseur

826. CLAUDE PUJADE-RENAUD
La Chatière

827. DANIEL ZIMMERMANN
Le Spectateur

COÉDITION ACTES SUD – LEMÉAC

Ouvrage réalisé
par l'atelier graphique Actes Sud.
Reproduit et achevé d'imprimer
en juillet 2007
par Normandie Roto Impression s.a.s.
61250 Lonrai
pour le compte des éditions
Actes Sud
Le Méjan
Place Nina-Berberova
13200 Arles.

Dépôt légal
1re édition : août 2007.
N° d'impression : 072021
(Imprimé en France)